U0126573

明清唐詩選本之杜詩選評比較

陳美朱 著

臺灣 學生書局 印行

自 序

序文雖然置於本書卷首位置，卻是最後完成的部分。陸陸續續修改了幾個版本，都因不滿意而擱置。前後花了一個多月的時間，比完成一篇論文還要耗費心力。

原擬於序文中細數一己的研究歷程，並藉機表達對周遭師長、同事、助理的感謝之意。但參看了明、清之唐詩選本卷前的序文或凡例，多概言編選理念或選詩體例，以幫助讀者理解該書要旨。見賢而思齊，也就放棄以序文當傳文或謝辭的念頭。

其後，讀到錢鍾書先生《宋詩選註》文後附錄〈香港版宋詩選註前言〉，錢先生不改幽默諷刺本色，將「選詩」比喻為學會選舉會長、理事，以為「一首詩是歷來選本都選進的，你若不選，就惹起是非；一首詩是近年來其他選本都選的，要是你不選，人家也找岔子。」這種情況下，難免造成「老是那幾首詩在歷代和同時各種選本裡出現。評選者的懶惰和懦怯或勢利，鞏固和擴大了作者的文名和詩名。」

看後不免重新檢視明、清時期的唐詩選本，其中雖然不乏「人選亦選」的重複選詩情形，但客觀上來說，「人選亦選」並非常態，不同的選本背後，實際上寓有編選者的詩學理念在。不論是明人高棅的《唐詩品彙》的四唐觀，李攀龍《古今詩刪》之《唐詩選》的復古詩觀，鍾惺、譚元春合編的《唐詩歸》的別趣奇理，陸時雍《唐詩鏡》的中和之則，與王夫之《唐詩評選》的以平為貴，

或者是清康熙年間頒布的《御選唐詩》所偏好的宴遊酬贈，乾隆《御選唐宋詩醇》所推崇的忠愛憂國，沈德潛選《唐詩別裁集》的詩評，與選本中選錄的詩體、詩題及詩家情形相印證，都可清楚得見各家選本的特色。在研讀這些不同選本與詩評時，選家的獨得之見或特殊體會，也往往讓人有異代相通的收穫與感動。

唐代眾多詩家中，本書之所以選擇「杜甫」為研究對象，主要考量有三，其一，我的副教授升等論文是以清初杜詩評點箋註為主題，歷年累積的研究基礎，有助於快速掌握不同選本選錄的杜詩篇目與要點。其二，儘管各家的選詩理念造就了不同選本樣貌，但杜甫詩入選量最多，儼然成為明、清時期眾多唐詩選本的共識，透過杜詩延伸至唐代其他大家，如李白、白居易、韓愈，甚至是宋代詩家，是我近年來申請科技部計畫案主題，也是未來擬延伸拓展的研究方向。其三，則是基於教學所作的考量。目前我除了在大學部開設「詩選習作」、「李杜詩」等課程外，研究所開設的「杜甫詩專題研究」，與未來擬開設的「唐詩選本專題研究」，都與唐詩選本及杜詩密切相關。而明、清時期的唐詩選本，有不少是編選者教學的教材，「他山之石，可以攻錯」，潛心研閱之後，對於補充自我的教學能量，提升教學動力，實有莫大助益。

為了能具體呈現杜詩在唐詩選本中的樣貌，本書採取「比較」的研究方式，包括：不同選本選錄杜詩的要點比較；同一首杜詩在不同選本中的選評比較；杜甫與其他詩家（如李白、白居易）的選評比較。這樣的研究方式，比整理歸納單一選本的資料，自是困難許多，但相對的，對於編選者的理念、選本的特色、杜詩的接受情形，以及選家對杜甫的評價，都能藉由比較的方式，讓研究議題得以作更深入的分辨與釐析。

　　從 101 學年（2012）度迄今，我所申請的科技部計畫案主題，都是以明、清時期的唐詩選本的杜詩選評為核心。而在撰寫計畫案時，必須回應的問題之一是「研究時所可能面臨的困難」，我的答案往往是：許多唐詩選本因屬家塾課童之用，流通有限，以致搜尋不易，難窺堂奧。單以施蟄存先生在〈國學導航──唐詩百話〉所介紹的明、清時期的唐詩選本而言，如《唐音審體》、《唐律清麗集》、《唐律消夏錄》、《網師園唐詩箋》，在本書完成前，都未能如願得見；更別提孫琴安先生《唐詩選本提要》中所羅列的眾多唐詩選本，許多更是僅聞其名而難見其書。就算查得善本出處，也有諸多限制。舉例而言，臺北故宮收藏的沈德潛《唐詩別裁集》10卷本，因屬善本書，僅限館內閱讀，影印亦不得超過全卷的三分之一，倘若之前已有登記影印紀錄，也只能望書興歎，徒呼負負；又如《網師園唐詩箋》，雖然查得網站拍賣資料，卻因諸多條件限制，猶如佳人在水一方，可望而不可及。

　　今年（2015）無意中搜尋到國家圖書館有《唐音審體》的微卷，可全書列印；後又由哈佛燕京圖書館的中文善本古籍網路資料庫，下載坊間難得一見的明、清時期唐詩選本，頗有武俠小說主角無意中獲得武林祕笈後，珍重愛惜、喜不自勝之情。本書因出版在即，無法將這些難得的唐詩選本研究心得收錄其中，假以時日，希望能發表更多關於唐詩選本的研究論文，也希望本書的出版，除了作為自己升等教授的專著之外，亦能與更多研究同好交流、分享，有機會接觸更多富有特色的唐詩選本，為日後的研究、教學注入更多的發展動力。

陳美朱誌於成功大學中文系

明清唐詩選本之杜詩選評比較

目 次

第一章　緒　論

　　筆者在研閱清代杜詩的專選本或全集評註本時，留意到治杜學者胸中多存有「尊杜」之念，如仇兆鰲（1638-1717）《杜詩詳註》卷前〈凡例〉自言：「茲集取其羽翼杜詩，凡與杜為敵者，概削不存。」[1]浦起龍（1679-1762）《讀杜心解》卷前〈發凡〉也主張：「老杜天姿惇厚，倫理最篤，詩凡涉君臣、父子、兄弟、夫婦、朋友之間，都從一副血誠流出。」因而批評錢謙益（1582-1664）《錢注杜詩》謂杜甫對玄宗晚節、肅宗內蔽、廣平居儲等事諸多諷刺，乃出於「私智結習，揣量周內」，浦起龍遂於《讀杜心解》「不惜刓精盡氣，疏通證明」。[2]然觀其所解，誠如周采泉《杜集書錄》所云：「矯枉過正者，亦所在多有。」[3]又如楊倫（1747-1803）《杜詩鏡銓》因以「杜公一飯不忘，忠誠出於天性」為念，書中對於

1　〔清〕仇兆鰲：《杜詩詳註》（北京：中華書局，1999 年）卷前〈杜詩凡例〉「杜詩褒貶」條下，頁 23。

2　〔清〕浦起龍：《讀杜心解》（北京：中華書局，2000 年）卷前〈發凡〉，頁 6。

3　周采泉：《杜集書錄》（上海：上海古籍出版社，1986 年）卷 5，頁 223。

「動涉刺譏，深文周內，幾陷子美為輕薄人」[4]的說詩內容，概從刊削。此外，清初黃生（1622-?）《杜工部詩說》，也主張杜甫因獻賦而受玄宗特達之知，以此感慕終身不替，故「於其君荒淫失國，惟痛之而不忍譏之，此臣子之禮也。」因而批評那些「影響傅會，輒云有所譏切」的說杜內容，以為「此註杜大頭腦差失處」。[5]上述詩評家在杜甫「每飯不忘君」及「溫柔敦厚，詩之教也」的說詩前提下，以為杜甫必無譏切朝政之作，於主上不應有所諷刺，凡是不合乎此一說詩前提的論點，一概刊削不存，如此說詩，不免時有穿鑿附會[6]之弊；讀者若只接受這些「尊杜」觀念主導下的杜詩詮評內容，也難免有一偏之失。

　　此外，詩評家常在註解的內容中，展現其闡釋杜詩時所耗費的心力，及其深會詩意後的欣喜自得之情。以「出入杜詩餘三十年」[7]的黃生為例，於《杜工部詩說》中，屢屢發出：「何故諸選從未

4　〔清〕楊倫：《杜詩鏡銓》（上海：上海古籍出版社，1998 年）卷前〈凡例〉，頁 12。

5　〔清〕黃生著，諸偉奇主編：《杜工部詩說》，《黃生全集》第貳冊（合肥：安徽大學出版社，2009 年），卷前〈杜詩概說〉第 3 則，頁 20。

6　因尊杜太過以致說詩穿鑿者，詳細可參見周采泉《杜集書錄》卷 4 錢箋益〈杜工部集 20 卷〉條下，周氏一方面高揚錢謙益「熟精唐史，其所考證，引據詳明，筆陣縱橫，不愧為精闢之史論。」另一方面批評浦起龍胸中橫梗「少陵每飯不忘君」以及「溫柔敦厚，詩之教也」陳腐之見，以為詩人對帝王決不應有所諷刺，此非真能讀杜詩者，詳見該書頁 160-161。同卷論仇兆鰲《杜詩詳註》，亦言：「尊杜太過，確為仇註一病，唯其尊杜太過，故於解杜常橫亘『惓懷君父』一念而曲解原作；即其袒朱斥錢，亦未始非出於尊杜之一念，以為杜甫必無譏切朝政之作也。」見頁 205。

7　〔清〕黃生：〈杜詩說序〉，《杜工部詩說》，頁 15。

刮目」、「二詩從來亦無入選者，洵識真之難耶」、「從來讀杜詩者並未經拈出」、「二作諸選並未刮目，所謂千家註者，亦並無人下一語。自予為洪子拈破此詩，始開生面矣。」[8]這類於杜詩別有會心的感嘆。浦起龍《讀杜心解》中，也屢以杜詩之知音而自許，如云：「一朝領悟及此，千年杜老，其有相知定文之許哉！」、「此詩龍門所謂意有所鬱結，不得通其道者，與吾友華渭光烈竟夜竦誦，乃得其解。……得此夜一番洗刷，生面獨開。」[9]或者如金聖嘆（1608-1661）《杜詩解》中的自信自許之言：「此不知當日先生是何心血做成，亦不知聖嘆今日是何眼光看出，總是前人心力不得到處，即後人心力亦決不到。」[10]又如吳瞻泰（1657-1735）《杜詩提要》說解杜詩，所謂：「詩腸之曲，篇法之奇，非苦心不能作，非默會不能讀。」[11]或如邊連寶（1700-1773）《杜律啟蒙》所言：「其境至為幽幻，非此深思妙筆，不足以曲傳之。惜乎難索解人也！暗室千年，忽逢一炬，老杜復起，不易吾言矣！」、「向讀此詩，頗嫌其少味。注杜及此，於燈下諷詠之，覺筆墨之外，別有深情微旨，因為前說，頗矜創獲。」[12]以上內容，在在顯現了詩評家

8　黃生：《杜工部詩說》卷 7〈大曆二年九月三十日〉，卷 7，頁 278；卷 8〈七月一日題終明府水樓〉二首之二，頁 339-340；卷 6〈有感〉其五後批，頁 29；卷 7 評〈九日諸人集於林〉，頁 3。

9　〔清〕浦起龍：《讀杜心解》卷 5 之上評〈上韋左相二十韻〉，卷 5 之 1，頁 705；卷 3 之 2 評〈銅瓶〉，頁 400-401。

10　〔清〕金聖嘆：《唱經堂杜詩解》，陳德芳校點：《金聖嘆評唐詩全編》（成都：四川文藝出版社，1999 年）卷 4〈發潭州〉前解，頁 620。

11　〔清〕吳瞻泰：《杜詩提要》（臺北：大通書局，1974 年）卷 9〈又雪〉後評，頁 490。

12　〔清〕邊連寶：《杜律啟蒙》（濟南：齊魯書社，2005 年）五言卷之 6

反覆揣摩杜詩、領會詩意的苦心與欣喜。

　　然而，上述諸家「頗矜創獲」的詩作，如〈大曆二年九月三十日〉、〈七月一日題終明府水樓〉、〈九日諸人集於林〉、〈上韋左相二十韻〉、〈銅瓶〉、〈又雪〉、〈月〉、〈琴台〉等詩，在明、清時期較常見的唐詩選本中，幾等同於私家秘見，並未獲得多數選家的青睞與認同。[13]甚至連錢謙益在〈錢注杜詩序〉中自言「鑿開鴻蒙，手洗日月，當大書特書，昭揭萬世」的〈玄元皇帝廟〉、〈洗兵馬〉、〈入朝〉、〈諸將〉等詩，除了《唐詩別裁集》對其說有所回應外，多數唐詩選本也都棄選這些詩作。可見杜詩全集評註本或選評本的詩評家，與編選唐詩的詩選家，在評註對象不同、預期讀者也不同的情況下，對杜詩的評賞重點是有落差的。若能透過明、清兩代唐詩選本的杜詩選評內容，與杜詩評註本相互對照、參考，所見當能更加寬廣與周全。

　　關於唐詩選本的發展，大陸學者孫琴安《唐詩選本提要》指出，歷代唐詩選本共有四次高潮，第一次為南宋孝宗時期，因洪邁（1123-1202）向孝宗進呈《萬首唐人絕句》得到重賞，遂使選唐絕句的選本紛紛問世。第二次則是明代嘉靖、萬曆年間，在「宗唐」

　　〈月〉（四更山吐月）後評，頁 233；五言卷之 3〈琴台〉後評，頁 105。

13　以上諸詩，〈月〉、〈九日諸人集於林〉、〈又雪〉並見於《唐詩歸》；〈上韋左相二十韻〉在《唐詩別裁集》中另有選錄；〈琴台〉詩並見於王夫之《唐詩評選》，其他詩作在各家選本中均付諸闕如。再者，由於《唐宋詩醇》選錄杜詩 722 首，已是仇《註》所錄杜詩總數 1439 首的五成，曾國藩《十八家詩鈔》錄杜詩 1265 首，更是接近杜詩總數，故而不列入比較對象。

的大前提下，唐詩選本遂成為各派闡揚詩學論點，攻伐異端的利器。加以明代萬曆、天啟年間，為出版業的飛躍發展時期，因此自李攀龍（1514-1570）《唐詩選》問世，至明末的一百年左右時間，湧現了百餘種唐詩選本的選家。第三次高潮則出現在清初康熙年間，詩學的論爭重點，由初盛唐詩延伸到中晚唐詩，並擴大為宋詩與唐詩之爭；而康熙為了穩定政權發展，先後命彭定求（1645-1719）、楊中訥（1649-1719）等人修纂《全唐詩》，又命陳廷敬（1638-1712）等人編撰《御選唐詩》32 卷，另有徐倬（1624-1713）進呈《全唐詩錄》100 卷。在康熙的重視與詩壇論爭不休的情況下，釀成了本次唐詩選本的高潮。第四次高潮則是出現在乾隆年間。由於乾隆22 年（1757）春，特諭將會試二場的表文改考五言排律，因而專選唐人應制、應試詩的選本競相出現，形成本次高潮的特點。**14**

　　以上所述四次唐詩選本高潮，除第一次（南宋時期）未涉及詩學論爭之外，其他三次高潮的唐詩選本，都集中在明、清兩代，唐詩選本也成了選家標舉詩學主張的利器。如明代後七子代表李攀龍，以《古今詩刪》之〈唐詩選〉展現「詩必盛唐」的詩觀；晚明鍾惺（1574-1624）、譚元春（1586-1637）選《古詩歸》及《唐詩歸》，以之標舉「別趣奇理」**15**的論詩要旨；崇禎年間的陸時雍（?-?）選《古詩鏡》及《唐詩鏡》，「大旨以神韻為宗，情境為主」；**16**明

---

14 以下四階段唐詩選本高潮內容歸納，詳見孫琴安：《唐詩選本提要》（上海：上海書店出版社，2005 年）卷前〈自序〉部分，頁 6-9。

15 《唐詩歸》，《四庫全書存目叢書》集部第 338 冊（臺南：莊嚴文化出版公司，1997 年），卷 16 鍾惺總評王季友詩，頁 21a。

16 見《四庫全書總目》卷 189·總集類 4〈古詩鏡 36 卷，唐詩鏡 54 卷〉條下，頁 4213。

清之際黃星周選《唐詩快》，因不滿於明人對唐詩作「初、盛、中、晚」的分期，故其選詩「惟以性情為斷」，[17]而不以時代為考量重點。清初顧有孝（1619-1689）因有見於明末吳中詩多染鍾、譚之習，且前後七子「詩必盛唐」的影響尚存，故編選《唐詩英華》以鼓吹中晚唐詩；[18]王夫之（1619-1692）以《唐詩評選》突顯其「以平為貴」[19]的詩觀；王士禎（1634-1711）則以《唐賢三昧集》標舉其「神韻」詩觀。即使乾隆年間，因應考試制度變革，出現大量唐人應制詩選本，但詩家藉由編選唐詩以為其詩學張目的基調並未改變，如論詩主「格調」的沈德潛（1637-1769）之《唐詩別裁集》，代表桐城古文的姚鼐（1731-1815）之《五七言今體詩鈔》，以及「兼取唐、宋詩」為編選宗旨的乾隆御定之《御選唐宋詩醇》，以上不同的選本內容，都是各家詩學理論的具體展現。甚至晚清王闓運（1833-1916）的《唐詩選》，也以唐詩選本展現其不同的生命階段對唐詩的不同看法。[20]

17　本書筆者目前尚未得見，選本性質參見孫琴安《唐詩選本提要》，頁206。

18　本書專選唐人七律一體，共 22 卷，卷 1-2 為初唐，卷 3-4 為盛唐，卷 5-10 為中唐，卷 11-20 為晚唐，其中選李商隱詩最多，取 104 首，末 2 卷則專收和尚、名媛及五代詩。見孫琴安《唐詩選本提要》，頁 216。

19　王夫之的選詩理念及審美要點，本書〈尊杜與貶杜──陸時雍與王夫之的杜詩選評比較〉一章有深入說解。

20　程彥霞：〈王闓運唐詩選本考述〉一文指出：「從《唐十家詩選》、蜀本到湘本，可以看出王闓運唐詩思想日臻成熟，年輕時主盛唐，到晚年選詩打破盛唐，不拘泥於某個時期某種風格，不囿於世俗所見，不排斥自己不滿意的詩歌。」見《鄭州大學學報・哲社版》第 42 卷第 1 期（2009 年 01 月），頁 127。

　　基於明清兩代唐詩選本為數甚夥，編選宗旨多元，統治者以之推廣教化，詩家以之張揚詩觀，書商以之牟利，塾師以之啟蒙，學子以之應試，不一而足。加以目前較易得見的不同時期、不同宗旨、不同詩觀的唐詩選本，就其選錄的杜詩數量來看，如：明初高棅（1350-1423）《唐詩品彙》選 298 首；嘉靖年間李攀龍《古今詩刪》之〈唐詩選〉選 94 首；晚明鍾、譚《唐詩歸》選 314 首；陸時雍（?-?）《唐詩鏡》選 372 首；王夫之《唐詩評選》選 91 首；康熙御定《御選唐詩》選 80 首；乾隆御定《御選唐宋詩醇》選 722 首；乾隆年間則有沈德潛《唐詩別裁集》選 255 首；孫洙（1711-1778）《唐詩三百首》選 39 首；劉文蔚（1778-1846）《唐詩合選》選 255 首；晚清王闓運《手批唐詩選》選 273 首。杜詩在上述唐詩選本中的入選數量，都高居各選本的唐代詩家之冠。其他如王士禛《唐人七律神韻集》與王闓運《唐十家詩選》，依大陸學者研究資料顯示，杜詩同樣是這兩種唐詩選本中被選錄最多[21]者。

　　再就孫琴安《唐詩選本提要》所列的明、清兩代唐詩選本，除了特殊選本[22]或專選中晚唐詩者[23]之外，杜詩在下列明、清不同時

---

[21] 筆者目前仍未得見王士禛《唐人七律神韻集》與王闓運《唐十家詩選》，但王士禛《唐人七律神韻集》選錄杜詩的情形，參見賀嚴：《清代唐詩選本研究》（北京：人民出版社，2007 年）第三章第二節〈王士禛的唐詩選與其神韻詩學〉，謂王士禛於《唐人七律神韻集》中，共選 40 位詩家合計 166 首七律，其中杜甫入選 36 首，為入選最多者（頁 120）。王闓運《唐十家詩選》選錄杜詩情形，參見程彥霞上註前揭文。其謂本書共26 卷，選 1921 首詩，其中杜詩被選入 422 首，為選本中十位詩家最多者，頁 123。

[22] 孫琴安《唐詩選本提要》所列的唐詩選本中，有專選唐人應制唐應試詩的選本，如陶元藻《唐詩向榮集》，頁 356-358；有專選「絕句」一體者，

期的選本中，入選數量也都是唐代詩家第一，如：明代嘉靖年間李默、鄒守愚《全唐詩選》；萬曆年間李栻《唐詩會選》；崇禎年間李沂《唐詩援》；明清之際邢昉《唐風定》；清代康熙年間吳綺《唐近體詩永》；金是瀛、宋慶長合撰《唐詩定編》；錢良擇《唐音審體》；吳廷偉、顧元標《唐詩體經》；鄭鉽《唐律多師集》；趙臣瑗《箋注唐詩七言律》；黃生《唐詩矩》；[24]乾隆年間屈復《唐詩成法》；黃叔燦《唐詩箋注》；吳烶《唐詩選勝直解》（五、七律部分）；宋宗元《唐詩箋》；陳明善《唐八家詩鈔》。乾、嘉之際沈裳錦《全唐近體詩鈔》；咸豐年間有胡本淵《唐詩近體》；同治、光緒年間有吳淦《唐詩啟蒙》。杜詩在明、清時期唐詩選本中被選錄的情形，堪稱盛況空前，具有唐代詩家難以超越的

　　如梁無技《唐詩絕句精華》，頁 218-219；姚鼐《唐人絕句詩鈔》，頁368-369；亦有專選「七絕」一體者，如陳溥《唐人七言絕句詩鈔》，頁444-445。由於應制詩與絕句一體並杜詩所長，因而在專選這類詩體的選集中，杜詩入選者自然寥寥可數。另外如楊肇祉《唐詩艷逸品》與周詩雅《唐詩艷》二選，體現了晚明取法「香奩」體的詩風，參見孫琴安：《唐詩選本提要》頁 141-142。清初康熙年間黃周星《唐詩快》，本書 16卷，分為「驚天集」、「泣鬼集」、「移人集」，杜詩在「泣鬼集」與「移人集」中選錄最多，但因「驚天集」所選錄的是「想象奇險、恣肆奔放」的詩作，故以李賀詩入選最多，見《唐詩選本提要》頁206-207。

23　據孫琴安《唐詩選本提要》所載，如查克弘、凌紹乾《晚唐詩鈔》，則專選晚唐詩人（頁 252）；杜詔、杜庭珠合選《中晚唐詩叩彈集》則專選中、晚唐詩，自白居易、元稹始，至吳融、韓偓止（頁 255）。以上二書，因受選詩時代因素所限，杜詩遂不在選錄範圍。

24　孫琴安《唐詩選本提要》將《唐詩矩》及《唐詩摘鈔》之作者皆植為「黃山」，但據諸偉奇主編之《黃生全集》，二書編選者皆為黃生。由作者的字號、籍貫及生平而言，亦應為黃生。

領先地位。

　　晚明譚元春曾云：「選書者，非後人選古人書，而後人自著書之道也。」[25]「詩選」中所展現的，不只是「後人選前人詩作」的表象意義而已，書中所選錄的詩家、選詩的數量、所選的詩題與詩體，以及選本中對詩家所作的小傳，在在反映了選家的詩觀與詩學好尚，從中亦可理解唐代詩人在不同時代的選本中所呈現的樣貌，但目前學界在這方面的研究仍有待加強，孫琴安《唐詩選本提要‧自序》故而指出：「長期以來，在唐詩研究的領域中，人們除了研讀唐代作品和史料本身外，都習慣於從後人的詩話或文集中去查找資料，發現問題，從唐詩選本的角度去研究唐詩的情況卻很少，而事實上，這也是唐詩研究的一個十分重要的方面。」[26]檢視國內學界以「唐詩選」為題的學位論文，目前尚未得見；而以明、清時期的單一唐詩選本為研究對象者，則集中在《唐詩歸》、《唐詩鏡》、《唐詩評選》及《唐詩別裁集》[27]等選本。相形之下，大陸

25　〔明〕譚元春：《譚元春集》（上海：上海古籍出版社，1998 年）卷 22〈古文瀾編序〉，頁 601。

26　孫琴安《唐詩選本提要》，頁 14。

27　以上唐詩選本的學位論文，依時代先後有：鄭佳倫：《沈德潛《唐詩別裁集》之詩觀研究》（中央大學中國文學研究所碩士論文，張夢機先生指導，1999 年）；游惠君：《王夫之《唐詩評選》研究》（彰化師範大學國文學系碩士論文，呂光華先生指導，2002 年）；王曉晴：《唐詩歸之詩學觀研究》（輔仁大學大學中國文學研究所碩士論文，包根弟先生指導，2005 年）；江翊君：《鍾惺、譚元春詩論研究——以《詩歸》為核心的探討》（臺灣大學中國文學研究所碩士論文，蔡瑜先生指導，2005 年）；羅安伶：《陸時雍《唐詩鏡》之詩學理論研究》（輔仁大學中國文學研究所碩士論文，胡幼峰先生指導，2005 年）。

　　學界對於明、清兩代唐詩選本的相關研究，陸續有孫琴安《唐詩選本提要》（上海：上海書店出版社，2005 年）；查清華《明代唐詩接受史》（上海：上海古籍出版社，2006 年）；賀嚴《清代唐詩選本研究》（北京：人民出版社，2007 年）；金生奎《明代唐詩選本研究》（合肥：合肥工業大學出版社，2007 年）；韓勝《清代唐詩選本研究》（北京：中國社會科學出版社，2010 年）等專著出版。基於明、清兩代是唐詩選本的發展高峰，而杜詩又是唐詩選本中的熱門首選，本書遂以比較研究的方式，針對「選本時代」、「選詩理念」與「選詩對象」的差異，考察杜詩在明、清兩代不同選本中所呈現的樣貌，並藉以印證明、清杜詩學的發展脈絡，拓展明、清詩學的研究議題。

　　本書各章論述的重點，分別是：第二章比較晚明陸時雍《唐詩鏡》及王夫之《唐詩評選》，釐清兩部選本中「尊杜」與「貶杜」的矛盾現象。第三章則比較晚明及盛清的兩部家喻戶曉的唐詩選本——鍾惺、譚元春合選的《唐詩歸》與沈德潛《唐詩別裁集》，探討杜詩形象在不同時期唐詩選本的歷時性變化。第四章以康熙及乾隆朝的兩部具有御選性質的唐詩選本——《御選唐詩》與《唐宋詩醇》進行比較，除了論述兩部清代御選唐詩選本的差異外，也藉由選本中的李、杜詩形象比較，突出李、杜兩家詩作特點。第五章集中在唐詩選本的第四次高潮，亦即乾隆時期的兩部唐詩選本——《唐宋詩醇》與《唐詩別裁集》，藉由比較兩部選本所選的李、杜詩，具體呈現兩者的選評核心與相互影響作用的情形。第六章由歷時性的角度，就明代七部、清代十二部唐詩選本之「崇杜抑白」、「抑杜及白」與「杜白並稱」的三種情形，比較杜甫與白居易在明、清時期唐詩選本的差異，藉以突出杜詩在明、清時期唐詩選本的超越性地位。第七章則針對足以代表杜甫七律最高成就的〈秋

興〉八首，在明代七部、清代十一部唐詩選本中的選錄情形進行比較，爬梳〈秋興〉八首在明、清兩代的選評變化。

在明、清眾多的唐詩選本中，本書所以擇取晚明鍾惺、譚元春合選的《唐詩歸》、晚明陸時雍所選的《唐詩鏡》、明清之際王夫之《唐詩評選》、清初康熙朝之《御選唐詩》、乾隆朝之《唐宋詩醇》及沈德潛《唐詩別裁集》，作為比較研究的對象，除了基於這些選本流傳甚廣，頗具影響力，加以多附有詩評（《御選唐詩》除外），從中可理解選本的詩學傾向，更重要的是，兩部選本之間必須具有「比較意義」，亦即能透過比較而釐清某些詩學疑義，或者從中歸納出某些詩學現象。舉例而言，陸時雍與王夫之的唐詩選本，均有選杜最多卻時見貶抑杜詩的論點；康熙朝的《御選唐詩》與乾隆朝的《唐宋詩醇》，雖然都標榜「溫柔敦厚，詩之教也」的選詩理念，但兩者的選詩傾向，卻有偏好「宴遊酬贈」與「感時憂國」的差異；而《唐宋詩醇》與《唐詩別裁集》，雖然都主張「李、杜並稱」的選詩要旨，但深究其實，卻又有「以杜為宗」的傾向。上述矛盾現象或詩學疑義，若能透過兩部選本的選、評內容加以比較，當能釐析差異的現象與緣由。此外，透過《唐詩歸》與《唐詩別裁集》這兩部盛行於晚明及盛清的唐詩選本比較，以及康熙朝的《御選唐詩》與乾隆朝的《唐宋詩醇》的選詩傾向比較，除能具體呈現彼此的特色與差異外，對於掌握唐詩選本發展三大高潮時期（明代萬曆年間、清代康熙、乾隆年間）的特色，以及晚明與盛清、康熙朝與乾隆朝詩學風氣的轉變，都有莫大的助益。

除了以上「針對兩部選本的選、評內容進行比較研究」之外，明、清時期尚有許多重要的唐詩選本，如將唐詩分為初、盛、中、晚四期，並為杜甫特立「大家」名目的高棅《唐詩品彙》，以及選

詩不以唐代為斷限的李攀龍《古今詩刪》、曹學佺《石倉歷代詩選》、王堯衢《古唐詩合解》；或是兼收唐代各類詩體的選本，如唐汝詢《唐詩解》、周珽《刪補唐詩選脈箋釋會通評林》、王闓運《唐詩選》；另有專選某種詩體的選本，如專選古詩的王士禎《古詩選》、專選近體詩的姚鼐《今體詩鈔》與黃生《唐詩摘鈔》、專選七言律詩的顧有孝《唐詩英華》；或是選詩數量在四百首以下的唐詩精選本，如孫洙《唐詩三百首》、劉文蔚《唐詩合選》。由於上述選本體例不一，要旨互異，加以多數未附有箋注與詩評，或者評語寥寥，點到為止，欲從中選出兩部具有比較意義的選本，並凝聚問題意識，進行比較研究，實非一蹴可幾。筆者故而轉以某一議題為主（如杜甫、白居易詩的選評比較、〈秋興〉八首的選錄情形），就明、清時期的唐詩選本作全面性與歷時性的考察，既能兼顧上述重要的唐詩選本，將之納入研究對象，也能使本書的研究視野更加周全與寬廣。

　　釐清本書研究對象的考量要點後，緊接著就本書「如何進行比較研究」的方法論加以說明。由於詩歌選本比較，包括「選詩數量」、「選錄詩題」以及「詩評內容」三大部分，為了具體呈現比較對象的差異，書中多運用表格內容、統計數據輔以文字論述。書中的數據資料涵蓋了：杜甫各類詩體創作數量、不同唐詩選本選錄杜甫各種詩體數量、各家選錄杜詩佔杜詩全集比例、杜詩入選數量與其他詩家比較、杜甫詩題關鍵字統計、評論李白杜甫兩家詩常用字詞比較、各家選本所選前十大詩家統計等等。這些數據資料，不僅有助於全面掌握比較對象的差異，辨析研究議題的疑義，也能具體呈現杜甫在多數唐詩選本中「遠邁諸家」的超越性地位。

　　然而，量化分析固然有上述優勢，但在實際操作時，可說是

「成如容易卻艱辛」。有些數據固然有現成資料可供援引（如本書第四章〈表三〉之《唐宋詩醇》所選錄詩家卷數與篇目數，即參考莫礪鋒〈論《唐宋詩醇》的編選宗旨與詩學思想〉一文），或是利用網路版的《中國基本古籍庫》，就某一關鍵詞進行統計，然而，多數唐詩選本並未有相關研究成果或數據資料可供參考，《中國基本古籍庫》也僅能就檢索的關鍵字詞統計出現次數，對於各家選本所選錄的杜詩各體數量，以及杜甫與其他詩家的選錄數量比較，還是須耗費時間與心力自行統整、計算，方能有得。如本書第三章〈表一〉比較《唐詩歸》與《唐詩別裁集》選錄杜甫各類詩體情形，第四章〈表一〉比較《御選唐詩》與《唐宋詩醇》重複選詩數目，都未有現成的統計數據，尤其是處理《御選唐詩》這類學界較少關注[28]的唐詩選本時，更有棘手之感。儘管該書依詩體分類編排，但各類詩體所選的詩家，並不完全按照詩家所處年代先後排序，加以該書有選無評，在在增加了文獻整理的困難度。為克服上述難題，並避免人工統計可能造成的疏漏，筆者遂將整本《御選唐詩》目錄全文繕打後，再利用電腦程式比對、統計。考慮到《御選唐詩》的比較對象，為乾隆時期的《唐宋詩醇》；《唐宋詩醇》的比較對象則是《唐詩別裁集》；《唐詩別裁集》又與晚明《唐詩歸》相互對比，而同屬晚明的唐詩選本，尚有《唐詩鏡》與《唐詩評選》。為方便日後檢閱、研究，以上各家選本所選錄的杜詩詩題，也都已繕打歸檔，妥善整

---

[28]　關於《御選唐詩》的研究論文，筆者檢索《臺灣博碩士論文系統》與《臺灣期刊論文索引系統》及《中國期刊全文數據庫》（1994 年至 2013 年），迄今只有賀嚴：〈《御選唐詩》與清代文治〉，《山西大學學報》哲社版（2007 年 01 月）一篇論文，但文中多就〈凡例〉所述選詩要旨論述，對《御選唐詩》所選詩歌與詩家之明確數量，均未提及。

理。

　　要之，本書藉由比較研究方式，透過「明、清選詩理念相近選本比較」、「明、清選詩理念相異的選本比較」、「杜甫與李白在選本中的形象比較」、「杜甫與白居易在選本中的形象比較」、「明、清時期的唐詩選本對同一首杜詩的選評比較」等各種角度，探討明、清選家對杜詩的選評差異，突出杜詩在明、清時期之唐詩選本的優越地位，對於理解明、清兩代杜詩學發展，也有對照參考的價值與意義。

第二章 尊杜與貶杜
——陸時雍與王夫之的杜詩選評比較

前 言

陸時雍（?-?）的《唐詩鏡》及王夫之（1619-1692）的《唐詩評選》，都是明清之際有名的唐詩選本，選本中杜甫詩的入選量也都高居首位，七律更是遠邁有唐其他詩家。如果選本是選家批評意識的延伸，反映出選家編選的標準與態度，陸、王兩家唐詩選本的杜詩選錄數量高居第一，應寓有推尊杜詩之意，但令人不解的是，陸、王兩家評論杜詩時，卻經常出現負面意見，如陸時雍曾言：「心托少陵之藩而欲追風雅之奧，豈可得哉？」[1]王夫之甚且有「風雅罪魁，非杜其誰邪？」[2]之言，如果杜詩並非兩人心目中真

---

1 〔明〕陸時雍：《古詩鏡》，《景印文淵閣四庫全書》集部第 637 冊（臺北：臺灣商務印書館，1983 年）卷前〈詩鏡總論〉，頁 20a。

2 〔清〕王夫之著，陳新校點：《明詩評選》（北京：文化藝術出版社，1997 年）卷 5 評徐渭〈嚴先生祠〉，頁 243。

正推崇的唐詩典範,那麼唐詩選本中選錄最多的意義何在?這種同時兼具「尊杜」與「貶杜」的詩學矛盾,在杜詩學史上是頗值得探究的。[3]

　　學界目前對於上述的詩學矛盾現象,多著眼於兩家「如何」貶杜以及「何以」貶杜,卻往往忽略陸時雍、王夫之在「貶杜」之餘,杜詩卻也是兩家唐詩選本中選錄最多的事實。本文遂擬在前人研究基礎上,針對陸、王兩家「貶杜」與「尊杜」之間的矛盾現象進行爬梳,尤其是兩家唐詩選本何以選錄杜詩最多的深意,期能對兩家的詩論及兩家所選出的杜詩樣貌,有更周全的觀照與思考。

第一節　陸時雍、王夫之選杜與評杜的矛盾現象

　　陸時雍(?-?),字仲昭,浙江桐鄉人,崇禎 6 年(1633)貢生,終生未仕,著有《楚辭疏》及《詩鏡》。其中《詩鏡》一書,含《古詩鏡》36 卷,《唐詩鏡》54 卷。選錄漢魏至晚唐詩,書中含詩人小傳、詩選及詩評三部分,《古詩鏡》卷前並有〈詩鏡總論〉一篇。《四庫全書總目》謂其論詩「大旨以神韻為宗,情境為主」,並稱許本書「採摭精審,評釋詳核,凡運會升降,一一皆可考見其源流,在明末諸選中固不可不謂之善本矣。」[4]據此可概知

3　鄔國平、葉佳聲〈王夫之評杜甫論〉指出:「尊杜和貶杜二種相反的傾向都同時突出地存在於一個批評家身上,這在杜詩學史上還是比較少見的。」《杜甫研究學刊》,2001 年 01 月,頁 56。

4　〔清〕永瑢等著:《四庫全書總目》(臺北:臺灣商務印書館,1983 年)卷 189,集部總集類四〈古詩鏡三十六卷唐詩鏡五十四卷〉條下,頁 4213。

本書的要旨與評價。

王夫之（1619-1692），字而農，號薑齋，湖南衡陽人。崇禎 15 年（1642）曾在衡山組織抗清起義，戰敗後曾短暫任職於南明桂王的小朝廷，桂林陷落後決心隱遁，晚年屏居衡陽石船山，學者稱船山先生，為明清之際著名的思想家與文學家，一生著述宏富，後人編為《船山遺書》324 卷。其詩歌選評之作計有《古詩評選》6 卷、《唐詩評選》4 卷及《明詩評選》8 卷。

理解了陸時雍與王夫之的生平與學術背景後，緊接著比較兩家唐詩選本中選錄杜詩的情形。

以詩作的入選數量而言，陸時雍《唐詩鏡》選錄杜甫各體詩作共 372[5]首，與書中選錄數量前五名的其他四位詩家相較，分別是：李白 295 首，白居易 193 首，元稹 121 首，王維 96 首，可見杜詩在該書入選數量的超越性。

相較於陸時雍「按詩家所處時代先後順序排列，再就詩家作品分體選詩」的體例，王夫之《唐詩評選》則是採「先詩體後詩家」的方式，書中共分 4 卷，分別是卷 1「樂府歌行」，卷 2「五言古」，卷 3「五言律」，卷 4「七言律」。全書共選錄杜詩 91 首，為書中選錄數量數多的詩人。而書中選錄數量前五名的其他四位詩家，依序是李白 43 首，王維 25 首，岑參 18 首，韋應物 18 首。儘管王夫之《唐詩評選》未選錄絕句一體，可能影響詩家的整體入選量，但由於杜甫詩的入選量比李白多了 48 首，遠遠超過李白詩被

5　《唐詩鏡》選錄杜詩各體數量，詳細可參見羅安伶：《陸時雍《唐詩鏡》之詩學理論研究》（臺北：輔仁大學中國文學研究所碩士論文，2005年），頁 32-33。

選錄的 43 首，故誠如鄔國平、葉佳聲論文所言：「即使將絕句的因素考慮進去，也不可能改變杜甫詩在《唐詩評選》中位居榜首的局面。」[6]

　　今人陳國球先生論及詩歌選本的批評意義時指出：「幾乎所有批評家都認為自己就是最有識力的人，但除非身兼選家的身份，他們多半不會將經自己識力判別的一套文學正典一一羅列，可能他們根本也沒有一張詳細的清單。然而，如果有一些大家都注意選本出現，批評家要印證識力，就較為容易。無論從篇章的取捨、體例的安排，以至選詩的宗旨及相關的文學觀念，都可以斟酌指點，表示認同或作出異議。」[7]既然詩歌選本是詩評家擇錄篩選的結果，也是其用以宣揚詩學主張的手段，透過選本中所選錄的詩家與選詩數量多寡，當不難理解詩評家的詩學好惡取向。然而，在研閱陸時雍《唐詩鏡》與王夫之《唐詩評選》時，卻經常可見「選」與「評」之間的巨大反差。

　　以陸時雍而言，陸時雍在〈詩鏡總論〉主張：「中唐人用意好刻好苦，好異好詳」，相形之下，「盛唐人寄趣在有無之間，可言處常留不盡，又似合於風人之旨，乃知盛唐人之地位故優也。」[8]但比對《唐詩鏡》的選詩內容，中唐詩共選錄 1258 首，詩家 95 人，盛唐詩則選錄 1112 首，共 62 人，明顯與「盛唐人之地位故優」的論點不合。再以「七古」一體而言，陸時雍宣揚李白的七古

6　上述論點，參見鄔國平、葉佳聲：〈王夫之評杜甫論〉，頁 55。

7　陳國球：《明代復古詩論研究》（北京：北京大學出版社，2007 年）第四章〈從《唐詩品匯》到李攀龍選唐詩〉，頁 217。

8　《古詩鏡》卷前之〈詩鏡總論〉，頁 23a。

是「千古之雄」，理由是「氣駿而逸，法老而奇，音越而長，調高而卓」，相形之下，「少陵何事得與執金鼓而抗顏行也？」[9]評李白〈駕去溫泉宮後贈楊山人〉詩，再度稱許李白七古「雄情逸調，縱自天成」，隨後不忘貶低杜甫以為陪襯：「杜子美氣勢雄沈而語多滯色，以稱敵手，未也。」[10]但《唐詩鏡》卻選錄杜甫七古 94首，李白僅 53 首，就算將七言樂府 58 首併入計算，杜甫的 94 首與李白的 111 首也相去不遠，絕非如陸時雍所謂「以稱敵手，未也」。

　　令人玩味的是，陸時雍不僅在選評李白、王維詩作時，借杜甫以為陪襯，藉以抬高李、王兩家的地位，在杜甫小傳之後總評杜詩時，雖也高度肯定杜甫古、近體詩的成就，所謂：

> 五、七古詩，雄視一世，奇正雅俗，稱題而出，各盡所長，是謂武庫；五、七律詩，他人每以情景相和而成，本色不足者，往往景饒情乏，子美直攄本懷，借景入情，點鎔成相，最為老手。[11]

由「雄視一世」與「最為老手」等語詞來看，杜甫的五、七言古詩和律詩，似乎仍是有唐詩家第一人，但陸時雍緊接著口氣一轉，在區分李白、王維、杜甫三家的特色與高下時主張：

9　〈詩鏡總論〉，頁 18a-b。

10　《唐詩鏡》卷 19，頁 4a。

11　《唐詩鏡》卷 21，頁 1b。

> 王摩詰之清微，李太白之高妙，杜子美之雄渾，三者並稱，
> 然而太白之地優矣。*12*

這種「太白之地優矣」的評論，如果是出現在《唐詩鏡》李白詩卷中，尚可理解為「借客陪主、推尊傳主」之意，但在杜甫詩卷中推尊李白，難免予人「喧賓奪主、賓主易位」的印象。類似的評論還不止此，如杜甫〈無家別〉後評有：「老杜詩必窮工極苦，使無餘境乃已，李青蓮只指點大意。」*13* 之言，表面上李、杜兩家似乎各有所長，實則不然，杜詩的「窮工極苦，使無餘境」，在陸時雍的詩論體系中屬於負面評價，由以下〈詩鏡總論〉所言，可印證不誣：

> 世之言詩者，好大、好高、好奇、好異，此世俗之魔見，非
> 詩道之正傳也。（頁 15b）

> 優柔悱惻，詩教也，取其足以感人已矣。後之言詩者，欲
> 高、欲大、欲奇、欲異，於是遠想以撰之，雜事以羅之，長
> 韻以屬之，傲詭以炫之，則駢指矣。此少陵誤世，而昌黎復
> 誦其波也。心托少陵之藩而欲追風雅之奧，豈可得哉？（頁
> 20a）

在陸時雍看來，過分追求「高、大、奇、異」，皆有違「優柔悱

12　同上註。

13　《唐詩鏡》卷 21，頁 6a。

惻」、「足以感人」的詩教，而杜詩的「窮工極苦，使無餘境」，正是其貽誤後世者，〈詩鏡總論〉遂又謂杜詩「五、七言古窮工極巧，謂無遺恨，細觀之，覺幾回不得自在。」相形之下，李白「指點大意」的詩評，自然要比杜甫的「窮盡無餘」更勝一籌。

令人不解的是，陸時雍既然指出杜詩有以上種種不足之處，以致後人「心托少陵之藩而欲追風雅之奧，豈可得哉？」然則陸時雍在編選《唐詩鏡》時，何以杜甫被選錄的詩作仍是最多，而不是「指點大意」的李白？或是「離象得神，披情著性，後之作者誰能之」[14]的王維呢？這是陸時雍《唐詩鏡》所存在的「選」與「評」之間的重大矛盾現象。

至於王夫之對杜詩的負面評論，學界目前不乏相關主題的論文，如大陸學者郭瑞林在〈千古少有的偏見——王夫之眼中的杜甫其人其詩〉[15]一文中，針對王夫之如何「貶抑杜甫的人品」及「貶損杜詩的成就」加以論述，其後並就王夫之「貶抑杜甫與杜詩的原因」加以探討，認為主要的原因有三，其一是杜詩有悖風雅傳統，其二是王夫之論詩有厚古薄今傾向，其三是王夫之論詩有重漢魏輕唐宋的傾向。而鄔國平、葉佳聲〈王夫之評杜甫論〉一文，則結合王夫之「以平為貴」的詩學主張，認為王夫之評杜詩有「尊兩頭」（即入蜀前、出峽後）貶中間（在蜀時期）的傾向，並突出杜詩閒雅深婉而有神行之妙的一面，「實際上是抑奇求平的詩歌藝術的反映」；此外，王夫之從詩、史之別批評杜詩，乃是「王夫之對楊慎的詩歌

---

14 〈詩鏡總論〉，頁15b。

15 文見《湘潭師範學院學報》，第21卷第4期（2000年07月），頁82-87。

評價甚高，在詩史問題也基本接受了楊慎的看法。」[16]上述論點，筆者並無異議，但令人質疑的問題是：倘若杜詩真如王夫之所謂是「風雅罪魁」[17]、是「取驚俗目」[18]的話，究竟該如何解釋王夫之《唐詩評選》中選錄杜詩最多的意義？此外，王夫之論李、杜二家時，對李白只褒不貶，對杜詩則頗多微詞，但選本中選錄杜詩的總數（91 首）仍是李詩（43 首）的兩倍以上，[19]又該如何看待此一矛盾現象？

為能深入探究陸、王兩家「對杜詩多有貶抑之詞，但杜詩卻是唐詩選本中選錄最多」的矛盾現象，以下將就兩家選杜最多的緣由分別進行探討。

第二節　陸時雍《唐詩鏡》選杜最多的緣由

《四庫全書總目》論陸時雍詩學，謂其「大旨以神韻為宗，情境為主」，但筆者以為，在「神韻」與「情境」之外，「中和之則」更是陸時雍詩論不可忽視的要點。

所謂「中和之則」，見於《古詩鏡》卷前所附〈詩鏡總論〉論

---

[16] 鄔國平、葉佳聲：〈王夫之評杜甫論〉，《杜甫研究學刊》2001 年第 1 期，頁 58。

[17] 王夫之《明詩評選》卷 5 評徐渭〈嚴先生祠〉，頁 243。

[18] 〔清〕王夫之著，李中華、李利民校點：《唐詩評選》（保定：河北大學出版社，2008 年）卷 3〈漫成〉後評，頁 139。

[19] 以上論點，大陸學者涂波〈論王夫之選本批評〉，《江西師範大學學報·哲社版》第 38 卷第 4 期（2005 年 07 月）曾提出疑問，並自言將另撰文探討（見頁 54）。但截至目前為止，筆者搜尋大陸期刊網單篇論文，並未得見其探討之專文。

杜詩，其云：

> 杜少陵〈懷李白〉五古，其曲中之悽調乎？苦意摹情，過於
> 悲而失雅。〈石壕吏〉、〈垂老別〉諸篇，窮工造景，逼於
> 險而不括，二者皆非中和之則。（頁17b）

由「過悲」則「失雅」，「逼於險」則「不括」，可見「中和之
則」強調的是不偏不倚，不過分偏向某種情態或風格；再由以下陸
時雍〈詩鏡總論〉的兩則詩論內容來看：

> 氣太重，意太深，聲太宏，色太厲，佳而不佳，反以此病。
> （頁15b）

> 詩不患無材，而患材之揚；不患無情，而患情之肆；不患無
> 言，而患言之盡；不患無景，而患景之煩。（頁17b）

引文的共通點都在於強調：詩作不可太過，如太重、太深、太宏、
太厲，或是過於揚材、肆情、盡言、煩景，反致詩病。而〈詩鏡總
論〉中更是屢屢可見「詩之所病者，在過求之也」、「每事過求，
則當前妙境，忽而不領」[20]之言。再對照〈詩鏡總論〉所謂：

> 世之言詩者，好大、好高、好奇、好異，此世俗之魔見，非
> 詩道之正傳也。（頁15b）

---

[20]　兩則引文，俱見〈詩鏡總論〉，頁22a-b。

> 凡好大、好高、好雄、好辯，皆才為之累也。善用才者，常
> 留其不盡。（頁28b）

上述論點，又常見於詩作的相關評論，如謂「中唐人用意好刻、好苦、好異、好詳」，相形之下，「盛唐人寄趣在有無之間，可言處常不盡」，此所以「盛唐人之地位故優也」；[21]又如評王維〈送平澹然判官〉，三、四句（黃雲斷春色，畫角起邊愁）佳處在於「意象深露，自然入妙」，陸時雍隨後再度批評為詩「過求」之弊：

> 若刻之使深，逼之使露，則有傷根動窟之病，縱有佳句，精彩薄而氣象淺矣。[22]

既然「過求」易使詩作刻露、傷根，如何在左右兩端取得平衡，便是「中和之則」著眼的重點所在。

在陸時雍的詩學理論中，這種不偏不倚、相反相成的中和之則，可說是其評定詩作高下優劣的重要指標，試觀《唐詩鏡》以下所言：

> 余嘗論大家法門，能閒而整，能寬而密，能淡而旨，能簡而奧，能無心而舉會，能不言而自至，能詳而不煩，能嚴而不迫。是故華而不靡，質而不俚。[23]

21　〈詩鏡總論〉，頁23a。
22　《唐詩鏡》卷10，頁12a。
23　《唐詩鏡》卷18，頁23b。

上述「閒而整」、「寬而密」、「淡而旨」、「簡而奧」、「詳而不煩」、「嚴而不迫」、「華而不靡」、「質而不俚」等諸多概念的提出，都是強調在兩者之間取得平衡。

　　由「中和之則」來檢驗陸時雍對杜詩的相關評論，吾人不難發現，陸時雍《唐詩鏡》所選錄的杜詩，實兼具正、負兩種評論，為方便檢閱比對，茲以表格條列如下：

表一：陸時雍《唐詩鏡》對杜詩的正、負評價要點

有過求之嫌的負面評論	合乎中和之則的正面評論
〈無家別〉：窮工極苦（卷 21，頁 61a）	〈發秦州〉：元氣濛濛（卷 22，頁 1b）
〈玉華宮〉：迫露之極（卷 21，頁 18b）	〈鐵堂峽〉：語語深貼有味（卷 22，頁 2b）
〈北征〉：著色太濃（卷 21，頁 2b）	〈石龕〉：氣局最寬，語致最簡（卷 22，頁 3b）
〈鹽井〉：語多險僻（卷 22，頁 3a）	〈成都府〉：氣韻高雅，意象更入微茫（卷 22，頁 9b）
〈麗人行〉：墨氣太重（卷 23，頁 3a）	〈除草〉：芟盡蕪穢，神趣蔚然，遂臻大雅（卷 22，頁 17b）
〈樂遊園歌〉：往往費力（卷 23，頁 4a）	〈谿漲〉：如此正好，過此則生病矣（卷 22，頁 20b）
〈寄韓諫議〉：玉京群帝一段是老人拉拔語，絕非佳處（卷 23，頁 16a）	〈牽牛織女〉：茫茫落落，是最佳處（卷 22，頁 22a）
〈送孔巢父謝病歸遊江東兼呈李白〉：好作奇語，亦是一病（卷 23，頁 17b）	〈王兵馬使二角鷹〉：分外餘思，分外餘力，是此老真奇處（卷 24，頁 6a）

〈荊南兵馬使太常卿趙公大食刀歌〉：氣質太重，往往好盡所長（卷24，頁6b）	〈桃竹杖引贈章留後〉：其最佳處在有餘而不盡（卷24，頁14a）
〈上兜率寺〉：余不知詩家要高大語何用？（卷25，頁7a）	〈春宿左省〉：氣格渾成（卷25，頁1b）
〈登樓〉：空頭且帶俚氣（卷26，頁13a）	〈曲江二首之一〉：顛倒縱橫，復體格森然，更得自在，所以為難（卷26，頁3a）
〈閣夜〉：意盡無餘（卷26，頁22b）	〈院中晚清懷西郭茅舍〉：意卻渾然，此老擅長獨得處（卷26，頁6a）

以上表格中，凡有「過求」之嫌者，多具有「窮、極、大、太、盡、無餘」之意，而合乎「中正之則」的評語，而則多用「渾、茫、有餘」等字眼，或是如〈石龕〉、〈谿漲〉、〈曲江〉般，在兩者之間取得平衡。從這個角度來看，杜詩儼然是陸時雍論證「中和之則」的最佳例證。一方面，杜詩既有負面的詩例，可用以說明「過求」的負面效應；另一方面，又有合乎「中和之則」者，可援引作為讀者的學習典範。

因此，陸時雍對於杜詩固然多有負面評語，甚至有「心托少陵之藩而欲追風雅之奧，豈可得哉」[24]之言，但並非主張杜詩不可學，而是針對杜詩的「高大奇異」而發，這點除了在〈詩鏡總論〉中屢見其謂「少陵精矣、刻矣、高矣、卓矣、然而未齊於古人者，以意勝也。」、「子美之病，在於好奇，作意好奇，則於天然之致遠矣。」的論點外，更不時可見其借題發揮、長篇議論者，例如：

---

[24] 〈詩鏡總論〉，頁20a。

〈登樓〉後評：凡說豪、說霸、說高、說大、說奇、說怪，皆非本色，皆來人憎。[25]

〈上兜率寺〉後評：余不知詩家要高大語何用？物有長短，情有淺深，所為隨物賦形，隨事盡情，如是足矣。今如以巨無霸之衣而加之子都，其謂姱乎？為此者，非腐則俚耳。嘗見孔門論事，未嘗以堯舜驚人，以是知其不必也。[26]

〈赤谷〉後評：老杜發秦州一段，詩正入細，所以首首可誦。凡好高、好奇，便與物情相遠。人到歷鍊，既深事理，知向高、奇，一無用處。[27]

至於杜詩為後人稱頌的名詩名句，常見陸時雍以「卷末附錄」的方式處理，對詩作的評語更是多有鄙薄，如〈登岳陽樓〉之「吳楚東南坼，乾坤日夜浮」，陸時雍直言：「自宋人推尊至今六、七百年矣，今直不解其趣。」[28]又如〈江亭〉之「水流心不競，雲在意俱遲」，陸時雍也謂其「家數最小」，相形之下，王維「行到水窮處，坐看雲起時」二句則「如在層霄之上」；[29]評〈旅夜書懷〉之「星垂平野闊，月湧大江流」二句為「寡趣，稍近於呆」。[30]至於

---

25 《唐詩鏡》卷 26，頁 13a。
26 《唐詩鏡》卷 25，頁 7a。
27 《唐詩鏡》卷 22，頁 2a。
28 《唐詩鏡》卷 25，頁 19a。
29 《唐詩鏡》卷 25，頁 19b。
30 《唐詩鏡》卷 25，頁 20b。

七律卷末附錄所收〈閣夜〉詩，三、四句之「五更鼓角聲悲壯，三峽星河影動搖」，陸時雍也有「意盡無餘」[31]之評；而〈秋興〉八首更是全部打入附錄中，理由是：「〈秋興〉八首，語氣鄭重，非其至佳之作。人有謂正愛其重，自來風雅騷歌，未見有重者。」[32]凡此種種，都可視為陸時雍對後人學杜之「高大奇異」所作的反省與批判。

　　與《唐詩鏡》選錄的前五名的詩家相較，更可凸顯陸時雍確實是以杜詩作為兼具「中和之則」的正、反例證。檢閱《唐詩鏡》對李白詩作的評論，或言：「嘗謂大雅之道有三：淡、簡、溫。每讀太白詩，深得此致。」[33]或言其「無意無色，自然高妙」，[34]或以之為「大家法門」。[35]即使評語間有涉及「奇」字者，如謂〈蜀道難〉「近賦體，魁梧奇譎，知是偉人」；[36]或謂〈勞勞亭歌〉：「不必他奇，氣格聲調，高視一世。」[37]但句中的「奇」字，實都屬正面肯定之意，而非負面貶抑之詞。至於選詩量居第三、第四的白居易、元稹，其雖有：「元、白言情，元粘白解；遣意鑄詞，元修白率。體裁冗塌則均。」[38]之言，在評論元稹詩作時，也偶見「淺近」、「率而盡」[39]等言，但整體而言，仍以「淺而旨」、

31　《唐詩鏡》卷26，頁22b。

32　《唐詩鏡》卷26，頁23a。

33　《唐詩鏡》卷17李白〈春思〉後評，頁7b。

34　《唐詩鏡》卷20李白〈蘇台覽古〉後評，頁15a。

35　《唐詩鏡》卷18〈采蓮曲〉後評，頁23b。

36　《唐詩鏡》卷18，頁3a。

37　《唐詩鏡》卷19，頁9b。

38　《唐詩鏡》卷42〈白居易〉卷前小傳後附總評，頁1b。

39　《唐詩鏡》卷46元稹〈君莫非〉後評，頁1b；〈茅舍〉後評，頁4b。

「足語有味」、「淡而旨」[40]這類正面的評語居多。至於王維的選詩量雖位居《唐詩鏡》第五，但陸時雍評論王維詩作時，明顯有「揚王抑杜」之嫌，如謂「摩詰七律與杜少陵爭馳」，[41]或謂其七律「標格渾成，意象圓美，恐杜少陵不得擅美於唐」，[42]甚至還為王維抱屈，以為「後人因絕愛少陵，遂至忽視摩詰」，[43]選本中的評語，也多為「語淺情深」、「悠然自遠」、「語語領趣」、「語雖淺淺，卻有真趣」[44]這類正面肯定詞彙。相較於四家僅有正面示範意義的情況下，陸時雍對杜詩的評語，實兼具負面的「過求」與正面「中和之則」的內容，既援引杜詩的高大好奇以為詩病，又以杜詩語意渾然、有餘不盡者作為學習典範，此當為杜詩所以在《唐詩鏡》中選錄最多的主要緣由。

第三節　王夫之《唐詩評選》選杜最多的緣由

　　相較於陸時雍《唐詩鏡》對選錄的杜詩有正、反兩種評價，王夫之《唐詩評選》對杜詩的評論，除了對少部分的詩作略帶貶意

---

[40]　《唐詩鏡》卷 42〈冬日早起閒詠〉，頁 6a；〈宿東亭曉興〉，頁 6b；〈西原晚望〉，頁 7a。

[41]　《唐詩鏡》卷 10 王維〈奉和聖製從蓬萊向興慶閣道中留春雨中春望之作應制〉後評，頁 18b。

[42]　《唐詩鏡》卷 10〈出塞作〉後評，頁 20b。

[43]　《唐詩鏡》卷 10〈酌酒與裴迪〉後評，頁 22a。

[44]　以上四則評語，參見《唐詩鏡》卷 10〈贈裴迪〉，頁 2a；〈送別〉，頁 2b；〈藍田山石門精舍〉，頁 4a；〈崔濮陽兄季重前山興〉，頁 4b。

（詳見以下所論），其餘多為正面評價，其對杜詩的負面評價，則集中在《古詩評選》與《明詩評選》論述詩家「學杜」的相關議題上。

翻閱《明詩評選》，屢見王夫之「某人詩非由學杜得來」的詩評內容。如評袁凱詩云：「李獻吉謂凱詩學杜，非也，凱詩正自沈約來。」其後不忘將袁凱自「學杜」的行列切割開來，以為：「此章純無筆墨痕，學杜者何足以及之。」[45]評張元凱詩則云：「杜學盛行之日，此公卻問道岑嘉州，故於歌行尤宜，不屑作『老夫清晨梳白頭』詩也。」[46]評徐渭〈楊妃春睡圖〉，稱許其「不似杜子美〈王宰〉、〈曹霸〉諸篇有痕。」[47]評貝瓊詩，也有：「必不可謂此為仿杜」，因為「仿杜者必多一番削骨稱雄，破喉取響之病。」[48]評王逢詩則云：「純靜無折疊紋，固不可與學杜人同傳。」[49]評高啟詩云：「苦學杜人必不得杜，唯此奪杜胎舍，必不從〈夔府詩〉入手也。」[50]評張宇初詩亦云：「非杜不能，正不從杜得。」[51]評蔡羽詩作時，更引用蔡羽「少陵不足法」之言，再三稱許其「能不學杜，即可問道。……先生解云杜不足法，故知滿腹皆春。」[52]評蔡羽〈川上〉詩，也嘉許其「洵是高杜陵一籌，今人不

---

[45] 《明詩評選》卷1〈雞鳴〉，頁10。

[46] 《明詩評選》卷2〈新豐主人〉，頁57。

[47] 《明詩評選》卷2，頁60。

[48] 《明詩評選》卷6〈庚戌九日是日聞蟬〉，頁281。

[49] 《明詩評選》卷5〈奉寄趙伯器參政尹時中員外五十韻〉，頁170。

[50] 《明詩評選》卷5〈郊野雜賦〉四首之一，頁186。

[51] 《明詩評選》卷5〈春寒〉，頁194。

[52] 《明詩評選》卷4〈九月十四日集東麓亭〉，頁134；〈錢孔周席上話文衡山王履吉金元賓〉，頁136。

信耳。」[53]而杜甫「花覆千官淑景移」句，與蔡羽「中庭綠陰徙」相較，「猶其孫子」，[54]明顯可見其對學杜者及杜詩的貶抑傾向。甚至連帶批評杜甫的人品，如謂其「愁貧怯死」[55]或「忠孝之情不逮，乃求助於血勇」[56]等等。

然而，深究其實，王夫之並非完全否定杜詩，否則也就難以解釋其《唐詩評選》選錄杜詩最多的現象。重點在於，學杜詩須有善擇之功，避開其不可學者，而擇其精要處。至於王夫之認為杜詩有哪些是不可學的呢？歸納其詩論內容，可概括為：以詩為史、以議論為詩與詩作近情入俗者。

就以詩為史而論，王夫之《明詩評選》論徐渭詩云：「學杜以為詩史者，乃脫脫《宋史》材耳。杜且不足學，奚況元、白。」[57]《古詩評選》更有「以詩史稱杜陵，定罰而非賞。」[58]之言。所以然者，在於「文章之道，自各有宜」，[59]而詩、史各有所長，詩宜於即事生情，即語繪狀；史宜於敘事敘語，從實著筆。詩作若夾雜史法，亦即以詩為史，「則相感不在永言和聲之中，詩道廢矣。」王夫之並舉杜甫〈石壕吏〉為例，謂本詩「每於刻畫處猶以逼寫見

53　《明詩評選》卷 5，頁 200。

54　《明詩評選》卷 4〈早秋李抑之見過〉，頁 89。

55　《明詩評選》卷 4 評劉基〈感春〉，頁 88。

56　《唐詩評選》卷 3 評鄭遨〈山居〉三首之三，頁 162。

57　《明詩評選》卷 2〈沈叔子解番刀為贈〉，頁 62。

58　〔清〕王夫之著，李中華、李利民校點：《古詩評選》（上海：上海古籍出版社，2011 年）卷 1〈煌煌京洛行〉，頁 24。

59　《唐詩評選》卷 3 高適〈自薊北歸〉，頁 125。按：王夫之此處所謂「文章」，由引文之後提及「典冊檄命」、「五言」、「近體」等言，可知「文章」應是泛指各種文類。

真，終覺於史有餘，於詩不足」，[60]混淆了詩與史不同體裁的特色。其所以嚴辭指責杜甫為「風雅罪魁」，也是針對杜甫決破「詩以道性情」的疆界，將詩作與其他闡揚天德王道、事功節義、禮義文章的文類混雜，導致「桎梏人情，以掩性之光輝」。[61]

對於唐、宋人以議論為詩，王夫之也十分反感，以為「則但一篇陳便宜文字，強令入韻，更不足以感人深念矣。」追根究底，「此法至杜而裂，至學杜者而蕩盡。」[62]其並倡言：「議論入詩，自成背戾。」[63]所以然者，在於「風雅之道，言在而使人自動，則無不動者；恃我動人，亦孰令動之哉？」[64]與「通人於詩，不言理而理自至，無所枉而已矣。」[65]換言之，若為真詩，自有真理寓於其中，不必刻意說理。其批評杜詩「水流心不競」、「花鳥自無私」是「以無私之德，橫被花鳥；不競之心，武斷流水」，[66]對自然界的花鳥、流水橫加個人判斷語；而陶潛的「人生歸有道」、「憂道不憂貧」等語，也被歸入「老措大稱賞」[67]之類，因為這類詩句本身便具有說理成分，違反「言在而使人自動」、「不言理而理自至」的原則。

60　《古詩評選》卷 4〈古詩四首〉之一，頁 139。

61　《明詩評選》卷 5 徐渭〈嚴先生祠〉，頁 243。

62　《明詩評選》卷 4 湯顯祖〈南旺分泉〉，頁 153。

63　《古詩評選》卷 4 張載〈招隱〉，頁 178。

64　《古詩評選》卷 4 左思〈詠史四首〉之四，頁 165。

65　《古詩評選》卷 4 陶潛〈癸卯歲始春懷古田舍〉，頁 191。

66　同上註。

67　《古詩評選》卷 4 陶潛〈飲酒二首〉之二，頁 191。

　　對於杜詩近情入俗的部分，王夫之的反彈更是強烈。在王夫之眼中，杜詩敗筆有「宋人謾罵之祖」者如「李瑱死歧陽，來瑱賜自盡」、「朱門酒肉臭，路有凍死骨」[68]之類；而「自墮塵土」者如「鵝鴨宜長數」、「計拙無衣食」、「老翁難早出」等；另有「裝名理為腔殼」者如「水流心不競，雲在意俱遲」；或為「擺忠孝為局面」者如「致君堯舜上，再使風俗淳」。以上詩句，王夫之不僅視為「門面攤子句，往往取驚俗目」，並認為是杜甫「人品、心術、學問、器量大敗闕處」。[69]但由於這類的詩句多為後世學杜者仿效，連帶的，王夫之在論及「學杜」現象時，往往以鄙薄厭惡的語氣出之，如云：

　　〈七歌〉不紹古響，然唐人亦無及此者。……俗子或喜其近情，便依仿為之，一倍惹厭。大都讀杜詩、學杜者，皆有此病。是以學究幕客，案頭胸中，皆有杜詩一部，向政事堂上，料理饅頭餳子也。[70]

　　亡友上湘歐陽淑云：「工部詩如『老夫清晨梳白頭』一派，正令人人可詩，人人可杜，宜天下之競言杜也。」競言杜，不復有杜矣。[71]

68　《唐詩評選》卷2杜甫〈後出塞二首〉之二，頁71。

69　《唐詩評選》卷3〈漫成〉，頁139。

70　《唐詩評選》卷1，頁31。

71　同上註。

> 蒙古之末，楊廉夫（按：元人楊維楨，字廉夫）始以唐體杜學，
> 救宋學之失。……孟載（按：明人楊基，字孟載）依風附之，偏
> 竊杜之垢膩以為芳澤，數行之間，鵝鴨充斥；三首之內，紫
> 米喧闐。沖口市談，滿眉村皺。……嗚呼，詩降而杜，杜降
> 而夔府以後詩，又降而有學杜者，學杜者降而為孟載一流，
> 乃栩栩然曰吾學杜，杜在是，詩在是矣。……操觚者有恥之
> 心焉，姑勿言杜可也。[72]

在「學究幕客，案頭胸中，皆有杜詩一部」、「人人可詩，人人可
杜」、「數行之間，鵝鴨充斥；三首之內，紫米喧闐」的泛濫充斥
下，宜乎王夫之要發出「競言杜，不復有杜」、「姑勿言杜可也」
的反彈。徐國能先生也曾為文指出：「他（指王夫之）以『含蓄』為
詩歌審美的最高原則，故他清楚地認識到杜甫的存在，是『惡紫奪
朱』，是『含蓄』詩論無法申張的重要原因，因此不遺餘力地指出
杜甫對詩的錯解與後人的誤學。」[73]由「含蓄」詩論的發展角度，
說明了王夫之何以對杜詩以及學杜之人有所批評的緣由。

　　然而，儘管王夫之對當時詩壇「學杜」的現象有所不滿，但在
《唐詩評選》中，其對杜詩並非採取「略而不選」或是「少選」的
方式作來作反制，而是採取「杜詩入選數量最多」的策略。比較
《唐詩評選》選詩數量較高的前五家，杜甫詩選入 91 首，在《唐

---

[72] 《明詩評選》卷 6 楊基〈客中寒食有感〉，頁 280。
[73] 徐國能：《清代詩論與杜詩批評——以神韻、格調、肌理、性靈為論述中
心》（臺北：里仁書局，2009 年）第二章第一節〈「攻杜」的詩學思想
與批評史意義〉，頁 69。

詩評選》中不僅為數最多，還是第二名李白 43 首的 2.1 倍，第三名王維 25 首的 3.6 倍。尤其是七律一體，單是杜甫一家的選錄數量高達 37 首，遠遠超越前四位詩家個位數的入選量（李白 2 首，王維 4 首，岑參 5 首，韋應物 3 首）。再由《唐詩評選》以下對杜詩的評語來看：

表二：王夫之《唐詩評選》對杜詩的評價

《唐詩評選》選錄杜詩及相關評語	出處
〈哀王孫〉：畫家有工筆、士氣之別，肖處大損士氣。此作亦肖甚，而士氣未損，較「血污遊魂歸不得」一派自高一格。	卷 1，頁 29
〈遣興〉四首之一：結撰不淫，只如此寄哀已足，何用「人少虎狼多」、「痴女飢咬我」、「呻吟更流血」而後為悲哉？	卷 2，頁 69
〈登岳陽樓〉：出峽詩攝汗漫於整暇，不復作「花鳥無私」、「水流不競」等語矣。	卷 3，頁 135
〈倦夜〉：清適如此，必非指天畫地以學杜人所得。	卷 3，頁 138
〈廢畦〉：詠物詩唯此為最。	卷 3，頁 140
〈千秋節有感〉：杜於排律極為漫爛，使才使氣，大損神理……今為存其節奏不繁者三數篇，俾庸人有遺珠之歎，於杜乃為不失。	卷 3，頁 178
〈燕子來舟中作〉：學杜者不當問津於此耶？	卷 4，頁 223
〈遣興〉四首之二：宛折有神，乃以直承魏、晉上。	卷 2，頁 70
〈遣興〉四首之三：觀其風矩，尋其局理，固當文於王粲，章於袁淑，杜陵未敗之筆固有如此。……冥搜所得，乃不著冥搜之容。	卷 2，頁 70
〈遣興〉四首之四：點染處，寓婉於直。	卷 2，頁 70

〈無家別〉：〈三別〉皆一直下，唯此尤為平淨。	卷2，頁73
〈前出塞〉二首之二：雄豪之作，偏於平淨得力。	卷2，頁70
〈後出塞〉二首之一：養局養法，偏於刻畫至極中得不淫汰。	卷2，頁71
〈贈衛八處士〉：每當近情處即抗引作渾然語，不使泛濫……杜贈送五言能有節者，唯此一律。	卷2，頁75
〈成都府〉：俗目或喜其近情，畢竟杜陵落處全不關近情與否，如此詩篇只是一雅。	卷2，頁74
〈野望〉：如此作自是野望絕佳寫景詩……攝興觀群怨於一爐，錘為風雅之合調。	卷3，頁136
〈船下夔州郭宿雨濕不得上岸別王十二判官〉：深潤秀密，杜出峽詩方是至境。	卷3，頁137
〈野老〉：境語蘊藉，波勢平遠。	卷4，頁216
〈秋興〉八首之五：無起無轉，無敘無收，平點生色。	卷4，頁219
〈即事〉：純淨，好節奏。	卷4，頁221

上述評語中，如〈哀王孫〉、〈遣興〉四首之一、〈登岳陽樓〉，皆取與杜詩冗贅句或近俗句相較，以凸顯該詩的佳處與特長；而〈倦夜〉、〈廢畦〉、〈千秋節有感〉、〈燕子來舟中作〉等詩，實又具有「如何方是學杜」的指導意義；至於〈遣興〉四首之二以下諸詩評語，則是直接點明該詩的絕妙至境。歸納各詩評語，多具有平淨、宛折、渾然、蘊藉、自然、合調等特點，與王夫之「以平為貴」的詩論及好以「平」論詩[74]的特點是相通的。

---

[74] 「以平為貴」之說，見《唐詩評選》卷4論趙嘏〈九日陪越州元相宴龜山寺〉云：「鍾嶸言詩以平為貴，如此亦無崎嶇嶢确之態。」頁258。至於王夫之好以「平」論詩的內容，詳細可參見涂波：〈說平——王夫之詩學

　　與陸時雍《唐詩鏡》相較，更能顯現王夫之《唐詩評選》選錄
杜詩作為學杜者的示範、指導之意。如前所述，杜詩在陸時雍《唐
詩鏡》中，兼具有合乎中和之則的正面評論，與有過求之嫌的負面
評價；反觀王夫之《唐詩評選》對杜詩的評論，除了少部分詩作略
帶貶意，如謂〈新婚別〉與〈垂老別〉盡有可刪者，但觀〈新婚
別〉後評：「若此種詩，於己無病，要不能為人作藥。」〈垂老
別〉後評為：「『勢異鄴城下』是反形語，捎打自含風人之旨。」
[75]與《明詩評選》中「競言杜，不復有杜」、「姑勿言杜可也」的
譏誚反彈實不可同日而語。而〈後出塞〉二首之二，雖是「直刺牛
仙客、安祿山」，但也指出本詩「乃唯照耀生色，斯以動情起
意」，有別於「直刺而無照耀，為訟為詛而已」的敗筆之作。至於
〈旅夜書懷〉、〈送鄭十八虔貶台州司戶傷其臨老陷賊之故闕為面
別情見乎詩〉、〈詠懷古跡〉二首之二，雖然詩中利鈍兼具，有
「不得不留之」[76]的遺憾，但王夫之畢竟是「留之」而非直接刪

批評中的重要概念〉，《船山學刊》（2006 年第 1 期），頁 11-14；任
　　慧：〈王夫之《唐詩評選》的選詩標準及評點方法〉，《文獻季刊》
　　（2009 年第 2 期），頁 133-138。

75　兩詩評語分見《唐詩評選》卷 2，頁 72-73。

76　王夫之《唐詩評選》謂〈旅夜書懷〉「星隨平野闊，月湧大江流」二句
　　「一空萬古」，「名豈文章著」也「自是好句」，但詩作後四語有「脫
　　氣」之嫌，末句「天地一沙鷗」也「大言無實」，故而有不得不留之憾
　　（卷 3，頁 138）。〈送鄭十八虔貶台州司戶傷其臨老陷賊之故闕為面別
　　情見乎詩〉一詩，雖後半「走筆以極悲態」，易於取佞口耳，但前半「樗
　　散」、「酒」、「老畫師」等語，皆有微言大意，「中興時」三字則有代
　　之悔意，王夫之故云「所以貴有詩者以此」（卷 4，頁 212）。〈詠懷古
　　跡〉二首之二，首句「群山萬壑赴荊門」施之於「生長明妃尚有村」，在

去，可見這些詩作仍有可取之處，而詩中利鈍互見的評語，也有別於陸時雍對杜詩有過求之嫌者，直接刪去或予以負評的作法。

　　此外，陸時雍《唐詩鏡》在杜甫詩卷中推尊李白，以致「喧賓奪主、賓主易位」的作法，王夫之也與之有異。如王夫之《明詩評選》曾言「於唐詩深惡李頎」，[77]《唐詩評選》僅選錄李頎五古一首，但觀其所附評語為：「頎集絕技，骨脉自相均適。」[78]顯然有意以此取代李頎所為人稱道的「七律」；[79]至於白居易與元稹詩作，《唐詩評選》也僅錄兩家七律 3 首，迥異於元、白兩家佔陸時雍《唐詩鏡》選詩量前三、四名的情況；所選的詩作分別是白居易〈錢塘湖春行〉、〈杭州春望〉及〈酬李二十侍郎〉共 3 首，與元稹〈早春尋李校書〉1 首，也遠非元、白稱世的「長慶體」之作。觀其所評白詩〈杭州春望〉：「韻度自非老嫗所省，世人莫浪云『元輕白俗』。」[80]與評元稹〈早春尋李校書〉云：「必欲抹此以輕艷，則《三百篇》之可刪者多矣。但不犯梁家宮體，願皋比先生勿易由言也。」[81]同樣寓有「如何才是元、白真詩」之意，足以印證王夫之《唐詩評選》選錄各家詩，實具有正面呈現各家詩作特色的用意。

　　王夫之眼中，雖有「佛頭加冠」之失，但整體而言，本詩實又有「以現成意思，往往點染飛動」、「平收不作論贊」的優點（卷 4，頁 221）。

77　《明詩評選》卷 5 林鴻〈塞上逢故人〉後評，頁 192

78　《唐詩評選》卷 1 李頎〈送陳章甫〉後評，頁 20。

79　李頎「七律」一體為明人推崇的情形，詳細可參見陳國球《明代復古派唐詩論研究》第二章第四節「李頎問題」，頁 95-100。

80　《唐詩評選》卷 4，頁 247。

81　《唐詩評選》卷 4，頁 248。

要之，儘管王夫之在《古詩評選》、《明詩評選》中對杜詩與學杜的現象多所訾議，但由《唐詩評選》對杜詩選評內容來看，《唐詩評選》選杜最多，乃基於「如何才是杜詩本色」、「學杜者當問津於何種杜詩」的指導立場。儘管《唐詩評選》對李白只褒不貶，對王維也大力推崇，[82]對杜詩則頗多微詞，但既然是針對明代詩壇「學杜」之弊而發，王夫之在《唐詩評選》中自然要選杜最多，好讓世人藉由選本理解何謂杜詩的真本色，此所以選本中選錄杜詩總數是李詩的兩倍以上甚至遠邁於李白、王維諸家了。

第四節　陸時雍與王夫之選杜的共同樣貌

如前所論，陸時雍《唐詩鏡》與王夫之《唐詩評選》選錄杜詩最多的緣由雖然有別，但深究兩家選評杜詩要點，如陸時雍批評杜詩過求高大好奇者，而以合乎「中和之則」者為尚，王夫之則訾議杜詩以史為詩、好議論、好俗入情者，轉而以平淨宛折、渾然蘊藉、自然合調者為學杜的典範，可見兩者的選詩標準實有異曲同工之妙。由於王夫之《唐詩評選》選錄 91 首杜詩中，有 52 首與陸時雍《唐詩鏡》選杜重疊，以下擬透過這些交集的詩題，呈現出兩家選杜的共同樣貌。

---

[82] 王夫之評王維五律〈送梓州李使君〉，有「右丞工用意，尤工於達意。景亦意，事亦意，前無古人，後無嗣者。文外獨絕，不許有兩。」的高度評價，《唐詩評選》卷 3，頁 122；評〈使至塞上〉詩，亦有「用景寫意，景顯意微，作者之極致也。」之言，卷 3，頁 120；評七律〈奉和聖製從蓬萊向興慶閣道中留春雨中春望之作應制〉，也譽之為「人工備絕，更千萬人不可廢」，卷 4，頁 202，從中俱可見王夫之對王維推崇之意。

樂府歌行，共 11 首

〈短歌行贈王郎司直〉、〈哀王孫〉、〈乾元中寓居同谷縣作歌七首〉、〈麗人行〉、〈閬水歌〉

五言古詩，共 10 首

〈前出塞〉（單于寇我壘）、〈後出塞〉（朝進東門營）、〈新婚別〉、〈垂老別〉、〈無家別〉、〈石壕吏〉、〈成都府〉、〈贈衛八處士〉、〈次晚洲〉、〈赤谷〉

五言律詩，共 7 首

〈春宿左省〉、〈晚出左掖〉、〈野望〉（清秋望不極）、〈禹廟〉、〈船下夔州郭宿雨濕不得上岸別王十二判官〉、〈漫成〉（江皋已仲春）、〈夜宴左氏莊〉

五言排律，共 3 首

〈重經昭陵〉、〈千秋節有感〉、〈春歸〉

七言律詩，共 21 首

〈題張氏隱居〉、〈鄭駙馬宴洞中〉、〈城西陂汎舟〉、〈贈田九判官梁丘〉、〈奉和賈至舍人早朝大明宮〉、〈送鄭十八虔貶台州司戶傷其臨老陷賊之故闕為面別情見於詩〉、〈宣政殿退朝晚出左掖〉、〈紫宸殿退朝口號〉、〈題省中院壁〉、〈曲江陪鄭八丈南史飲〉、〈曲江二首〉、〈曲江對酒〉、〈曲江值雨〉、〈九日藍王宴崔氏莊〉、〈將赴成都草堂途中有作先寄嚴鄭公〉（竹寒沙碧浣花溪）、〈夜〉、〈見螢火〉、〈即事〉、〈小寒食舟中作〉、〈燕子來舟中作〉

單獨就以上詩作選目來看，或許難以看出所以然，但如果取代表明代復古詩論的李攀龍（1514-1570）《古今詩刪》之「唐詩選」選杜部分，與盛行於晚明詩壇，由鍾惺（1574-1625）、譚元春（1586-

1637）共同編選，「承學之士，家置一編，奉之如尼丘之刪定」[83]
的《唐詩歸》，以及明清之際錢謙益（1582-1664）藉由鉤稽考核史
事以闡明杜詩內涵的《錢注杜詩》內容相較，當不難看出陸、王兩
家選杜的特色。

　　以杜甫七律而言，陸時雍與王夫之的唐詩選本所選杜甫七律，
在所有詩體中領先唐代詩家的幅度最大，且王夫之所選的 37 首七
律，與陸時雍選目重複者有 21 首，重複率將近六成，足見兩家對
杜甫七律的看法有高度交集。但取陸、王兩家選杜七律內容，與李
攀龍《古今詩刪》之「唐詩選」所選杜甫 13 首七律[84]相較，三家
共同交集的僅有〈題張氏隱居〉及〈九日藍田崔氏莊〉兩首。再就
李攀龍與陸時雍對杜甫七律選目交集者觀之，〈登樓〉詩次聯「錦
江春色來天地，玉壘浮雲變古今」，陸時雍謂其「空頭且帶俚
氣」；[85]〈九日登高〉之「無邊落木蕭蕭下，不盡長江滾滾來」，
陸時雍也認為「無邊、不盡」及「落、下」皆有語意重複之嫌；[86]

---

[83]　〔清〕錢謙益：《列朝詩集小傳》（臺北：明文書局，1991 年）丁集·
　　中〈鍾提學惺〉，頁 610。

[84]　李攀龍《古今詩刪》之「唐詩選」所選杜七律 13 首，分別為〈題張氏隱
　　居〉、〈宣政殿退朝晚出左掖〉、〈九日藍田崔氏莊〉、〈和裴迪登蜀州
　　東亭送客逢早梅相憶見寄〉、〈野望〉（西山白雪三城戍）、〈登樓〉、
　　〈秋興〉三首（玉露凋傷楓樹林、蓬萊宮闕對南山、昆明池水漢時功）、
　　〈吹笛〉、〈閣夜〉、〈返照〉、〈九日登高〉。詳見〔明〕李攀龍：
　　《古今詩刪》，《景印文淵閣四庫全書》集部第 587 冊，卷 17，頁 4b-
　　7b。

[85]　《唐詩鏡》卷 26，頁 13a。

[86]　原評內容為「三、四是愁緒語。無邊、不盡，語贅；落、下，多一字。」
　　參見《唐詩鏡》卷 26，頁 20b。

而〈閣夜〉與〈秋興〉八首，前者因「五更鼓角聲悲壯，三峽星河
影動搖」一聯「意盡無餘」，[87]後者因「語氣鄭重，非其至佳之
作」，[88]都被陸時雍打入七律卷末附錄之列，可見陸時雍所選錄的
杜甫七律，明顯異於李攀龍所賞好的雄渾壯闊的格調。至於李攀龍
與王夫之選杜甫七律交集者，除三家共同交集的〈題張氏隱居〉與
〈九日藍田崔氏莊〉兩首外，另有〈九日登高〉及〈秋興〉。王夫之
對〈秋興〉八首全數選錄，並云：「八首正如正變七音旋相為
宮，而自成一章。或為割裂，則神體盡失矣。選詩者之賊不小。」
[89]相形之下，李攀龍僅選錄〈秋興〉三首，正是王夫之所訾議的
「選詩之賊」；且王夫之所評定「八首中此作最為佳境」的「昆吾
御宿自逶迤」一首，也不在李攀龍所選錄的三首之列，顯見李攀龍
與王夫之對杜甫七律的看法是頗有差異的。

至於鍾惺、譚元春評選杜詩，好於家常瑣細與詠物小題中，闡
發杜詩的大道理、大學問，所以對〈風雨看舟前落花戲為新句〉、
〈舍弟占歸草堂檢校聊示此詩〉、〈小寒食舟中作〉、〈將別巫峽
贈南卿兄瀼西果園四十畝〉、〈信行遠修水筒〉、〈催宗文樹雞
柵〉等家常瑣細詩，可謂眷眷注目、細細關心。但以上諸詩，除
〈小寒食舟中作〉之外，陸、王兩家都未選入。至於鍾、譚所津津
樂道「最靈最奧、有神有味」的詠物小詩，如〈苦竹〉、〈蒹
葭〉、〈螢火〉、〈歸雁〉、〈猿〉、〈白小〉、〈鸂鶒〉、〈孤
雁〉、〈房兵曹胡馬〉、〈病馬〉、〈促織〉、〈麂〉、〈雞〉等

詩，陸、王兩家也並未加以著墨，可見兩家異於鍾、譚《唐詩歸》瑣細好奇的選詩傾向。

　　錢謙益《錢注杜詩》[90]的特色，在於引史證詩、詩史互證的箋注方式，於人所不能注者，一一注出，所發皆不愧為精闢之史論。其所致力闡釋、大書特書的杜詩，主要為興哀於馬嵬之事，專為貴妃而作之〈哀江頭〉；記載安史之亂，王孫落難泣於路隅的〈哀王孫〉；刺肅宗不能盡子道，且不能信任父之賢臣，以致太平之〈洗兵馬〉；婉諷李氏王朝以宗廟之禮奉祀老子，卻未必能知道德之意的〈冬日洛城謁玄元皇帝廟〉；於朝廷專事姑息，不能復制河北歸順諸將，題曰「歡喜」，實惻乎有餘悲之〈承聞河北諸道節度使入朝歡喜口號絕句〉；刺代宗信任宦官程元振，解郭子儀兵權，遂招致匈奴之禍，不復開元盛況的〈憶昔〉，以及逐首箋釋、闡明詩作意旨及章法連貫的〈諸將〉五首與〈秋興〉八首。然而，上述具有詩史特色的杜詩，除〈哀王孫〉外，其他都未出現在陸、王兩家共同選錄的詩目當中。檢視〈哀王孫〉被陸、王兩家選評的重點，在於敘事簡要不煩，[91]並不在於「以詩為史」的意義與價值，益可知陸、王兩家所選的杜詩，不同於錢謙益以「詩史」為重的特色。

90　〔清〕錢謙益：《杜工部集箋注》（簡稱《錢注杜詩》），《四庫禁燬書叢刊》（北京：北京出版社，2000 年）集部第 40 冊。按：《錢注杜詩》雖非杜詩選本，但錢氏僅擇其所認為重要的詩作，於詩後附「箋曰」以闡釋詩意，而非如仇兆鰲《杜詩詳註》首首皆有箋釋。

91　《唐詩鏡》卷 23 評〈哀王孫〉云：「一起借徑，省敘事之煩。〈哀王孫〉、〈哀江頭〉去繁就簡，語歸至要。」頁 7a。王夫之謂〈哀王孫〉雖逼肖，但士氣未損，較「血污遊魂歸不得」一派，自高一格，應是指本詩內容未過於徑直無餘，詳見《唐詩評選》卷 4，頁 29。

　　要而言之，陸、王兩家以「中和之則」及「以平為貴」為論詩要點，所選的七律多為朝會、宴飲、贈別或即事所感之作，企圖在黜落「高大好奇」之後，呈現出「蘊藉平和」的面貌，自然有別於李攀龍所選的「雄闊高渾，實大聲弘」的「杜樣」[92]七律，也迥異於鍾、譚《唐詩歸》所偏好的家常瑣細與詠物小詩，至於錢謙益所關注的「以詩為史」或好發議論的詩作，更是有違陸、王兩家的詩論要旨，宜乎不受兩家青睞了。

結　語

　　本章針對陸時雍與王夫之兩家「貶杜」與「尊杜」之間的矛盾現象進行爬梳，期能對兩家的詩論及所選出的杜詩樣貌，有更周全的觀照與思考。尤其是兩家的唐詩選本中「選杜最多」背後的深意，從而得出：陸時雍選杜最多，實有取杜詩作為其「中和之則」詩論的正、反例證；而王夫之選杜最多，則具有「如何才是真杜詩」、「如何才能真學杜」的指導意義。

　　此外，本文藉由陸時雍與王夫之所追求的「中和之則」與「以平為貴」的詩論，檢視兩家唐詩選本所選的杜詩，以見兩家以「平美」取代「奇美」，[93]有別於李攀龍、鍾惺及譚元春、錢謙益等人所選的杜詩樣貌。然而，陸、王兩家藉由選、評杜詩，呈現出杜詩「平美」的特點，這與晚明文學思潮之間，究竟是一種悖離或結合

---

[92]　錢鍾書：《談藝錄》（北京：中華書局，1993 年）卷 51，頁 172。

[93]　將杜詩概分為「平美」與「奇美」兩大類，見鄔國平、葉佳聲〈王夫之評杜甫論〉前揭文，頁 61。

關係？而王夫之積極抗清與陸時雍終身不仕的個人背景，對於杜詩的選評又造成何種程度的影響？後世讀者對於杜詩「平美」特點的接受情況又是如何？這些都是本文可據以延伸探討的問題，但由於上述議題需給合明、清詩學思想的發展，選本所造成的影響部分，又涉及明、清對杜詩接受觀念的轉變，篇幅所限，希望日後能結合相關議題，再就以上問題作更深入而完整的論述。

第三章 《唐詩歸》與《唐詩別裁集》之杜詩選評比較

前 言

　　由鍾惺、譚元春選評的《唐詩歸》，在晚明曾造成「承學之士，家置一編，奉之如尼丘之刪定。」[1]的盛況；而由沈德潛所選評的《唐詩別裁集》，在清代乾隆年間，也有「一洗歷下、竟陵之陋，海內承學者幾於家有其書。」[2]的稱譽。也因此，學界目前對這兩本唐詩選本所作的研究[3]實不在少數，但結合兩書進行比較研

1　〔清〕錢謙益：《列朝詩集小傳》（臺北：明文書局，1991 年）丁集・中〈鍾提學惺〉，頁 610。

2　〔清〕朱景英〈唐詩別裁集箋注序〉，引自孫琴安：《唐詩選本提要》（上海：上海書店出版社，2005 年）頁 331。

3　以學界目前出版的明、清兩代唐詩選本之專著而言，《唐詩歸》及《唐詩別裁集》都是書中不可或缺的章節。舉其犖犖大者，如陳國球：《明代復古派唐詩論研究》（北京：北京大學出版社，2007 年）第五章〈復古派選本的反響——鍾惺、譚元春選《唐詩歸》〉，頁 232-284；查清華：《明代唐詩接受史》（上海：上海古籍出版社，2006 年）第六章第二節之四〈竟陵派對唐詩的美學取向〉，頁 192-196；金生奎：《明代唐詩選

究者，目前仍未得見。

　　鑑於兩書皆為盛行當世並頗具影響力的唐詩選本；兩家所選也都以盛唐詩[4]為主；書中選錄的杜詩數量，並都高居唐代詩家首位。但由於兩家選詩要旨有別，所選錄的杜詩樣貌（包括各類詩體與詩題）、評語自亦不同，如能比較兩書對杜詩的選評內容，不僅能具體理解兩家論詩要旨差異，也能據以延伸理解晚明與盛清詩壇對杜詩接受觀念的轉變。

　　本章擬先概述兩家選詩宗旨，再透過兩部唐詩選本所選的杜甫詩體、詩題，並由兩家相關詩評內容，具體呈現這兩部唐選本所勾

本研究》（合肥：合肥工業大學出版社，2007 年）第二章第三節〈鍾惺、譚元春《唐詩歸》的編刊與傳播〉，頁 115-120。賀嚴：《清代唐詩選本研究》（北京：人民大學出版社，2007 年）第三章第三節〈沈德潛的《唐詩別裁集》與其格調詩學〉，頁 151-186；韓勝：《清代唐詩選本研究》（北京：中國社會科學出版社，2010 年），第三章第一節〈沈德潛《唐詩別裁集》的編選與重訂〉，頁 99-116。此外，針對兩家詩論所出版的專著，如鄔國平：《竟陵派與明代文學批評》（上海：上海古籍出版社，2004 年）；陳廣宏：《竟陵派研究》（上海：復旦大學出版社，2006 年）；王宏林：《沈德潛詩學思想研究》（北京：人民出版社，2010 年），也都有涉及《唐詩歸》、《唐詩別裁集》的相關議題。

[4] 陳國球：《明代復古派唐詩論研究》第五章〈復古派選本的反響——鍾惺、譚元春選《唐詩歸》〉「表十」部分，就《唐詩品匯》、《古今詩刪·唐詩選》及《唐詩歸》選錄唐詩情況作較，其中《唐詩歸》選盛唐詩佔 51.8%，遠遠超過初、中、晚唐時期，詳見頁 235。而陳岸峰：〈《唐詩別裁集》與《古今詩刪》中「唐詩選」的比較研究——論沈德潛對李攀龍詩學理念的傳承與批判〉（《漢學研究》第 19 卷第 2 期，2001 年 12 月）一文中，亦以表列方式，統計沈德潛《唐詩別裁集》選詩最多的前十位詩家，其中杜甫、李白、王維三人作品便佔了前十名詩家詩歌選數的一半以上，可見沈氏選詩「旨趣終以盛唐詩為主」，詳見頁 405。

勒的杜詩樣貌。

第一節　《唐詩歸》與《唐詩別裁集》之選詩要旨

一、《唐詩歸》的選詩要旨

鍾惺（1574-1624），字伯敬，號退谷；譚元春（1586-1637），字友夏。兩人皆為竟陵（今湖北天門）人，曾合編《詩歸》一書，分為《古詩歸》及《唐詩歸》[5]兩部分。鄒漪（?-?）《啟禎野乘》云：「當《詩歸》初盛播，士以不談竟陵為俗。」[6]可見《詩歸》在明末啟、禎年間風行的盛況。

關於《詩歸》命名由來，鍾惺在卷前〈詩歸序〉曾有如下說解：

> 選古人詩而命曰「詩歸」，非謂古人之詩以吾所選為歸，庶幾見吾所選者，以古人為歸也。引古人之精神以接後人心目，使其心目有所止焉，如是而已矣。

5　〔明〕鍾惺、譚元春合選：《唐詩歸》，《四庫全書存目叢書》集部第338 冊（臺南：莊嚴文化事業有限公司，1997 年）；鍾惺、譚元春合選：《古詩歸》，《四庫全書存目叢書》集部第 337 冊（臺南：莊嚴文化事業有限公司，1997 年）。

6　〔明〕鄒漪：《啟禎野乘》（臺北：明文書局，1991 年）卷 7〈鍾學憲傳〉，頁7。

可見《詩歸》是以「引古人之精神以接後人心目」為編選目的。至
於其所接引的「古人精神」，觀鍾惺以下所言：

> 每於古今詩文，喜拈其不著名而最少者，常有一種別趣奇
> 理，不墮作家趣。豈惟詩文，書畫家亦然。[7]

筆者曾為文[8]指出，鍾、譚這種以「別趣奇理」為尚的選詩宗旨，
具體表現有三：

其一是對於「人皆不知」、「人反不稱」、「人偏不收」的詩
作，如劉希夷〈江南曲〉、宋之問〈下桂江龍目灘〉、李頎〈題盧
五舊居〉、王維〈西施詠〉、嚴武〈題巴州光福寺楠木〉，[9]不僅
特別點出其中具有「流麗之調」、「幽奇深秀」、「深細委曲」、
「奇鬱異采」的特質，並對世人「稱彼遺此」的無目之識，深表慨
嘆與不解。

其二則是大量黜落世人廣為傳誦的名篇。如王勃的〈滕王
閣〉，盧照鄰的〈長安古意〉與駱賓王的〈帝京篇〉；或是被視為
詩人代表作的詩歌，如劉希夷的〈代悲白頭翁〉，李白的〈清平
調〉三首，以及杜甫〈秋興〉八首之「昆明池水漢時功」以外的七

7　《唐詩歸》卷 16 王季友詩總評，頁 21a。

8　關於鍾、譚選詩與論詩的要旨，可參見陳美朱：〈論《詩歸》中的別趣奇
　　理——兼論鍾、譚選詩與論詩要旨的落差〉，《中國文哲研究通訊》第
　　13 卷第 3 期（2003 年 09 月），頁 109-128。

9　以上諸詩，依序參見《唐詩歸》卷 2，頁 22b（劉希夷）；卷 3，頁 23b
　　（宋之問）；卷 14，頁 11b（李頎）；卷 8 頁 11b（王維）；卷 23，頁
　　23a（嚴武）。

首，都在《唐詩歸》黜落之列。在「選」與「刪」這兩種手法的改頭換面下，往往賦予詩人新形象、新面目。如王維是情艷詩高手，杜詩的精華則是家常瑣碎語、詠物小詩，而王昌齡、李白、元稹、白居易等以雄快詩風見長者，則改賞其「精神靜深」處，凡此種種，都有別於世俗固知習見，展現了鍾、譚「常有一種別趣奇理，不墮作家趣」的選詩要旨。

其三是在評點詩作時，喜就題目、篇法或是字句的奇妙處來引申發揮，並矜之為深警玄秘的創作法則。如因詩題「妙在不渾厚」的李白〈答山中俗人〉；[10]或者杜甫以題為序的長題詩；[11]或者司馬退之的「題非遊仙，卻句句是遊仙」的〈洗心〉[12]詩，詩題不流於俗的奇妙處，即為鍾、譚評點時發揮議論處。而詩中以虛字「造古」、「生情」，更是鍾、譚所拈出陶、杜詩之「秘法」所在，所謂：「每於庸常語意，著數虛字回旋，便深便警，此陶詩秘法也。」[13]、「不用實字，字字悽切，字字深遠，老杜詠物諸作，得此法之妙。」[14]由以上三點，當可概知鍾、譚評選《唐詩歸》的手法與旨趣所在。

二、《唐詩別裁集》的選詩要旨

沈德潛（1673-1769），字確士，號歸愚，江蘇長洲人，乾隆 4

10　《唐詩歸》卷 16，頁 16a。

11　《唐詩歸》卷 19〈秋行官張望督促東渚耗稻向畢清晨遣女奴阿稽豎子阿段往問〉題下評，頁 9a。

12　《唐詩歸》卷 24，頁 19a。

13　《唐詩歸》卷 26 韋應物〈林園晚霽〉鍾惺後評，頁 6b。

14　《唐詩歸》卷 5 張九齡〈同綦毋學士月夜聞雁〉鍾惺前批，頁 14b。

年（1739）進士，官至內閣學士兼禮部侍郎。先後編選了《唐詩別裁集》、《古詩源》、《明詩別裁集》、《杜詩偶評》及《清詩別裁集》等幾部詩歌選本，為清代繼王士禎（1634-1711）之後重要的詩壇領袖。

《唐詩別裁集》一書，原由沈德潛與陳培脉（字樹滋）於康熙56 年（1717）合選而成，一題《唐詩別裁》。[15]由書前〈原序〉所謂：「既審其宗旨，復觀其體裁，徐諷其音節。未嘗立異，不求苟同，大約去淫濫以歸雅正。」[16]可知本書以「去淫濫以歸雅正」為選詩要旨，並以「審宗旨、觀體裁、諷音節」為詩作去取的三個層次。乾隆 28 年（1763），沈德潛重新刊訂本書，卷前〈重訂唐詩別裁集序〉有云：

> 成詩二十卷，得詩一千九百二十八章，詩雖未備，要藉以扶掖雅正，使人知唐詩中有鯨魚碧海、巨刃摩天之觀，未必不由乎此。[17]

比對陳培脉於康熙 56 年所寫的序文：「予與沈子始之，予中之，

15　孫琴安：《唐詩選本提要》於〈唐詩宗〉條下指出：「此書為稿本，共十卷，封題『沈確士鈔本唐詩宗』，扉頁題『唐詩別裁』」。孫琴安據此主張《唐詩宗》即為《唐詩別裁》的初選稿本，詳見孫氏前揭書，頁 318-319。

16　〔清〕沈德潛：《唐詩別裁集》（香港：中華書局香港分局，1977 年）卷前，頁 2a。按：本書為乾隆 28 年重訂本，論文中與《唐詩別裁集》相關表格所採計的選詩數量，依據的也是此一版本。

17　見〈重訂唐詩別裁集序〉，頁 2a。

沈子終之，成詩十卷，得一千六百餘首。」[18]可知重訂本在卷數與收錄的詩作數量上，都較原本為多，增加的部分，應為重訂序文中所列「增入諸家」內容。如初唐王、楊、盧、駱諸家詩，中唐白居易的諷諭詩，張籍、王建的樂府詩，以及晚唐李賀[19]的詩作。加以乾隆 22 年（1757），為改革科場「論判」內容雷同之弊，明令在鄉試與會試中增考五言八韻的試帖詩一首。為因應此一考試制度的變革，沈德潛也在重訂本中增錄 26 首[20]五言試帖詩（即五言長律），作為「垂示準則，為入春秋闈者導夫先路也。」[21]

　　除了選本的卷數與收錄詩作數量外，重訂序文「使人知唐詩中有鯨魚碧海，巨刃摩天之觀，未必不由乎此」之言，乃針對王士禛選《唐賢三昧集》，專取司空圖「不著一字，盡得風流」，及嚴羽「羚羊挂角，無迹可求」的詩論作為選詩準則，偏於含蓄淡遠之作，卻對杜甫「鯨魚碧海」、韓愈「巨刃摩天」這類的開闊宏肆的作品有所不及，沈德潛因而改以杜甫、韓愈的宏鐘巨響之作，為選

18　序文參見孫琴安：《唐詩選本提要》，頁 318。

19　大陸學者韓勝：《清代唐詩選本研究》（北京：中國社會科學出版社，2010 年）第三章〈清中後期詩論家的唐詩選評〉，對沈德潛《唐詩別裁集》之重訂本較原本增加內容有詳細說明。大體上與沈氏於重訂序文中所言「增入諸家」相去不遠，唯據韓勝所論，李商隱詩在重訂集中增加不少，但李商隱並不在沈氏重訂序文「增入諸家」名單中，詳見該書頁 109。

20　比較沈德潛《唐詩別裁集》初訂本（康熙 56 年碧梧書屋藏版，臺北故宮博物院善本古籍庫館藏）與乾隆 28 年的重訂本，在五言長律部分，初訂本有 121 首，重訂本為 147 首，增加 26 首。

21　〈重訂唐詩別裁集序〉，頁 1b。

本的唐詩主流，但於「新城（即王士禛）所取，亦兼及焉」，[22]企圖
在選本中展現細大不捐、兼容並蓄的寬廣境界。而重訂序文「扶掖
雅正」之言，比對〈原序〉之「去淫濫以歸雅正」，可見初訂本與
重訂本都是以「雅正」為選詩宗旨。沈德潛在重訂序文中更明確指
出：

> 任華、盧仝之粗野，和凝香奩詩之褻嫚，與夫一切生梗僻澀
> 及貢媚獻諛之辭，概排斥焉。

舉凡粗野、褻嫚、生梗僻澀、貢媚獻諛之作，因有違「雅正」的選
詩要旨，故而不在選錄之列。重訂本卷前〈凡例〉並再度強調：
「集中所載，間及夫婦男女之詞，要得好色不淫之旨，而淫哇私
褻，概從闕如。」[23]故知「扶掖雅正」確實是沈德潛編選及重訂
《唐詩別裁集》時，念茲在茲、始終一貫的選詩要旨。

　　理解了《唐詩歸》與《唐詩別裁集》的選詩要旨後，以下擬透
過兩書所選錄杜甫詩體、詩題，並藉由兩家評論內容，以具體呈現
兩家對杜詩接受的異同處。

---

[22]　同上註，頁 1a。

[23]　卷前〈凡例〉，頁 5b-6a。

第二節　《唐詩歸》與《唐詩別裁集》選錄杜甫詩體比較

表一：《唐詩歸》與《唐詩別裁集》選錄杜甫各類詩體情形

名稱及總數	五排	七排	五古	七古	五律	七律	五絕	七絕
杜甫各體詩數量[24]	127	8	263	141	630	151	31	107
鍾惺、譚元春合選《唐詩歸》分體選杜	21	0	97	30	123	32	0	11
沈德潛《唐詩別裁集》分體選杜	18	0	53	58	63	57	3	3
鍾、譚選詩佔杜詩各體比例	17%	**0**	**37%**	21%	20%	21%	0%	10%
沈德潛選詩佔杜詩各體比例	14%	0	20%	**41%**	10%	**38%**	10%	3%

　　由表一數據觀之，兩者對杜甫的絕句都選錄甚少；「五律」則是鍾、譚與沈德潛選詩量最多的詩體。但由於杜甫有 630 首的五言律詩，佔詩集總數 1458 首約四成三比例，因而五言律詩選數最多，實為理所當然。倘若以兩家各體選詩數量，與杜甫各體詩歌原有數量相較所得比例來看，則鍾、譚選杜詩所偏重的是五言古詩，沈德潛則為七言古詩與七言律詩。故以下擬就兩者皆選錄甚少的「絕句」，以及鍾、譚偏重的「五古」，沈德潛偏重的「七古、七律」分別論述之。

---

[24]　表列杜詩各體數量，參見〔清〕浦起龍：《讀杜心解》（北京：中華書局，2000 年）各卷所列數目。

一、兩家皆選錄甚少的五、七言絕句

　　鍾、譚與沈德潛的唐詩選本，對杜甫絕句都選錄甚少，尤其是五言絕句，鍾、譚連一首都不選。七言絕句部分，鍾、譚雖選錄11首，但僅佔杜甫七絕107首的10%，比例甚低。所以然者，鍾惺的看法是：

> 少陵七言絕，非其本色。其長處在用生，往往有別趣。有似民謠者，有似填詞者，但筆力自高，寄託有在，運用不同耳。看詩者仍以本色求之，止取其音響稍諧者數首，則不如勿看矣。[25]

既然七言絕句並非杜甫長處，鍾惺因而只選錄11首，[26]且入選的作品，多具備「用生」、「有別趣」[27]的特質，合乎其「別趣奇理」的選詩要旨。以此推論《唐詩歸》所以未選錄杜甫五言絕句，應寓有「五言絕句並非杜詩至處」的意義，或因其中並無合乎鍾、譚「別趣奇理」的選詩要旨，以致棄而不選。

---

[25]　《唐詩歸》卷22，頁25a。

[26]　此11首七絕評語中，包括詩句中的夾批與詩作的後評，皆未有「譚云」字樣，可見應是全出於鍾惺之手。

[27]　《唐詩歸》卷22計收錄杜甫七絕11首，觀鍾惺評〈江畔獨步尋花〉三首、〈解悶〉、〈絕句〉諸詩，皆著眼於詩中用字之妙。如〈江畔獨步尋花〉其一首句「江上被花惱不澈」句下夾批：「妙」；其二首句「稠花亂蕊裹江濱」句下夾批：「裹字下得妙。」評〈絕句〉詩末句「竹石如山不敢安」亦云：「安字俗，用妙」，從中可概知其「用生」、「有別趣」之意。詳見頁22-24。

　　鍾、譚上述「少陵七言絕，非其本色」的論點，沈德潛的看法
與之相去不遠，觀其所謂：

> 唐人詩，無論大家、名家，不能諸體兼善。如少陵絕句，少
> 唱嘆之音。[28]

論杜甫七言絕句時，也認為：「少陵絕句，直抒胸臆，自是大家氣
度，然以為正聲則未也。」[29]也因此，沈德潛於杜甫的五絕、七
絕，都只各選錄 3 首，與高居五言絕首位的王維 16 首、七言絕句
首位的李白 20 首相較，分別有超過 5 倍及近乎 7 倍的差距。若依
〈凡例〉「錄其所長，遺其所短，學者知所注力」的標準而言，選
詩背後明顯寓有「絕句為杜甫所短」之意。既然如此，沈德潛何以
仍選錄杜甫五絕、七絕各 3 首，而非直接刪汰不取呢？筆者以為，
沈德潛以杜甫為「大家」，其對「大家」的看法，應與明人高棅
（1350-1423）選《唐詩品彙》相近。高棅在《唐詩品彙》中，獨列
杜甫一人為「大家」，有別於其他列名於「正宗」及「名家」的唐
代詩人。而「大家」的特色，在於「盡得古人之體勢而兼昔人之所
獨專」。[30]為了展現杜甫身為「大家」，能「盡得古人之體勢」的
特質，此應為沈德潛將杜甫並非擅長的絕句也納入選本的主要緣
由。

28　《重訂唐詩別裁集》卷前〈凡例〉，頁 5a。

29　《唐詩別裁集》卷 20，頁 4a。

30　〔明〕高棅：《唐詩品彙》上冊，《景印文淵閣四庫全書》集部第 567 冊
　　（臺北：臺灣商務印書館，1983 年）卷前〈唐詩品彙敘目‧五言古詩
　　八〉，頁 6a。

二、《唐詩歸》所關注的五言古體

如前所言，五言律詩雖然是鍾、譚《唐詩歸》選詩數量最多的詩體，但如果由選詩數量佔杜詩各體比例來看，五言古詩高達37%，大幅超越其他詩體，顯然「五言古詩」才是鍾、譚選錄杜詩時，真正關注的詩體。

關於五言古詩，鍾惺《唐詩歸》總論杜甫五言古詩時指出：

> 讀初、盛唐五言古，須辨全副精神，而諸體分應之；讀杜詩，須辨全副精神，而諸家分應之。觀我所用精神多少、分合，便可定古人厚薄、偏全。[31]

既然由其所用的精神多少，可知其對古人的偏重處，而盛唐的五言古詩及杜詩，又皆「須辨全副精神」以應之，可見杜甫及五言古詩，確為鍾惺選詩偏重的詩家與詩體所在。《唐詩歸》選錄杜甫五古 97 首，佔杜詩五古 263 首約 37%的比例，為杜甫各類詩體中比例最高者。深究其所以偏重五言古體，應有與李攀龍（1514-1570）〈選唐詩序〉所謂「唐無五言古詩，而有其古詩」[32]針鋒相對之意，由鍾惺以下所言可知不誣：

> 五言古，詩之本原。唐人先用全力付之，而諸體從此分焉。彼謂「唐無五言古詩，而有其古詩」，本之則無，不知更以

31　《唐詩歸》卷 17，頁 1a-b。

32　〔明〕李攀龍著，包敬弟標校，《滄溟先生集》（上海：上海古籍出版社，1992 年）卷 15〈選唐詩序〉，頁 377。

何者而看唐人諸體也。[33]

　　王、孟之妙在五言，五言之妙在古詩。今人但知其近體耳。
　　每讀唐人五言古妙處，未嘗不恨李于麟（鱗）孟浪妄語。[34]

李攀龍「唐無五言古詩而有其古詩」之說，將五言古詩區分為
「漢、魏」與「唐代」兩種不同體系。[35]以發展先後而言，漢、魏
五古自屬正體，而唐人五古則為變體。但由〈選唐詩序〉「陳子昂
以其古詩為古詩，弗取也」之言，可知李攀龍區分正、變，背後寓
有優、劣的價值判斷。[36]但由上述引文可知，鍾惺對五言古詩的看
法迥異於李攀龍，在「五言古，詩之本原，唐人先用全力付之」的
論詩前提下，鍾惺主張唐代不僅有五言古詩，而且是詩家「先用全
力付之」。既然是詩家致力所在，鍾惺故云：

　　唐人古詩，勝魏、晉者甚多。今人耳目自不能出時代之外

33　《唐詩歸》卷5，頁3a。

34　《唐詩歸》卷8，頁15b。

35　對漢、魏五古與唐人五古風格的差異，李攀龍〈選唐詩序〉中並未明言，
　　晚明復古詩論者許學夷：《詩源辯體》（北京：人民文學出版社，1998
　　年）卷3第13.14.15則內容有深入論述，詳見頁47-48。

36　晚明許學夷《詩源辯體》對於「漢、魏詩與李杜（五古）孰優劣」的問
　　題，提出的解答是：「漢、魏五言，深於言寄，蓋風人之亞也；若李、杜
　　五言古，以所向如意為能，乃詞人才子之詩，非漢、魏比也。」卷3第
　　15則，頁48。許氏所言，或可印證李攀龍「弗取」唐人五古，確實寓有
　　「以正變定優劣」的價值判斷意義。

耳。[37]

譚元春也主張:「唐人神妙全在五言古」,[38]可見以「五古」為唐詩妙處,鍾、譚兩人的看法是一致的。因此,王維、孟浩然之妙,並不在於今人所熟知的近體,更在其五古之作;而杜甫既然是唐代詩家第一人,故而選杜甫詩,在比例上自然要以杜甫五言古詩為重了。

再就沈德潛對李攀龍「唐無五言古詩,而有其古詩」之說所作的回應來看,沈氏認為五言古詩在唐代的發展與傳承是:

唐初五言古,漸趨於律,風格未遒。陳正字起衰而詩品始正,張曲江繼續而詩品乃醇。[39]

陳子昂與張九齡不僅是五言古詩在初唐「起衰」而「正」、「醇」的關鍵人物;在論及張九齡〈感遇〉詩九首時,則指出兩陳、張兩家的〈感遇〉詩,雖有「古奧」(陳)及蘊藉(張)的不同,卻都「本原同出嗣宗」。[40]以上論點,陳岸峰先生為文指出:「他(指沈德潛)認為唐代既有『五言古詩』,亦有『其古詩』」、「他將唐代的五言古詩遠承漢、魏的傳統,即是說漢、魏的五言古詩並未

37　《唐詩歸》卷 4,頁 10a。

38　《唐詩歸》卷 15 論李白五古詩,頁 20b。

39　《唐詩別裁集》卷 1〈張九齡小傳〉,頁 7b。

40　《唐詩別裁集》卷 1,頁 8a。

中斷。」[41]換言之，沈德潛並不認同李攀龍將五言古詩切割成「以漢、魏為正體、以唐代為變體」的作法。但另一方面，沈德潛也並未採納鍾、譚以五言古詩為唐詩妙處的意見，而是由詩學發展角度，歸納出中唐以後，「詩漸秀漸平，近體句意日新，而古體頓減渾厚之氣矣。」[42]尤其是五言古詩，在「詩家專尚近體」的情況下，「五言古尤入淺率」。[43]既然傑作不多，《唐詩別裁集》對柳宗元、孟郊之後的五言古詩，可謂「所采寥寥」。[44]然而，五言古詩雖自中唐以後「漸秀漸平」，但由沈德潛對杜甫五言古詩的評價，已可見唐人五古衰頹之跡。其雖稱許杜甫五言古詩：「學問博，力量大，轉接無痕，莫測端倪，轉似不連屬者，千古以來，讓渠獨步。」[45]或言：「少陵材力標舉，篇幅恢張，縱橫揮霍，詩品又一變矣。」[46]但在評論杜甫「自秦州至成都諸詩」時，沈德潛也指出：

　　（杜甫）自秦州至成都諸詩，奧險清削，雄奇荒幻，無所不

41　兩則引文，見氏著〈《唐詩別裁集》與《古今詩刪》中「唐詩選」的比較研究〉一文，頁 410、411。

42　《唐詩別裁集》卷 3〈劉長卿小傳〉，頁 8b。

43　《唐詩別裁集》卷 4 孟郊〈送李觀、韓愈別，兼獻張徐州〉後評，頁 20a。

44　語見全集卷 4 孟郊〈送李觀、韓愈別，兼獻張徐州〉後評，頁 20a。按：《唐詩別裁集》於「五古」一體選錄 4 卷，選詩共計 387 首，於孟郊之後的五古詩作，僅選錄賈島等 11 詩家計 19 首五古詩，從中可具體得見「所采寥寥」之況。

45　《唐詩別裁集》卷 2〈杜甫小傳〉，頁 12a。

46　《唐詩別裁集》卷前〈凡例〉論杜甫五古，頁 2b。

備，山川、詩人，兩相觸發，所以獨絕古今也。以後五古俱
橫厲頹墮，故所收從略。[47]

由於杜甫入蜀後的五言古詩，在沈氏眼中已是「橫厲頹墮」，所選
故而從略。對照《唐詩別裁集》選錄杜甫五言古詩 53 首，佔杜甫
詩集之五言古詩 263 首約 20%，遠低於集中選錄杜甫七言古詩 58
首，佔杜甫詩集中七言古體 141 首的 41%，其對杜甫五言古體的
看法，據此可思過半矣。

　　要之，在五言古體方面，鍾、譚主張「唐人神妙全在五言
古」，以反駁李攀龍「唐無五言古詩」之說；所選杜詩，也偏重於
五言古詩。相較之下，沈德潛既不認同李攀龍將五言古詩切割為漢
魏與唐人兩種系統的作法，也不採納鍾、譚以五言古詩為唐人神妙
至處的意見，轉由詩學發展的角度，主張唐人古詩遠承漢魏傳統，
惟中唐以後日趨淺率，故收錄無多。其對杜甫五言古詩的評價亦
然，既肯定杜詩有獨到之處，也相對指出其中不足者，展現出不同
於鍾、譚偏重五言古詩的態度。

三、《唐詩別裁集》所著眼的七言古詩與七言律詩

　　對照「表一」內容，沈德潛選錄杜詩比例最高的兩種詩體，分
別是七言古詩的 41% 與七言律詩的 38%，遠邁杜甫其他詩作。沈
德潛對杜甫這兩類詩體的評論分別是：

少陵七言古，如建章之宮，千門萬戶；如鉅鹿之戰，諸侯皆

---

[47] 《唐詩別裁集》卷 2，頁 30b。

從壁上觀，膝行而前不敢仰視；如大海之水，長風鼓浪，揚泥沙而舞怪物，靈蠢畢集。別于盛唐諸家，獨稱大宗。[48]

杜七言律，有不可及者四：學之博也，才之大也；氣之盛也，格之變也。五色藻繢，八音和鳴，後人如何髣髴。[49]

引文旨在推崇杜甫七言古詩與七言律詩，在盛唐「獨稱大宗」與「有不可及者」之處，與沈德潛在《唐詩別裁集》卷前〈凡例〉稱許杜甫五言律詩所謂「獨開生面」、「超然拔萃」，[50]以及評論杜甫五言長律：「瑰奇宏麗，變動開合，後此無能為役」，[51]實有異曲同工之妙；而「學博」、「才大」之說，又與沈德潛稱許杜甫五言古詩之言相近。然則沈德潛偏重杜甫七言古詩與七言律詩的理由何在？

由詩體在唐代的發展來看，沈德潛認為，唐人七言古詩是在前人基礎上備極變化，較之五言古詩，更足以為後世學者楷模。試觀沈德潛以下所言：

〈大風〉、〈柏梁〉，七言權輿也。自時厥後，如魏文〈燕歌行〉、陳琳〈飲馬長城窟〉、鮑照〈行路難〉，皆稱傑構。唐人起而不相沿襲，變態備焉。學七言古詩者，當以唐

48　《唐詩別裁集》卷6，頁17a。
49　《唐詩別裁集》卷13，頁16a。
50　《唐詩別裁集·凡例》，頁3a-b。
51　《唐詩別裁集·凡例》，頁4a。

代為楷式。[52]

印證沈德潛對杜甫七言古詩的評論：

> 〈哀王孫〉後評：一韻到底詩易於平直，此獨波瀾變化，層
> 出不窮，似逐段轉韻者。七古能事已極。[53]

> 〈乾元中寓居同谷縣作歌七首〉後評：原本平子（張衡）
> 〈四愁〉、明遠（鮑照）〈行路難〉諸篇，然能神明變化，
> 不襲形貌，斯為大家。[54]

「波瀾變化，層出不窮……七古能事已極」與「神明變化，不襲形
貌」之語，與其稱許唐人七言古詩「不相沿襲，變態備焉」之說相
近，重點都在於「神明變化」，展現出前所未有的新樣貌。相對
的，唐人五言古詩卻已日趨「淺率」，連杜甫都無可避免出現「橫
屬頹墮」之境。既然唐人七言古詩較五言古詩更具有創新生命力與
變化發展性，故而選杜甫古體詩，七言古詩（41%）的比例自然要
遠高於五言古詩（20%）了。

在近體詩方面，沈德潛總評杜甫五言律詩時指出：

52　〔清〕沈德潛：《說詩晬語》（北京：人民文學出版社，1998 年），頁
　　208。

53　《唐詩別裁集》卷 6，頁 26a。

54　《唐詩別裁集》卷 6，頁 29b。

> 杜詩近體，氣局闊大，使事典切，而人所不可及處，尤在錯
> 綜任意，寓變化于嚴整之中，斯足凌轢于古。[55]

引文之「尤在錯綜任意，寓變化于嚴整之中」，對照沈德潛論杜甫
七言律詩「有不可及者四」，其一即為「格之變也」，可見風格自
出變化，是沈德潛推舉杜甫五言律詩與七言律詩的共同特點，也是
他人所難以企及之處。既然如此，《唐詩別裁集》中對杜甫這兩種
詩體的選錄比例，理應相近才是。但集中杜甫五律選錄 63 首，僅
佔杜甫詩集五律 630 首的 10%；而七律選錄 57 首，卻佔杜甫七律
之作 151 首近 38%，相差將近四倍。所以然者，應與「七律難於
五律」的寫作技巧，以及「七律體製完備於盛唐」有關。

先就七律的寫作技巧而論，《唐詩別裁集》卷前〈凡例〉曾
言：

> 七言律，平敘易於徑直，雕鏤失之佻巧，比五言更難。（頁
> 3b）

明代復古詩論家亦有：「七律顧難於五律」[56]與「七言律體，諸家
所難」[57]等言，可見「七律難於五律」並非沈德潛一家之見。至於
七律寫作的難處，明胡應麟（1551-1602）《詩藪》指出：

55　《唐詩別裁集》卷 10，頁 13b。

56　〔明〕胡應麟：《詩藪》，《續修四庫全書》第 1696 冊（上海：上海古
　　籍出版社，1995 年）內編卷 5，頁 1a。

57　見李攀龍〈選唐詩序〉，《古今詩刪》卷 10，頁 1b。

> 七言律，壯偉者易粗豪，和平者易卑弱，深厚者易晦澀，濃
> 麗者易繁蕪。寓古雅於精工，發神奇於典則，鎔天然於百
> 鍊，操獨得於千鈞。古今名家，罕有兼備此者。[58]

引文內容，沈德潛〈凡例〉中簡化為「七言律，平敘易於徑直，雕
鏤失之佻巧。」[59]都是由寫作技巧上論七律之難。

再由詩學發展角度來看，沈德潛認為，五言律詩在南北朝的陰
鏗、何遜、庾信、徐陵等人筆下，已開其體，唐初詩人則「研揣聲
音，穩順體勢，其製大備。」[60]而七言律詩一體，由「初唐英華乍
啟，門戶未開」[61]之言，可見七言律詩的體製發展稍後於五言律，
是由盛唐諸家擴充恢弘，才使得七言律詩體製得以完備，印證沈德
潛以下所言：

> 摩詰（王維）、東川（李頎），春容大雅；時崔司勳（崔顥）、
> 高散騎（高適）、岑補闕（岑參）諸公，實為同調。而大曆十
> 子及劉賓客（劉禹錫）、柳柳州（柳宗元）其紹述也。少陵胸
> 次閎闊，議論開闢，一時盡掩諸家。[62]

與引文的「同調」及「紹述」者相較，《唐詩別裁集》收錄杜甫七
言律詩 57 首，遠遠超越王維的 11 首，李頎 7 首，崔顥 2 首，高適

58　《詩藪》內編卷 5，頁 3a。

59　《唐詩別裁集・凡例》，頁 3b。

60　《唐詩別裁集・凡例》，頁 3a。

61　《唐詩別裁集・凡例》，頁 3b。

62　同上註。

3 首，岑參 6 首。中唐之後的詩家，則僅有劉禹錫選入 13 首，柳宗元 5 首，白居易 18 首，李商隱 20 首，其他多為寥寥數首而已，可見杜甫七言律詩在《唐詩別裁集》中入選數量的超越性。

　　除了「量」的選錄超越諸家，在「質」的表現上，沈德潛也揭示了杜甫七言律詩有人所不能及的四項特點：「學博、才大、氣盛、格變」，更為了反駁李攀龍〈選唐詩序〉「王維、李頎（七律）頗致其妙」之說，於選集中特別強調：「東川七律，故難與少陵、右丞比肩。」[63]認為李頎的七律無法與杜甫、王維相提並論；進而區別王維與杜甫在七言律詩表現的高下：

> 王摩詰七言律為風格最高，復饒遠韻，為唐代正宗。然遇杜〈秋興〉、〈諸將〉、〈詠懷古跡〉等篇，恐瞠乎其後。以杜能包王，王不能包杜也。[64]

由「杜能包王，王不能包杜」之言，可見杜甫七言律詩較王維更勝一籌。在上述「七律難於五律」，且「五律體製備於初唐，七律則成於盛唐」，而盛唐諸家中，又以杜甫兼具質與量的成就，綜合以上因素考量，宜乎《唐詩別裁集》選杜甫七言律詩的比例要高於五言律詩了。

　　再比對鍾、譚選錄杜甫七言古詩與七言律詩的比例，更可看出沈德潛與鍾、譚的差異。《唐詩歸》選錄杜甫 30 首七言古詩之作，佔杜甫七言古詩 141 首的 21%；七言律詩選錄 32 首，佔杜甫

63　《唐詩別裁集》卷 13，頁 10a。

64　《唐詩別裁集》卷 13，頁 16a。

七言律詩 151 首的 21%，與集中選錄杜甫五言律詩的比例 20%
（123/630）相近，鍾、譚似乎有意平等看待杜甫五律、七律、七古
之作，藉以凸顯杜甫在五言古詩的成就。儘管鍾惺對於「七言律
體，諸家所難」之說曾回應如下：

> 七言律，詩家所難。初、盛唐以莊嚴雄渾為長，至其痴重
> 處，亦不得強謂之佳。耳食之夫，一概追逐，滔滔可笑。[65]

鍾惺雖然認同「七言律」是高難度的詩體，但卻反對復古論者以
「痴重」的盛唐七律作為學習典範。但除此之外，並未見鍾、譚對
杜甫的五言律詩、七言律詩或七言古詩有其他特殊見解，而由《唐
詩歸》中對杜甫五律、七律、七古選錄比例的一視同仁，亦可見
鍾、譚對杜甫五言古詩的偏重。

　　綜合以上所論，鍾、譚與沈德潛兩家選本共通之處，在於對杜
甫的絕句都選錄甚少，五言律詩也是兩家選錄杜詩數量最多的詩
體。但如果依選詩佔杜詩原有比例而言，鍾、譚《唐詩歸》基於
「五言古，詩之本原，唐人先用全力付之」的詩學理念，偏重的是
杜甫的五言古詩；沈德潛《唐詩別裁集》則由寫作技巧與詩體發展
角度，主張七言古詩與七言律詩，才是杜甫為他人所難以企及的長
項所在。

---

[65]　《唐詩歸》卷 16，頁 20a-b。

第三節 《唐詩歸》與《唐詩別裁集》 選錄杜甫詩題比較

　　如前所言，鍾、譚選詩以別趣奇理為尚，務在不墮作家趣；沈德潛則旨在「扶掖雅正」，並擬透過選本，「使人知唐詩中有鯨魚碧海，巨刃摩天之觀」。不同的的選詩旨趣，也可透過選本中的杜甫其他詩題加以印證。

　　鍾惺曾倡言：「刪選之力，能使作者與讀者之精神心目為之潛移而不知。」[66]可見「刪」與「選」是鍾、譚突出其編選識力的兩大利器。在「刪」詩部分，為了不墮作家氣，不與眾言伍，在「惜群是選詩一病」[67]的認知下，鍾、譚大力刪汰杜甫著名的連章詩作，如〈前出塞〉九首只收六首，〈後出塞〉五首只收三首，〈三吏〉詩只收〈新安吏〉一首，〈八哀詩〉無一入選，〈詠懷古蹟〉五首選一，〈諸將〉五首、〈有感〉五首全部刪汰，〈秋興〉八首也只收錄「昆明池水漢時功」一首，理由是「杜至處不在〈秋興〉，〈秋興〉至處，亦非以八首也。」[68]然則杜甫七律「至處」何在？鍾惺的看法是，「深心高調，老氣幽情」的〈覃山人隱居〉，才是「七言律真詩也」，譚元春甚且認為：「此老杜真本事，何不即如此作律，乃為〈秋興〉、〈諸將〉之作，徒費氣力，煩識者一番周旋耶？」[69]此外，杜甫廣為世人傳誦的名作，尤其是

66　〔明〕鍾惺：《隱秀軒集》（上海：上海古籍出版社，1992 年）卷 35 〈題魯文恪詩選後二則〉之一，頁 561-562。

67　見《古詩歸》卷 11 謝惠連〈西陵遇風獻康樂〉第二首後評，頁 20a。

68　《唐詩歸》卷 22，頁 7b-8a。

69　《唐詩歸》卷 22，頁 11a-b。

七律之作，鍾、譚刪汰尤嚴，鍾惺的理由是：

> 蓋此體為諸家所難，而老杜一人選至三十餘首，不為嚴且約
> 矣。然於尋常口耳之前，人人傳誦，代代尸祝者，十或黜其
> 六、七。[70]

譚元春也呼應道：「既欲選出真詩，安能顧人唾罵，留此為避怨之
資乎？」[71]可見兩人對杜甫七言律「真詩」的看法確實與世獨異。
究竟鍾、譚刪汰了哪些杜甫傳世的七律名作呢？

　　綜觀《唐詩歸》所黜落的杜甫七律詩目，杜甫著名的連章詩，
如〈秋興〉八首選一、〈詠懷古跡〉五首選一，都是割裂連章的結
構，僅選其中一首。其他如〈蜀相〉、〈聞官軍收河南河北〉皆為
今人所熟知的名作。至於「海內風塵諸弟隔，天涯涕淚一身遙」的
〈野望〉、「風塵荏苒音書絕，關塞蕭條行路難」的〈宿府〉、
「五更鼓角聲悲壯，三峽星河影動搖」的〈閣夜〉，這類七律之
作，堪稱是明代復古詩論者「七言律冠冕雄壯，俊亮高華」[72]的取
樣對象，錢鍾書先生概稱為「七律杜樣」；[73]而「風急天高猿嘯
哀，渚清沙白鳥飛迴」的〈登高〉，更被胡應麟標榜為「古今七言

70　《唐詩歸》卷 22，頁 12a-b。

71　同上註。

72　〔明〕許學夷：《詩源辯體》後集纂要卷 2，第 61 條（頁 415）、76 條
　　（頁 420）、80 條（頁 422）、83 條（頁 423-424）、86 條（頁 425），
　　收錄明代復古詩派諸家七律之冠冕雄壯者，可供參考。

73　錢鍾書：《談藝錄》（北京：中華書局，1993 年）卷 51，頁 172。

律第一」。[74]但這些七律之作,卻都在《唐詩歸》黜落之列。

「刪」詩之外,鍾、譚也透過「選」來展現其獨特識力。七言律詩部分,鍾、譚另外標舉以「沈實」[75]為貴的〈九日藍田崔氏莊〉及〈秋興〉八首之「昆明池水漢時功」二詩,以及具有「深心高調,老氣幽情」的〈覃山人隱居〉,認為這才是「七言律真詩」,因而「錄此黜彼,以存真詩。」[76]可見鍾、譚對杜甫「七言律真詩」的看法,確實迥異於當世,亦可見鍾惺自稱對杜甫七律名章「十或黜其六、七」,誠非虛言。五言律體部分,鍾、譚所津津樂道的是杜甫的詠物小題之作,鍾惺推崇道:「詠物至此,仙佛、聖賢、帝王、豪傑,具此難著手矣。」[77]譚元春也附言:「極善寫小鳥小蟲、至細至微情景,此詩人中天地也。」[78]因而〈苦竹〉至〈歸雁〉等 15 首詠物小題,[79]便成了杜詩集中「最靈最奧,有神

---

[74] 見《詩藪》內編卷 5,頁 17b。

[75] 《唐詩歸》卷 22〈九日藍田崔氏莊〉前評,頁 3a。鍾惺主張:「雄者貴沈」,並引用王世貞「七言律,虛響易工,沈實難至」之說為篤論,但對王世貞《藝苑卮言》以「老去悲秋」(九日藍田崔氏莊)、「昆明池水」(秋興八首之七)、「玉露傷傷」(秋興八首之一)、風急天高(登高)四首為七律壓卷的意見,則頗不以為然,以為四詩有「虛響」、「沈實」之異,而王世貞卻等而視之。

[76] 《唐詩歸》卷 22,頁 3a。

[77] 《唐詩歸》卷 21,頁 26b。

[78] 《唐詩歸》卷 20,頁 17a。

[79] 15 首詠物小題,分別為〈苦竹〉、〈蒹葭〉、〈房兵曹胡馬〉、〈病馬〉、〈鸂鶒〉、〈孤雁〉、〈促織〉、〈螢火〉、〈歸燕〉、〈猿〉、〈白小〉、〈麂〉、〈鸚鵡〉、〈雞〉、〈歸雁〉,收錄於《唐詩歸》卷21,頁 21b-26b。

有味」[80]者。而五言古詩一體，鍾、譚所特賞的是杜甫的家常瑣細詩，觀鍾惺論〈信行遠修水筒〉詩云：「往往於家常瑣細，娓娓不倦，發大道理、大經濟。」[81]論〈催宗文樹雞柵〉云：「以奴婢事，帳簿語，而滿肚化工，全副王政，和盤託出，於此將心眼放過，宜其終身口耳杜詩，如未之見也。」[82]便是由家務瑣事以闡發杜甫的胸襟、性靈。集中所選如〈秋行官張望督促東渚耗稻向畢清晨遣女奴阿稽豎子阿段往問〉、〈暇日小園散病將種秋菜督勤耕牛兼書觸目〉、〈課伐木〉、〈行官張望補稻畦水歸〉等詩，都是這類「奴婢事、帳簿語」的內容。七言古詩部分，鍾、譚所推崇的，是〈閬山歌〉、〈閬水歌〉這類「輕清澹泊之派」，[83]與「調奇、法奇、語奇」的〈桃竹杖引贈章留後〉[84]詩，而〈風雨看舟前落花戲為新句〉，也因「極善寫小鳥小蟲，至細至微情景」[85]而獲得青睞。至於五言排律一體，鍾、譚所選錄的〈宗武生日〉、〈又示宗武〉，由詩中「詩是吾家事，人傳世上情。精熟文選理，休覓彩衣輕。」及「試吟青玉案，莫羨紫羅囊」等句，實不妨視為杜甫的訓子家誡語；而選入〈將別巫峽贈南卿兄瀼西果園四十畝〉，乃是基於「事妙詩亦妙」、「以果園贈好友，全是一片愛惜珍重，深情別趣」[86]使然。甚至將〈大雪寺贊公房〉原本四首，去掉押仄韻的一

---

[80] 《唐詩歸》卷 21，頁 21b。
[81] 《唐詩歸》卷 19，頁 12a。
[82] 《唐詩歸》卷 19，頁 14a。
[83] 《唐詩歸》卷 20，頁 4b。
[84] 《唐詩歸》卷 20，頁 14a。
[85] 《唐詩歸》卷 20，頁 17a。
[86] 《唐詩歸》卷 22，頁 19b。

首後，其餘三首選入排律一類，也是著眼於「三詩有一片幽潤靈妙之氣，浮動筆舌間，拂拂撩人」，[87]迥異於沈德潛以「瑰奇宏麗、變動開合」及「精力團聚、氣象光昌」[88]作為杜甫五言排律的選錄準則。此外，觀鍾惺總評杜甫七言絕句：「其長處在用生，往往有別趣。有似民謠者，有似填詞者。」[89]當不難概知其選錄杜甫七言絕句的標準所在。在鍾、譚透過「刪」與「選」的改頭換面下，杜詩所為人熟知的沈鬱頓挫詩風與憂國憂民形象，也就成了以輕清澹泊見長，以家常細物見真章的樣貌了。[90]

然而，鍾、譚上述所選出的杜甫「真詩」，既以家常瑣細及詠物小題為主，明顯與沈德潛欲藉由選詩，「使人知唐詩中有鯨魚碧海、巨刃摩天之觀」的旨趣不合，故而《唐詩別裁集》並未收錄鍾、譚所津津樂道的家常瑣細詩，對鍾、譚所稱頌的「最靈最奧，有神有味」的 15 首詠物小題，也僅錄〈房兵曹胡馬〉、〈孤雁〉及〈促織〉三首而已。取而代之的，是杜甫寓有忠君愛國之情的篇章，以及足以顯示杜甫學博力大、為他人所不及的詩作。七言律詩部分，除〈秋興〉八首、〈詠懷古跡〉五首等連章詩作以外，其他如〈諸將〉五首、〈將赴成都草堂途中有作先寄嚴鄭公〉五首，沈德潛也都逐首箋釋。於五言律詩一體，則選錄杜甫〈喜達行在所〉三首、〈收京〉三首、〈有感〉五首，並主張這些詩作：「皆根本

87　《唐詩歸》卷 22，頁 22b。

88　二語分見《唐詩別裁集》卷前〈凡例〉，頁 4a；卷 17 選杜甫五言排律總評，頁 20a。

89　《唐詩歸》卷 22，頁 25a。

90　以上內容，詳細可見陳美朱：〈鍾、譚評點與錢箋對清初杜詩闡釋的開啟〉，《東華人文學報》第 10 期（2007 年 01 月），頁 89。

節目之大者，不宜去取。」[91]五言古詩如〈前出塞〉九首，〈後出塞〉五首，以及著名的〈三吏〉、〈三別〉諸作；七言古詩如〈乾元中寓居同谷縣作歌七首〉，鍾、譚都僅有部分選錄或者全部不選，但沈德潛都採連章收錄的方式，可見其對杜甫連章詩作的重視。此外，由《唐詩別裁集》以下評論杜甫詩作內容觀之：

> 評〈北征〉：漢魏以來，未有此體，少陵特為開出，是詩家第一篇大文。公之忠愛、謀略亦於此見。（卷2，頁21a）

> 評〈新安吏〉：諸詠身所見聞事，運以古樂府神理，驚心動魄，疑鬼疑神，千古而下，何人更能措手？（卷2，頁24a）

> 評〈飲中八仙歌〉：前不用起，後不用收，中間參差歷落，似八章仍似一章，格法古未曾有。（卷6，頁21a）

> 評〈麗人行〉：「態濃意遠」下倒插秦、虢，「當軒下馬」下倒插丞相。他人無此筆法。（卷6，頁22a）

> 評〈渼陂行〉：以好奇二字領起，中間鬼神風雨恍惚萬狀，末用推開語作結，以哀樂二字總束全篇，章法奇詭，莫此為甚。（卷6，頁23b）

> 評〈哀王孫〉：一韻到底詩易於平直，此獨波瀾變化，層出

91　《唐詩別裁集》卷10，頁15b。

不窮，似逐段轉韻者，<u>七古能事已極</u>。（卷6，頁26a）

評〈洗兵馬〉：詩共四段，每段平仄相間，各用六韻，<u>此古</u><u>風變體</u>。（卷6，頁27b）

評〈短歌行〉：上下各五句復用單句相間，<u>此亦獨創之格</u>。（卷6，頁2a）

評〈登高〉：八句皆對，起二句對舉之中仍復用韻，<u>格奇而</u><u>變</u>。（卷13，頁21a）

評〈登樓〉：氣象雄偉，籠蓋宇宙，<u>此杜詩之最上者</u>。（卷13，頁22b）

綜合諸詩評語，不論是「未有此體」、「章法奇詭」、「能事已極」或是「格奇而變」，都強調杜甫在各種詩體方面的獨創性，或為他人所不能企及之處。且〈北征〉、〈新安吏〉、〈麗人行〉、〈哀王孫〉、〈洗兵馬〉等詩內容，更兼具杜甫的史識與忠愛之情，沈德潛「扶掖雅正」的選詩要旨，以及欲由選本展現「鯨魚碧海、巨刃摩天」之觀，從中具體可見。

相形之下，以上所引諸詩，如〈飲中八仙歌〉、〈洗兵馬〉、〈短歌行〉及〈登高〉，都未收錄於《唐詩歸》中。復觀鍾、譚《唐詩歸》對其他詩作的評論，如〈新安吏〉、〈北征〉、〈登

樓〉詩，僅有句下夾批語，未見有前批、後評之語；[92]〈新安吏〉
「中男絕短小，何以守王城。肥男有母送，瘦男獨伶俜」句下，鍾
惺夾批：「絕短小、肥男、瘦男等字，愁苦人讀之失笑。」[93]〈麗
人行〉鍾惺前批：「本是諷刺，而詩中直敘富麗，若深美不容口
者，妙！妙！」[94]〈渼陂行〉鍾惺後評：「奇山水逢奇人，真有一
段至性至理相發，遊豈庸人事？」[95]〈哀王孫〉譚元春後評：「邂
逅王孫，惓惓有情，寫得可歌可涕。」[96]可見諸詩儘管也收錄於
《唐詩歸》中，但評選的重點還是不離「別趣奇理」之旨，與沈德
潛可謂大異其趣。

　　探討《唐詩歸》與《唐詩別裁集》所選錄的杜甫詩題，另一個
值得注意的是「五言排律」（或稱五言長律）一體。由「表一」數據
來看，《唐詩歸》選錄杜詩 21 首，佔杜甫詩集五言排律 127 首的
17%；《唐詩別裁集》選錄 18 首，佔杜詩原有比例約 14%。以選
錄比例而言，兩家相異不大。但若由「詩題」檢視兩家選錄的杜甫
五言排律，兩家交集部分僅有 7 首[97]詩作，可見去取相異甚大。

　　觀《唐詩別裁集》所選錄的杜甫五言排律，如〈冬日洛城北謁
玄元皇帝廟〉、〈行次昭陵〉、〈重經昭陵〉、〈謁先主廟〉、

---

[92]　《唐詩歸》卷 17，頁 4b（新安吏）；卷 18，頁 10b-13a（北征）；卷
　　　22，頁 5b（登樓）。
[93]　《唐詩歸》卷 17，頁 4b。
[94]　《唐詩歸》卷 20，頁 2b。
[95]　《唐詩歸》卷 20，頁 15a。
[96]　《唐詩歸》卷 20，頁 2a。
[97]　7 首分別為〈敬贈鄭諫議十韻〉、〈遣興〉、〈行次昭陵〉、〈重經昭
　　　陵〉、〈傷春〉五首之「日月還相鬥」、〈春歸〉、〈東屯月夜〉。

〈喜聞官軍已臨賊境二十韻〉，屬典雅重大、褒頌朝廷功業之作；而〈投贈哥舒開府翰二十韻〉、〈贈特進汝陽王二十韻〉、〈敬贈鄭諫議十韻〉、〈上韋左相二十韻〉等詩，則屬投贈望薦之類。既要顧及投贈對象的身分與事蹟，又要轉到自身的不遇及望薦之意，不僅出語須慎重婉曲，層次轉折也頗為不易。至於贈別親友之作，有〈送蔡希魯都尉還隴右因寄高三十五書記〉、〈寄李十二白二十韻〉、〈奉送嚴公入朝十韻〉、〈王閬州筵奉酬十一舅惜別之作〉諸作，旨在表達彼此交誼與惜別贈勉之情。以上詩作，除〈行次昭陵〉、〈重經昭陵〉及〈敬贈鄭諫議十韻〉三首，其餘都未見錄於《唐詩歸》中。

　　沈德潛於〈重訂唐詩別裁集序〉指出，其所以在重訂本中選錄五言排律，是因乾隆 22 年（1757）明令鄉試與會試增考五言八韻的試帖詩一首，基於「制科所需」，因而「檢擇佳篇，垂示準則」，具備因應科場變革的時代意義。比對《唐詩別裁集》初訂本與重訂本對五言排律的選錄差異，重訂本較初訂本增加了 26 首，但重訂本所選錄的杜甫五言排律，卻較初訂本減少了〈奉和嚴中丞西城晚眺十韻〉與〈哭李尚書之芳〉兩首。再者，初訂本與重訂本中，凡是為「制科所需」而選錄的試帖詩，皆於題下標注「試帖」[98]字

---

[98]　如初訂本選錄李華〈尚書都堂瓦松〉，題下即標注「試帖」字樣，見卷 8 頁 30a。本詩又見於重訂本，題下亦標明「試帖」，詳見卷 17，頁 28b。需補充說明的是，康熙 54 年（1715）曾下詔，於科考「次場改試五言六韻排律」，此一政策後來雖未施行，但詩壇卻掀起一股編選試帖詩的風氣，沈德潛《唐詩別裁集》初訂本刊訂於康熙 56 年（1717），書中所以選錄試帖詩，應與此時代背景相關。清代因加考試帖詩而出現大量的試帖詩選本現象與選本名稱，可參考韓勝：〈清代唐試帖詩選本的詩學意

樣，但集中所選錄杜甫五言排律，詩題下均未標注「試帖」。可見沈德潛選錄杜甫五言排律，當無關乎應試；何況沈德潛論唐代試帖詩，也有：「當時才士每細心揣摩，降格為之，李、杜二公不能降格，終不遇也。」[99]之言，既然杜甫的五言排律並非為應試而作，沈德潛自然不可能以之為應試楷模。其選錄的杜甫五言排律，以事而言，多關乎家國朝廷功業；投贈對象則以朝中典重大臣為主，應可視為「扶掖雅正」的選詩要旨具體呈現。

再檢視《唐詩歸》所收錄的杜甫五言排律詩題，〈遣悶奉呈嚴鄭公二十韻〉、〈行次古城店泛江作不揆鄙拙奉呈江陵幕府諸公〉、〈舟中出江陵南浦奉寄鄭少尹審〉、〈送嚴侍郎到綿州同登杜使君江樓宴得心字〉、〈大曆三年春白帝城放船出瞿塘峽久居夔府將適江陵漂泊有詩凡四十韻〉、〈將別巫峽贈南卿兄瀼西果園四十韻〉，以上諸詩，多為杜甫自記行次，或與親故友朋贈別之作。其他如〈又示宗武〉、〈宗武生日〉，則是杜甫示兒家書，而上述詩作，都未見錄於《唐詩別裁集》。由此可見，而鍾、譚所偏重者，多為家常瑣細之事，對象則以杜甫的親故友朋為主，從中亦可見鍾、譚以「別趣奇理」為尚的選詩旨趣。

綜合以上所論，鍾、譚選詩以別趣奇理為尚，多刪汰杜甫名篇詩作，改選家常瑣細及詠物小題，作為杜甫的真精神、真樣貌所在。沈德潛則以扶掖雅正為選詩要旨，選評的要點，也多集中在杜

義〉，《合肥師範學院學報》，第 26 卷第 1 期（2008 年 01 月），頁 16-19；陳伯海：〈清人選唐試帖詩概說〉，《古典文學知識》（2008 年 05 月），頁 69-78。

99　《唐詩別裁集》卷 18，「韓滉」名下批語，頁 5b。

甫雄渾獨創的風格與感時憂國的內容。兩家所體現的杜詩樣貌，明顯有別。

結　語

　　本章以晚明鍾惺、譚元春所編選的《唐詩歸》，及清代乾隆年間沈德潛編選的《唐詩別裁集》，就兩家的選詩要旨，以及選本對杜甫詩體及詩題的選錄情形互相比較，從而可見：詩歌選本確實是選家批評意識的延伸，也是選家與詩學主張的具體展現。詩歌選本中所「選」的詩作，固然可資理解選家對於某一詩家或某種詩體的好尚；相對的，詩選中所「刪」的部分，同樣能藉以驗證選家的詩學主張。

　　再者，鍾、譚《唐詩歸》所選杜詩以「五言古詩」為重，沈德潛則著眼於杜甫的「七言古詩」與「七言律詩」這兩種詩體。選詩背後，分別寓有鍾、譚「五言古，詩之本原」，以及與沈德潛「學七言古詩者，當以唐代為楷式」、「七律體製完備於盛唐」的詩體發展觀念。透過選家對各類詩體的選錄情形（含選詩數量與標舉典範）與對各種詩體的審美辨析，對於吾人掌握各種詩體的發展與特色，實大有助益。

　　此外，詩歌選本除了寓有選家個人的詩學意識，與選本所對應的時代文學風氣同樣緊密相關。以本文所討論的對象來看，成於晚明的《唐詩歸》，以「別趣奇理，不墮作家趣」為選詩旨趣；書中所選的杜詩，也多為杜甫家常瑣細之事及詠物小題之作，而這不也正呈現了晚明「纖佻輕巧」的文學風氣？至於沈德潛選《唐詩別裁集》，欲藉以扶掖雅正、推尊詩教；所選的杜詩，也多為杜甫忠君

愛國之事與典雅大章，背後聯繫的，豈非清代乾隆盛世的雅正文學思潮？因此，透過不同時代的詩歌選本，藉以考察文學觀念的歷時性演變，或是某一詩家的歷時性影響，當不失為一條具體可行的徑路。

第四章　清代《御選唐詩》與《唐宋詩醇》的選詩傾向及李杜詩形象比較

前　言

　　《御選唐詩》乃清聖祖康熙（1654-1722）命詞臣編纂《全唐詩》九百卷之後，再由陳廷敬（1638-1712）等人「取其尤者匯為一編，古風、近體，各以類相從，計三十二卷。」[1] 全書依詩體分卷，依次選錄五言古詩 6 卷，七言古詩 3 卷，五言律詩 7 卷，七言律詩 7 卷，五言排律 2 卷（附七言排律 1 首），五言絕句 2 卷，七言絕句 5 卷，合計選錄唐詩 32 卷 1890 首；選詩家 314 人。[2] 康熙 52 年（1713）有內府刊本。

1　〔清〕聖祖御定，陳廷敬奉敕編注：《御選唐詩》，《景印文淵閣四庫全書》集部第 705-706 冊（臺北：臺灣商務印書館，1986 年）卷前〈御選唐詩序〉。

2　選本所錄詩家，筆者鍵入整本《御選唐詩》目錄後統計，有姓氏者 312 人，無名氏 2 人，合計 314 人。

　　《御選唐宋詩醇》（以下簡稱《唐宋詩醇》）則是由清高宗乾隆（1711-1799）定編，卷前有乾隆 15 年（1750）所寫序文，可推知該書最早編定刊行年代。書中選錄唐代李白、杜甫、白居易、韓愈四家詩，宋代則選錄蘇軾、陸游兩家詩，合計選六家詩 147 卷 2665 首。書中去取品評則出於梁詩正（1697-1763）等數儒臣[3]之手，是清代另一部具有「御選」性質的詩歌選本。

　　本文所以選擇《御選唐詩》與《唐宋詩醇》進行比較，乃基於兩者同為清代皇室「御選」的詩歌選本，加以兩書皆以「溫柔敦厚」的詩教為選詩要旨，若能就兩書進行比較研究，當能深入理解這兩部被收錄於《四庫全書》，卻罕為學界關注[4]的詩歌選本。至

---

[3] 〔清〕乾隆於〈御選唐宋詩醇序〉自言：「茲《詩醇》之選，則以二代風華，此六家為最，時於幾暇，偶一涉獵，而去取評品，皆出於梁詩正等數儒臣之手。」文見《御選唐宋詩醇》，《景印文淵閣四庫全書》集部第 1448 冊（臺北：臺灣商務印書館，1986 年）卷前。

[4] 筆者檢索《臺灣博碩士論文系統》，目前這兩部清代御選詩歌選本都尚未有相關研究論文。期刊論文部分，以「御選唐詩」及「唐宋詩醇」為篇名及關鍵詞，就《臺灣期刊論文索引系統》進行檢索，目前僅獲得《唐宋詩醇》相關論文 1 篇，為廖美玉：〈清高宗與杜子美──《唐宋詩醇》評選杜詩平議〉，《成大中文學報》（1995 年 05 月）。大陸學界方面，以「御選唐詩」及「唐宋詩醇」為篇名，就《中國期刊全文數據庫》1994 年至 2013 年間的論文進行檢索，以「御選唐詩」為篇名的論文僅 1 篇，為賀嚴：〈《御選唐詩》與清代文治〉，《山西大學學報》哲社版（2007 年 01 月）；至於以「唐宋詩醇」為篇名的論文則有 3 篇，分別是：莫礪鋒：〈論《唐宋詩醇》的編選宗旨與詩學思想〉，《南京大學學報》哲人社科版（2002 年 03 月）；胡光波：〈從《唐宋詩醇》看乾隆的唐詩觀〉，《湖北師範學院學報》哲社版（1999 年 04 月）；卞孝萱：〈兩本《唐宋詩醇》比較研究〉，《中國典籍與文化》（1999 年 04 月）。至於以兩部御選詩歌選本進行比較研究者，迄今尚未得見。

於以李白與杜甫作為觀察對象，乃鑑於《唐宋詩醇》選錄的唐代詩
家，僅有李白、杜甫、白居易、韓愈四位，就四位詩家在《御選唐
詩》與《唐宋詩醇》被選錄的詩歌數目與選詩重複部分觀之：

表一：《御選唐詩》與《唐宋詩醇》選唐代四位詩家詩數與重複數

	杜甫	李白	白居易	韓愈
《御選唐詩》選錄詩歌數目	80	126	40	16
《唐宋詩醇》選錄詩歌數目	722	375	363	103
兩書選錄詩題重複的數目	61	65	11	5

《御選唐詩》選錄白居易與韓愈詩作的數量，與李、杜兩家相較明
顯偏低，兼且《御選唐詩》與《唐宋詩醇》重複選錄白、韓兩家詩
作數目也僅有 11 首及 5 首，相形之下，李白、杜甫兩家詩在《御
選唐詩》與《唐宋詩醇》中，不論是選錄數目與重複數目，顯然要
比白、韓兩家為多。因此，本文擬先釐析清代兩部御選詩集的編選
理念與選詩傾向，進而理解兩部詩選的差異對李、杜詩形象塑造有
何影響？希望透過本文的研究，能有助於理解兩部御選詩集，並具
體掌握李、杜詩在不同選本中所呈現的面貌。

第一節　《御選唐詩》與《唐宋詩醇》的編選理念與刊布流傳

據《四庫全書總目》記載，康熙 42 年（1703）至乾隆 15 年
（1750）這段期間，清廷曾進行過五次編收或選錄，都是由皇帝欽
定或親自選取，分別是：康熙 42 年《御定全唐詩九百卷》；康熙

48 年（1709）《御定四朝詩[5]三百一十二卷》；康熙 50 年（1711）
《御定全金詩七十四卷》；康熙 52 年（1713）《御選唐詩三十二卷
附錄三卷》；乾隆 15 年《御選唐宋詩醇四十七卷》。[6]陳岸峰先生
為文指出：「由此頻繁而大規模的編收選本可見，清廷對文壇之動
態，極為關注。」並歸納學界對此事的兩種看法：一者是清廷急於
在文治方面有所表現，再者也是籠絡文士，藉以加強思想上的控
制。[7]印證乾隆年間昭槤（1776-1833）《嘯亭續錄》之〈本朝欽定諸
書〉條下所載：

> 列聖萬幾之暇，乙覽經史，爰命儒臣，選擇簡編，親為裁
> 定，頒行儒宮，以為士子仿模規範，實為萬目之巨觀也。[8]

既然皇家欽定的書籍，是由朝廷「頒行儒宮，以為士子仿模規

5　所謂「四朝」詩，分別是：宋詩 78 卷，作者 882 人；金詩 25 卷，作者
　321 人；元詩 81 卷，作者 1197 人；明詩 128 卷，作者 3400 人。

6　五本御定或御選詩集提要內容，參見〔清〕永瑢等撰：《四庫全書總目》
　（臺北：臺灣商務印書館，1985 年）卷 190，頁 4217-4223。書名中有
　「御定」字樣者，為該朝代詩歌之完整收錄，有「御選」字樣者才具有詩
　歌選本性質。

7　陳岸峰：《沈德潛詩學研究》（濟南：齊魯書社，2011 年）第四章〈詩
　學與政治的張力：沈德潛詩論中的「溫柔敦厚」〉，頁 90。按：主張清
　廷選詩是急於在文治方面有所表現者，參見周勛初：〈康熙御《全唐詩》
　的時代印記與局限〉，《中國文哲研究通訊》（1995 年第 2 期）；主張
　具有籠絡文士作用者，參見馬積高：《清代學術思想的變遷與文學》（長
　沙：湖南人民出版社，1996 年），頁 62。

8　〔清〕昭槤（汲修主人）：《嘯亭雜錄‧續錄》（臺北：廣文書局，1986
　年）卷 1，頁 16a。

範」，當然具有「萬目巨觀」之效，而《御選唐詩》與《唐宋詩醇》皆在昭槤著錄的書目之列。再參照《乾隆寧夏府志》之「寧夏府學存貯書籍」條，也載有「《御選唐詩》四套三十二本」[9]資料。乾隆 22 年（1757）春，特諭將會試二場的表文改試五言排律後，《唐宋詩醇》也在江蘇巡撫陳弘謀（1696-1771）奏請下，於乾隆 25 年重刊廣布各省，「俾海內學詩之人，群奉一編，知所趨向。」[10]而《唐宋詩醇》也躍升為試官「命題發策以及考信訂偽」[11]的參考書籍，或是考官策問的題目內容。證諸錢載（1708-1793）於乾隆 45 年（1780）擔任江南鄉試主考官時命題的策問五首，第二道題有：「聖心諄切，復欽定《唐宋文醇》、《唐宋詩醇》，頒於黌序，俾由此學古深造，以上通乎四子六經，且非徒大正其科舉之業。」其後並以「深言《文醇》、《詩醇》諸家之所得者若何」[12]要求考生作答。乾隆年間曾任會試考官的彭元瑞（1731-1803），於〈會試策五道〉之「第二問」，亦以：「我皇上御製詩集，廣大精微，《唐宋詩醇》一編，久標模範」，要求考生「抒所誦習以

9　〔清〕張金城修，楊浣雨：《乾隆寧夏府志》，《中國地方志集成》第23 冊（南京：鳳凰出版社，2008 年）卷 6，頁 16a。

10　陳弘謀奏請重刊《唐宋詩醇》內容，收錄於《御選唐宋詩醇》（臺北：中華書局，1971 年）卷前。

11　〔清〕英匯：《欽定科場條例》（海口：海南出版社，2000 年）記載：「乾隆二十七年奉上諭：闈中舊存書籍，殘缺不完，試官每移取坊間刻本，大半魯魚亥豕，自命題發策以及考信訂偽，迄無俾益，應將鄉、會兩試需用各書，彙列清單，就武英殿請領內府官本。」見卷 43，頁 5a。同卷頁 6a-b 亦有類似記載。

12　〔清〕錢載：《蘀石齋文集》，《清代詩文集彙編》第 314 冊（上海：上海古籍出版社，2010 年）卷 4，頁 11b。

對」；[13]潘奕雋（1740-1830）於乾隆 51 年（1786）擔任貴州鄉試副主考所出的策問題，也有「《御選唐宋詩醇》，頒行海內已久」[14]之言。基於「考試領導創作」的原則類推，不難理解兩部皇家御定詩歌選本（尤其是《唐宋詩醇》）的讀者與影響層面。

至於兩部御選詩集刊布流傳的歷時效應，由光緒年間延昌（?-?）所著《知府須知》條列「府考應用各書」書目，有「《御選唐詩》四套」與「《唐宋詩醇》四套」[15]的資料；清末民初孫寶瑄（1874-1927）《忘山廬日記》，亦有其出城遊逛書齋，「見殿板開花紙印《御選唐詩》極精」[16]的記載，足見兩部御選詩集在清末依然流傳不衰。

康熙在《御選唐詩》卷前的〈御選唐詩序〉表明，透過本書，「朕之寄意於詩與刊布是編之指，俱可得而見矣。」乾隆在〈御選唐詩序〉中，雖明言本書之去取評品評，皆出於梁詩正等數儒臣之手，但紀昀（1724-1805）等詞臣仍將「品評作者，定此六家」[17]之功

13　〔清〕彭元瑞：《恩餘堂輯稿》，《清代詩文集彙編》第 374 冊（上海：上海古籍出版社，2010 年）卷 1，頁 51a。

14　〔清〕潘奕雋：《三松堂集》，《續修四庫全書》第 1461 冊（上海：上海古籍出版社，2002 年）文集卷 1〈策問表序〉，頁 10b。

15　〔清〕延昌：《知府須知》，《四庫未收書輯刊》第 4 輯第 19 冊（北京：北京出版社，2000 年）卷 1，頁 239。

16　〔清〕孫寶瑄：《忘山廬日記》，《續修四庫全書》史部第 580 冊（上海：上海古籍出版社，2002 年）〈癸卯上〉，頁 565。

17　參見《唐宋詩醇》（文淵閣《四庫全書》版）卷前由紀昀、陸錫熊、孫士毅、陸費墀等館臣署名之提要內容。此外〔清〕張廷玉奉敕撰：《清朝文獻通考》（臺北：臺灣商務印書館，1986 年）卷 237〈經籍考・御選唐宋詩醇四十七卷〉條下按語，亦云：「我皇上萬幾之餘，別無嗜好，宸章所

歸諸乾隆。大陸學者賀嚴為文指出：「康熙、乾隆等高度重視思想文化統治的清代帝王，都沒有忽視對文學的切實導向。他們積極投入歷代文學選本的編著，不惟對文人學者編纂的選本進行審定、為之撰寫序文，而且還親自對前代詩歌加以甄選別裁，纂為總集，以此來引導整個社會詩文創作和欣賞的方向、趣味。」[18]可見《御選唐詩》與《唐宋詩醇》在清代刊布流傳頗為深遠，視之為康熙及乾隆詩學觀念的具體展現亦不為過。至於兩部御選詩集的選詩要旨與選詩傾向又是如何？以下擬分項論述之。

第二節　《御選唐詩》與《唐宋詩醇》的選詩傾向

康熙在《御選唐詩》卷前之〈御選唐詩序〉中宣稱：

> 是編所取，雖風格不一，而皆以溫柔敦厚為宗。其憂思感憤、倩麗纖巧之作，雖工不錄。使覽者得宣志達情以範於和平，蓋亦用古人以正聲感人之義。

序文強調選本中所選詩作風格雖然不一，然既以溫柔敦厚為宗，詩作內容當為正聲雅奏，使讀者能獲得「宣志達情」、「範於和平」

著，積至三萬餘篇，故於詩學源流，權衡至當。是編復以尼山刪定之旨，品鑒六家，定為正軌，俾為絃戶誦，奉為玉律金科。」頁6926。

[18] 賀嚴：《清代唐詩選本研究》（北京：人民出版社，2007 年）第二章〈唐詩選本與清代社會〉，頁 20-21。

的閱讀效應，因而「憂思感憤」與「倩麗纖巧」之類的詩作，自然都在斥而不選之列。而《唐宋詩醇》卷前所附〈提要〉亦言：「皇上聖學高深，精研六義，以孔門刪定之旨品評作者，定此六家，乃共識風雅之正軌，臣等循環雒誦，實深為詩教幸，不但為六家幸也。」將乾隆御選詩作與孔子刪詩之舉相提並論，並強調該書亦以「溫柔敦厚」的詩教觀為宗。乾隆 25 年重刊本（臺灣中華書局 1971 年版），卷前收錄江蘇巡撫陳弘謀奏請重刊文，文中強調重刊的目的是：

> 俾海內學詩之人，群奉一編，知所趨向，涵濡諷詠之餘，漸窺詩學根柢，含英咀華，以求合乎溫柔敦厚之遺則。

既然《御選唐詩》與《唐宋詩醇》都以「溫柔敦厚」為選詩要旨，按理說，兩者的選詩傾向應該相去不遠，但深入檢閱兩部御選詩集內容，卻有顯著的不同。由於《御選唐詩》「只註不評」，對所選唐詩並未有具體評論，無法藉由詩評內容來理解「溫柔敦厚」的選詩要旨，只能透過《唐宋詩醇》的相關詩評以概知其要。檢視《唐宋詩醇》以「溫柔敦厚」評論詩作計有以下五處：

其一為李白〈古風〉五十九首之「孤蘭生幽園」，李白以孤蘭與眾草共蕪沒於幽園，抒發自身遭讒被放的哀思，但因以託諷手法委婉出之，《唐宋詩醇》故而有「溫柔敦厚，上追風雅」[19]之評。

其二為杜甫〈示從孫濟〉詩，杜甫以「淘米少汲水，汲多井水渾；刈葵莫放手，放手傷葵根。」來曉喻從孫輩謹守「同姓古所

敦」之道，《唐宋詩醇》也有「多似古樂府，溫柔敦厚，比興深切」[20]之評。

其三為杜甫暗諷玄宗因鬥雞、舞馬而招致禍亂的〈鬥雞〉詩，《唐宋詩醇》引明清之際黃生（1622-1696）所言：「不以荒宴直接播遷，則有傷痛而無譏刺，是溫柔敦厚之遺教。」[21]

其四、其五為蘇軾於除夕夜抒發貶官心情的〈除夜野宿常州城外〉二首，以及蘇軾以洛中仙蹤神境開導身陷黨爭的范鎮（字景仁，1007-1088）之〈送范景仁游洛中〉。[22]由於詩中表達了雖陷困境卻仍淡然處之的心態，故亦有「溫柔敦厚」之評。

歸納以上五處詩評內容，可見《唐宋詩醇》以「溫柔敦厚」評論詩作，乃著眼於詩情的表達是否含蓄蘊藉，婉而不露，但如果要全面掌握兩部詩選的選詩傾向，僅僅由這些詩評內容推論是不夠的，故以下擬就兩部詩選中的「詩題」與「詩家」特色進行比較、分析。

一、《御選唐詩》的選詩傾向

筆者在檢閱、整理《御選唐詩》所選錄的詩作時，留意到選本中有大量涉及「宴遊酬贈」主題的詩作，進一步就《御選唐詩》全集目錄進行檢索，發現詩題中有「宴」字者計 95 首；有「遊」字者計 81 首；有「酬」字者計 21 首；有「贈」字者計 53 首；「和」詩之作（扣除「奉和」者）亦有 37 首；涉及文人登覽而「題」

---

20 《唐宋詩醇》卷 9，頁 17a。

21 《唐宋詩醇》卷 17，頁 33a。

22 二詩詩評內容，參見《唐宋詩醇》卷 34，頁 12a-b；卷 35，頁 2a。

之詩更高達 127 首。[23]值得注意的是，詩題涉及宮中宴遊賦詩活動者，如「應制」有91 首；「應詔」有 8 首；「奉和」有 30 首；[24]「賦得」之作有 10 首；「侍宴」之作（扣除應制）亦有 9 首。這類文人之間的宴遊酬贈之作，與宮廷君臣奉和應制之詩合計 562 首，約佔全書 1890 首詩作 30% 的比例。如果再加上詩題未見宴遊酬贈、奉和應制等字眼，但詩作性質與之相近者，如卷 13 所選杜甫〈鄭氏東亭〉、[25]孟浩然〈武陵泛舟〉、岑參〈與鮮于庶子汎漢江〉、沈佺期〈攜琴得酒尋崇濟寺僧院〉、陳子昂〈春日登金華觀〉、宋之問〈扈從登封途中作〉、〈扈從登封告成頌〉等詩，更可見宴遊酬贈之類的詩作在《御選唐詩》中的比例，絕對遠超過三成。

此外，就《御選唐詩》入選的前十大詩家名單來看：

表二：《御選唐詩》選詩數量前十大詩家

詩家	李白	杜甫	王維	唐明皇	錢起	唐太宗	白居易	岑參	劉長卿	孟浩然
數量	126	80	72	54	49	40	40	40	39	38

李、杜、王三家詩入選量在選本中名列前茅，可視為正常現象，但

---

23 統計數據乃係筆者將《御選唐詩》全集目錄鍵檔輸入後，再藉由電腦統計而得。統計數量時，若一題三首，則以三首計之，其他詩題關鍵字之統計，亦比照辦理。

24 詩題常見「奉和、應制」同時並存者，此一數據為扣除「應制」後，僅存「奉和」字樣者。

25 本詩在仇兆鰲《杜詩詳註》、浦起龍《讀杜心解》、楊倫《杜詩鏡銓》等全集註釋本中，皆作〈重題鄭氏東亭〉，為杜甫舊地重遊題詩之作。

唐明皇詩選錄 54 首，唐太宗詩選錄 40 首，中唐的錢起詩選錄 49 首，白居易詩選錄 40 首，甚至連孟浩然詩也入選高達 38 首，位居選錄數量最多的第 10 名詩家，都是歷來唐詩選本罕見的情形。而這些詩家被選錄的詩作，也以應制宴遊之作居多。如集中卷 24 所選錄的唐玄宗〈春晚宴兩相及禮官麗正殿學士探得風字〉、〈首夏花萼樓觀群臣宴寧王山亭回樓下又申之以賞樂賦詩〉、〈同二相已下群官樂遊園宴〉、〈集賢書院成送張說上集賢學士賜宴得珍字〉、〈端午三殿宴群臣探得神字〉、〈春中興慶宮酺宴〉、〈千秋節宴〉、〈遊興慶宮作〉、〈送張說巡邊〉、〈餞王晙巡邊〉等詩，都屬宴賞遊樂、餞別贈送之作。唐太宗詩如〈於太原召侍臣宴守歲〉、〈春日玄武門宴群臣〉、〈賦秋日懸清光賜房玄齡〉，也是宴遊唱和之類的詩作。錢起詩如〈酬王維春夜竹亭贈別〉、〈和萬年成少府寓直〉、〈和王員外晴雪早朝〉、〈和李員外扈從溫泉宮〉；白居易詩如〈送王十八歸山寄題仙遊寺〉、〈西湖晚歸回望孤山寺贈諸客〉、〈寄韜光禪師〉，都屬酬贈應答之類的詩作。甚至悠遊山水田園的孟浩然，都有〈和張丞相春朝對雪〉、〈寒食宴張明府宅〉類屬宴遊唱和之作被選入。至於盛唐邊塞詩家岑參，《御選唐詩》所選錄的，並非〈走馬川行奉送封大夫出師西征〉、〈輪臺歌奉送封大夫出師西征〉、〈白雪歌送武判官歸京〉這類描寫邊塞雄渾壯闊景象的詩作，而是〈奉送李太保兼御史大夫充渭北節度使〉、〈寄左省杜拾遺〉、〈酬崔十三〉、〈陪封大夫宴翰海亭納涼〉、〈梁州陪趙行軍龍岡寺北庭汎州宴王侍御〉這一類涉及宴遊酬贈主題的詩作。儘管宴遊酬贈是古代詩人互動往來的文學活動，但《御選唐詩》大量選錄這類主題的詩作，足見該書確實具有偏好「宴遊酬贈」的選詩傾向，尤其是君臣之間的奉和應制之作，

在選本中更是隨處可見，也因此，選本中常有僅選錄一首詩作的詩
家，如李邕〈奉和春初幸太平公主南莊應制〉、李嶠〈奉和聖製從
蓬萊向興慶閣道中留春雨中春望之作應制〉、武平一〈興慶池侍
宴〉、崔日用〈奉和聖製春日幸望春宮應制〉、席豫〈奉和聖製答
張說扈從出雀鼠谷〉、滕珦〈釋奠日國學觀禮聞雅樂〉、趙彥伯
〈從宴桃花園詠桃花應制〉、獨孤良弼〈上巳接清明遊宴〉等等，
大量集中於奉和應制之類的主題，儼然成為唐人應制唱和詩作的範
本。

　　理解了《御選唐詩》的選詩傾向後，以下擬進一步討論的是
《唐宋詩醇》的選詩傾向。

二、《唐宋詩醇》的選詩傾向

　　由《唐宋詩醇》所選六家詩作卷數與數量觀之：

表三：《唐宋詩醇》選錄詩家卷數與篇目數[26]

詩人	李白	杜甫	白居易	韓愈	蘇軾	陸游
卷數	8	10	8	5	10	6
篇目數	375	722	363	103	541	561

以全書 2665 首的總篇幅計算，李、杜兩家詩在選本中共選入 1097
首，佔全書篇幅約 41%（1097/2665）之多，據此可見李、杜兩家在
《唐宋詩醇》中的份量。

26　本表格內容，參考莫礪鋒：〈論《唐宋詩醇》的編選宗旨與詩學思想〉，
　　頁 133。

　　值得注意的是，現存李白詩約為 987 首，杜甫為 1439 首，[27]
兩家詩作數量呈現「李 1：杜 1.5」的比例，但就《御選唐詩》選
錄李、杜兩家詩的總數（李白 126 首，杜甫 80 首）計算比例，得到的
卻是「李 1.6：杜 1」的結果，明顯悖於「杜甫詩總數多於李白 1.5
倍」的事實。反之，《唐宋詩醇》選李白詩 375 首，選杜甫詩 722
首，選詩數量比例為「李 1：杜 1.9」，雖有超額選錄杜甫詩的情
形，但大體上較符合李、杜兩家詩原有的創作比例。至於兩部御選
詩集對李、杜詩選錄數量差異與選詩傾向是否相關？容後再述。

　　再由「詩題」的角度來看。由於《唐宋詩醇》僅選錄唐、宋六
位詩家作品，基於宴遊酬贈是詩家文學活動大宗，且所選皆為唐、
宋時期知名且重要的六位詩家，按理說，《唐宋詩醇》所選詩題中
有「題、贈、酬、和、宴、遊」等字眼的比例，應遠高於《御選唐
詩》，但由《唐宋詩醇》所選唐代四家詩的詩題關鍵字統計數字來
看：

27　李白詩總數，曾鞏〈李太白文集後序〉云：「李白集三十卷，舊歌詩七百
　　七十六篇，今千有一篇。」文見〔清〕王琦：《李太白集注》（臺北：臺
　　灣商務印書館《景印文淵閣四庫全書》第 1067 冊，1986 年）卷 31，頁
　　33a。大陸學者葛景春：《李杜之變與唐代文化轉型》（鄭州：大象出版
　　社，2009 年）之〈前言〉，亦言明人劉世教《合刻分體李杜詩集・李白
　　集》統計為 1001 首，詳見該書頁 8。此一版本筆者尚未得見，筆者所參
　　考的版本，為清人王琦《李太白集注》。書中卷 2～卷 25，未加計卷 30
　　「補遺」之作，共收李白詩 987 首。而杜甫詩總數，據〔清〕仇兆鰲：
　　《杜詩詳註》（北京：中華書局，1999 年）所錄各體詩總數為 1439 首，
　　若以〔清〕浦起龍：《讀杜心解》（北京：中華書局，2000 年）所錄杜
　　詩總數則為 1458 首。李、杜兩家詩在不同版本的數量雖有出入，但「李
　　1：杜 1.5」的詩作比例並未受影響。

表四：《唐宋詩醇》選錄唐代四家詩題關鍵字統計[28]

	題	贈	酬	和	宴	遊	小計
李白	4	34	0	0	1	12	**51**
杜甫	19	26	2	5	7	18	**77**
白居易	31	26	10	41	6	24	**138**
韓愈	5	8	7	11	0	2	**33**
小計	**59**	**94**	**19**	**57**	**14**	**56**	**299**

以上各類關鍵詩題合計 299 首，佔《唐宋詩醇》所選唐代四家詩
1563 首約 19% 比例，遠低於《御選唐詩》三成以上的篇幅；且詩
題中有「應制」、「應詔」、「奉和」、「賦得」、「侍宴」等字
眼者，在李白、杜甫、白居易、韓愈四家詩中，更僅有李白〈侍從
宜春苑奉詔賦龍池柳色初青聽新鶯百囀歌〉、〈賦得白鷺鷥送宋少
府入三峽〉與白居易〈賦得古原草送別〉三首而已，與《御選唐
詩》一百多首的選錄數量，實在不可同日而語。然則《唐宋詩醇》
的選詩的偏重點又是什麼？

　　歸納〈唐宋詩醇凡例〉與各家卷前〈小傳〉要點，可知該書所
以標舉李、杜、白、韓、蘇、陸六家，在於「李、杜一時瑜亮，固
千古希有」，韓愈則「其志在直追李、杜」，[29]而白居易「其源亦
出於杜甫」，且「變杜甫之雄渾蒼勁而為流麗安詳，不襲其面貌而
得其神味。」[30]至於蘇軾，卷 32 所附〈小傳〉雖然肯定其詩為：
「前之曹、劉、陶、謝，後之李、杜、韓、白，無所不學，亦無所

28　詩題中，凡見一題數首者，以該題重複之數目計算。

29　兩則引文，俱參見《唐宋詩醇》卷前〈凡例〉第一則。

30　見《唐宋詩醇》卷 19 卷前所附之〈白居易小傳〉，頁 1b。

不工。……洵乎獨立千古，非一代一人之詩也。」但在實際品評蘇軾詩作時，卻又屢見「真足嗣響少陵」、「不減少陵」、「差肩杜老」[31]之言。卷 42〈陸游小傳〉更倡言：「觀游之生平，有與杜甫類者。」且「其感激悲憤，忠君愛國之誠，一寓於詩。」而這類的詩作，「與甫之詩何以異哉？」[32]直指陸游的生平背景與詩作內容，皆與杜甫有相似之處，足以為杜甫之嗣響。而在品評李白相關詩作時，不時可見將李、杜兩家相提並論之言，例如：

〈古風 59 首之胡關饒風沙〉：中間直入時事，字字沈痛，當與杜甫〈前出塞〉參見。（卷 1，頁 12a）

〈古風 59 首之天津三月時〉：杜甫〈麗人行〉，其刺國忠也，微而婉；此則直而顯，自是異曲同工。（卷 1，頁 14a）

〈古風 59 首之羽檄如流星〉：此等詩殊有關繫，體近風雅，與杜甫〈兵車行〉、〈出塞〉等作，工力悉敵，不可軒

31　《唐宋詩醇》評蘇軾〈石鼓歌〉云：「瀾翻無竭，筆力馳驟中章法乃極嚴謹，真足嗣響少陵。」（卷 32，頁 20b）；評〈次韻張安道讀杜詩〉云：「初讀之，但覺鋪敍排比，詞氣不減少陵。」（卷 32，頁 36b）；評〈畫韓幹牧馬圖〉云：「馬詩有杜甫諸作，後人無從著筆矣，千載獨有軾詩數篇，能別出一奇，於浣花之外，骨幹氣象，實相等埒。」（卷 35，頁 4a）；評〈正月廿日往岐亭郡人潘古郭三人送余於女王城東禪莊院〉云：「一結含蘊無窮，彷彿少陵〈東閣官梅〉之作。」（卷 36，頁 36b）；評〈同王勝之遊蔣山〉云：「峰多、江遠一聯，差肩杜老。」（卷 37，頁 34a）

32　《唐宋詩醇》卷 42，頁 1b-頁 2a。

輕。（卷1，頁18b）

〈贈別從甥高五〉：沈鬱頓挫，意近杜陵。（卷5，頁19b）

〈經亂離後天恩流夜郎憶舊遊書懷贈江夏韋太守良宰〉：卓乎大篇，可與〈北征〉並峙。（卷5，頁26a）

〈渡荊門送別〉：項聯（山隨平野盡，江入大荒流）與杜甫之「星垂平野闊，月湧大江流」句法相類，亦氣勢均敵。（卷6，頁23a）

〈秋日與張少府楚城韋公藏書高齋作〉：氣體極似杜甫「飛星過水白，落月動沙虛」，句法相似，亦稱雙璧。（卷8，頁12a）

《唐宋詩醇》之所以將李、杜並論，除了兩家詩在某些句法有類似之處外，兩家詩中所表達的「感時憂國」之思，更是《唐宋詩醇》所著眼關注之所在。印證書中以下所論「李、杜異曲同工」處：

若其蒿目時政，疚心朝廷，凡禍亂之萌，善政之實，靡不託之歌謠，反覆慨歎，以致其忠愛之志，其根於性情而篤於君上者，按而稽之，固無不同矣。（卷1，頁2a）

可見《唐宋詩醇》雖選錄唐、宋兩朝六家詩，實以「李、杜」兩家詩為核心人物，而「忠愛憂國」之思，則是其選評要旨所在。

　　理解了《御選唐詩》與《唐宋詩醇》的選詩傾向具有「宴遊酬贈」與「忠愛憂國」的差異後，以下擬據此檢視兩部詩集共同選錄的四位詩家作品，以為驗證。

　　相較於《御選唐詩》所選的 40 首白居易詩，多為閒適宴遊之類的主題，如〈宴散〉、〈西湖晚歸回望孤山寺贈諸客〉、〈錢塘湖春行〉、〈舟中晚起〉、〈杭州春望〉、〈早秋獨夜〉、〈江樓聞砧〉、〈秋中夜坐〉、〈晚秋閒居〉、〈舟中夜坐〉等詩，相形之下，白居易具有反映社會現實意義的〈秦中吟〉十首，以及「為君、為臣、為民、為物、為事而作」的新樂府詩，如：愍怨曠的〈上陽白髮人〉、戒邊功的〈新豐折臂翁〉、刺長史之〈捕蝗〉、達窮民之情的〈縛戎人〉、傷農夫之困的〈杜陵叟〉、苦宮市的〈賣炭翁〉、哀冤民的〈秦吉了〉等詩作，在《御選唐詩》中全部付諸闕如，甚至連白居易的傳世長篇名作〈長恨歌〉與〈琵琶行〉，也都不在選錄之列。但上述詩作，《唐宋詩醇》不但照單全收，甚且認為是白居易詩「變杜之雄渾蒼勁而為流麗安詳，不襲其面貌而得其神味者」[33]的關鍵因素，因而屢見「仿杜甫某作」或「杜甫某作嗣音」[34]之類的評語。至於《御選唐詩》所選錄的 16

---

[33] 見《唐宋詩醇》卷 19 卷前〈白居易小傳〉，頁 1b。

[34] 如《唐宋詩醇》以「杜甫〈石壕吏〉之嗣音也」評白居易〈秦中吟〉十首之〈重賦〉（卷 19，頁 9b）；以「詞意本之杜甫入蜀〈鳳凰臺〉一章」評〈和答詩〉十首之〈答桐花〉（卷 19，頁 19a）；以「本之杜甫〈兵車行〉、前後〈出塞〉等篇」評〈新豐折臂翁〉（卷 20，頁 7a）；以「筆力排奡，彷彿似杜」評〈西涼伎〉（卷 20，頁 18a）。以「諸篇全倣杜甫〈新安吏〉、〈石壕吏〉、〈垂老〉、〈無家〉等作，諷刺時事，婉而多風。」（卷 20，頁 29a）評白居易諷刺時事而作的 50 首新樂府詩。

首韓愈詩，就詩題歸納，不外乎文人之間的休閒活動或唱和贈答之作，如：〈聽穎師彈琴〉、〈同竇韋尋劉尊師不遇〉、〈和庫部盧四兄曹長元日朝回〉、〈和水部張員外宣政衙賜百官櫻桃詩〉、〈早春呈水部張十八員外〉、〈酬王二十舍人涯雪見寄〉；另一部分如〈新亭〉、〈稻畦〉、〈鏡潭〉、〈竹溪〉、〈蒲萄〉等五言絕句，則是寫景詠物之作。以上諸詩，儘管同樣出自韓愈之手，但如果要展現韓愈詩奇險兀嵲的特色，實有待「橫空排硬語，妥帖力排奡」（〈薦士〉）與「刺手拔鯨牙，舉瓢酌天漿」（〈調張籍〉）這類的詩作，但些詩作，《御選唐詩》皆棄而未收。其他如韓愈抒發秋士易感的〈秋懷詩〉11 首；與杜甫〈茅屋為秋風所破歌〉之「吾廬獨破受凍死亦足」詩意相通的〈苦寒〉詩；寫南山靈異縹緲、光怪陸離的〈南山〉詩；「深婉忠厚，得風雅之正」[35]的〈琴操〉10 首；詠野燒之〈陸渾山火和皇甫湜用其韻〉；憂時傷亂、感憤無聊的〈歸彭城〉詩，以及贈送友人的長篇大作如〈送惠師〉、〈送靈師〉、〈嗟哉董生行〉、〈寄盧仝〉諸詩，都只見於《唐宋詩醇》而未收錄於《御選唐詩》之中。

　　儘管白居易與韓愈的詩集都不乏「宴遊酬贈」與「忠愛憂國」的主題詩作，但在選詩數量不多且偏於某種主題的情況下，同一詩家在不同的選本中也就有不同的樣貌呈現，無怪乎《御選唐詩》與《唐宋詩醇》共同選錄的白、韓兩家詩，僅有 11 首與 5 首[36]的戔

35　《唐宋詩醇》卷 27 引沈德潛之言：「〈琴操〉諸篇，深婉忠厚，得風雅之正。」頁 12b。

36　兩部御選詩集共同選錄的 5 首韓愈詩分別為：〈聽穎師彈琴〉、〈石鼓歌〉、〈雉帶箭〉、〈木芙蓉〉及〈和庫部盧四兄曹長元日朝回〉；至於交集選錄的 11 首白居易詩則是：〈賦得古原草送別〉、〈太湖石〉、

衾之數。至於分居兩部詩集選詩數量之冠的李白與杜甫，在選詩傾向相異的作用下，又會以何種樣貌呈現呢？

第三節　《御選唐詩》與《唐宋詩醇》所映現的李杜詩不同樣貌

　　《御選唐詩》選杜詩 80 首，《唐宋詩醇》則選入 722 首，彼此交集選錄的杜詩有 61 首。李白詩部分，《御選唐詩》選入 126 首，《唐宋詩醇》選錄 375 首，彼此交集選錄者有 65 首。由於《御選唐詩》所選的李、杜詩，有高達 76%（杜甫，61/80）與 52%（李白，65/126）的比例重複出現在《唐宋詩醇》當中，因而無法像白居易與韓愈詩，在共同選錄數量少的情況下，得以快速釐清選詩傾向差異所造成的影響。再者，基於《御選唐詩》對選錄詩作「只註不評」，《唐宋詩醇》則是「評而不註」，因此要爬梳李白、杜甫在兩部御選詩集的共同處與相異處，有待就兩家詩在兩部選集中的詩題及詩作特點進行歸納、整理。

〈寄韜光禪師〉、〈錢塘湖春行〉、〈西湖晚歸回望姑山寺贈諸客〉、〈香爐峰下新卜山居草堂初呈偶題東壁〉、〈舟中晚起〉、〈杭州春望〉、〈太平樂詞〉、〈暮江吟〉、〈竹枝詞〉。由於韓愈詩被選入《御選唐詩》僅 16 首，《唐宋詩醇》有 103 首；白居易被選入《御選唐詩》計 40 首，《唐宋詩醇》有 363 首。在兩部選集交集重疊數目少的情況下，重疊的詩作必然傾向於選詩數量較少的《御選唐詩》之「宴遊酬贈」的主題。

一、兩部詩選共同選錄的李、杜詩題

　　由《御選唐詩》與《唐宋詩醇》共同選錄的李、杜詩題觀之，其中固然有展現杜甫「頓挫奇警」之氣者，如以「堂上不合生楓樹，怪底江山起煙霧」二句飛騰入詩的〈奉先劉少府新畫山水障歌〉；以「孔明廟前有老柏」為起，以「古來材大難為用」作結的〈古柏行〉；或雖為酬應之作卻挾奇氣而出的〈醉歌行贈公安顏少府請顧公題壁〉與〈短歌行贈王郎司直〉；以及歌詠矯健豪縱、橫行萬里的〈房兵曹胡馬〉[37]等詩。李白詩部分，則有流露李白「奇思高曠」者，如以「陶公有逸興，不與常人俱」開場的〈登單父陶少府半月臺〉；以「花間一壺酒，獨酌無相親」起興的〈月下獨酌〉；或是舉杯問月幾時高掛青天的〈把酒問月〉；以及李白與僧人、道士交遊所寫的〈聽蜀僧濬彈琴〉、〈訪戴天山道士不遇〉、〈下終南山過斛斯山人宿置酒〉[38]諸作。以上詩作之外，兩部御選詩集共同選錄的李、杜詩有哪些審美要點？透過《唐宋詩醇》的詩評內容，應可具體掌握其要。杜甫詩例如：

　　　　〈飲中八仙歌〉（引李因篤曰）：無首無尾，章法突兀，妙是

37　以上列舉詩作內容與評語，參見《唐宋詩醇》卷 9，頁 28a〈奉先劉少府新畫山水障歌〉；卷 11，頁 33b〈古柏行〉；卷 12，頁 28b〈醉歌行贈公安顏少府請顧公題壁〉；卷 11，頁 19b〈短歌行贈王郎司直〉；卷 13，頁 11a〈房兵曹胡馬〉。

38　以上所列詩作內容與評語，參見《唐宋詩醇》卷 7，頁 19a〈登單父陶少府半月臺〉；卷 8，頁 6a〈月下獨酌〉；卷 7，頁 16a〈把酒問月〉；卷 8，頁 19b〈聽蜀僧濬彈琴〉；卷 8，頁 11b〈訪戴天山道士不遇〉；卷 7，頁 15a〈下終南山過斛斯山人宿置酒〉。

敘述不涉議論，而八人身分自見。（卷9，頁18b）

〈登兗州城樓〉：**安雅妥帖**，杜律中最近人者。（卷13，頁10a）

〈夜宴左氏莊〉：**氣骨有餘，不乏風韻**。（卷13，頁12b）

〈天河〉：此與〈初月〉詩確有寄託，**用意不即不離**，窅然而深。（卷14，頁18a）

〈紫宸殿退朝口號〉：可備唐朝典故，詩亦**委蛇有風度**。（卷14頁1a）

〈春夜喜雨〉：胸次自然流出而意已潛會，所謂**不涉理路，不落言詮**者如此。（卷15，頁10b-11a）

〈禹廟〉：**妙在無迹**，極鏡花水月之趣。（卷16，頁27a）

以上諸詩，除了安雅妥帖、有風韻或風度之外，尚有不涉議論、用意不即不離、妙在無迹等審美取向。至於李白詩評內容，例如：

〈玉階怨〉：**妙寫幽情，於無字處得之**。（卷4，頁5a）

〈靜夜思〉（引范梈言）：五言短古，不可明白說盡，含蓄則有餘味，此篇是也。（卷4，頁15a）

〈峨眉山月歌〉：但覺其工，然**妙處不傳**。（卷 5，頁 13a）

〈黃鶴樓送孟浩然之廣陵〉（引唐汝詢言）：悵望之情，俱在**言外**。（卷 6，頁 22a）

〈望天門山〉：詞調高華，**言盡意不盡**。（卷 7，頁 26b）

〈尋雍尊師隱居〉：一結擅勝，**神韻悠然**。（卷 8，頁 10a）

〈與史郎中欽聽黃鶴樓上吹笛〉：淒切之情，見於言外，有**含蓄不盡**之致。（卷 8，頁 10b）

引文皆為李白膾炙人口的詩作，詩評著重於闡發詩作的言外之意或有餘含蓄之旨，與之前所述的杜詩要點，實有相通之處。

　　在理解了清代兩本御選詩集共同選錄的李、杜詩之後，以下接著探討的是兩部詩選未交集選錄的部分，亦即「哪些李、杜詩是《御選唐詩》選錄而《唐宋詩醇》未選者？」以及「哪些李、杜詩是《唐宋詩醇》選錄而《御選唐詩》不收的？」藉由未交集選錄的部分，應更能具體得見李、杜詩在兩部御選詩集中的不同樣貌，也得以檢驗兩部御選詩集的選詩要旨差異。

二、李、杜詩題在兩部詩選未交集部分

㈠《御選唐詩》選錄而《唐宋詩醇》未選者

　　《御選唐詩》選錄的 80 首杜詩中，有 19 首未見於《唐宋詩醇》。歸納這 19 首詩作，如〈夏日李公見訪〉、〈數陪李梓州泛

江有女樂在諸舫戲為艷曲〉、〈嚴鄭公宅同咏竹得香字〉、〈城西陂汎舟〉、〈宇文晁尚書之甥崔彧司業之孫尚書之子重汎鄭監前湖〉，都是杜甫與友人宴遊應酬之作。其中的〈數陪李梓州泛江有女樂在諸舫戲為艷曲〉，由詩題的「女樂」、「艷曲」，以及詩中的「江清歌扇底，野曠舞衣前。玉袖凌風並，金壺隱浪偏。」可推知宴席中必有女樂聲伎歌舞助興。而〈城西陂汎舟〉首句即為「青蛾皓齒在樓船」，同樣是歌舞宴飲的應酬場合。

令人不解的是，康熙在〈御選唐詩序〉中宣稱該書所選唐詩風格雖然不一，但皆以溫柔敦厚為宗，詩作內容亦為正聲雅奏，使讀者能獲得「宣志達情」、「範於和平」的閱讀效應，因而「憂思感憤」與「倩麗纖巧」之類的詩作，也都在斥而不選之列。然而，杜甫上述宴飲遊戲之作，儘管不具有「憂思感憤」的內涵，但若要說不屬於「倩麗纖巧」之作，實令人難以信服，從而難以理解的是：這類詩作何以能符合康熙〈御選唐詩序〉所聲稱的：「以溫柔敦厚為宗」的選詩要旨？此外，獨見於《御選唐詩》者，另有杜甫的九首絕句，分別是〈即事〉（百寶裝腰帶）、〈客中作〉（江碧鳥逾白）、〈絕句〉（遲日江山麗），[39]以及「奔竄既久，初歸草堂，凡目所見、景所觸、情所感，皆掇拾成詩，猶之漫興」[40]的〈絕句六首〉：

39　以「江碧鳥逾白」及「遲日江山麗」開頭的兩首絕句，在仇兆鰲《杜詩詳註》、浦起龍《讀杜心解》與楊倫《杜詩鏡銓》中，皆題為〈絕句二首〉，未另區分詩題。

40　〔清〕王嗣奭：《杜臆》（臺北：中華書局，1986年）卷之6，頁191。

日出東籬水，雲生舍北泥。竹高鳴翡翠，沙僻舞鶺鴒。
藹藹花蕊亂，飛飛蜂蝶多。幽棲身懶動，客至欲如何？
鑿井交櫺葉，開渠斷竹根。扁舟輕裊纜，小徑曲通村。
急雨捎溪足，斜暉轉樹腰。隔巢黃鳥並，翻藻白魚跳。
舍下筍穿壁，庭中藤刺簷。地晴絲冉冉，江白草纖纖。
江動月移石，溪虛雲傍花。鳥棲知故道，帆過宿誰家？

楊倫（1747-1830）《杜詩鏡銓》總評杜甫以上漫興成詩的六首絕句
云：

> 寫所居景物，當在春夏之交，禽鳥花草，種種幽適，字堪入
> 畫，惟稍嫌太板實耳。[41]

六詩所寫的是禽鳥花草之景與種種幽適之情，詩中多用疊字，體物
工巧精細，頗具「倩麗纖巧」的特色，反倒異於序文所聲稱的「溫
柔敦厚」的選詩要旨，其中緣由，頗值得深入探究。

至於《御選唐詩》所選 126 首李白詩作中，有 61 首未見錄於
《唐宋詩醇》。這些詩作大概可區分為「宴遊侍從」與「送別酬
贈」兩類。前者如〈與周剛清溪玉鏡潭宴別〉、〈奉陪商州裴使君
遊石娥溪〉、〈宴陶家亭子〉、〈侍從遊宿溫泉宮作〉、〈流夜郎
至江夏陪長史叔及薛明府宴興德寺南閣〉、〈陪族叔刑部侍郎曄及
中書舍人賈至遊洞庭〉、〈遊洞庭〉二首，皆屬宴遊侍從之作；後

41　〔清〕楊倫：《杜詩鏡銓》（上海：上海古籍出版社，1998 年）卷 12，
　　頁 559。

者如〈送溫處士歸黃山白鵝峰舊居〉、〈送羽林陶將軍〉、〈送董將軍西征〉、〈贈郭將軍〉、〈送賀監歸四明應制〉，則屬送別酬贈之作。

獨見於《御選唐詩》卻未見於《唐宋詩醇》的李白詩作，除以上所列舉者外，特別值得留意的，是 6 首〈宮中行樂〉與 3 首〈清平調〉。〈宮中行樂〉乃唐玄宗因宮中行樂，命召李白歌詠，李白於醉酒時所作。原有 10 首，後僅存 8 首，《御選唐詩》選錄 6 首之多，以下摘錄詩句二、三聯內容觀之：

宮花爭笑日，池草暗生春。綠樹聞歌鳥，青樓見舞人。（卷11，頁 47a）

山花插寶髻，石竹繡羅衣。每出深宮裡，常隨步輦歸。（卷12，頁 27a-b）

煙花笑落日，絲管醉春風。笛奏龍吟水，簫鳴鳳下空。（卷12，頁 28a-b）

鶯歌聞太液，鳳吹繞瀛洲。素女鳴珠珮，天人弄綵毬。（卷13，頁 57a-b）

宮鶯嬌欲醉，簷燕語還飛。遲日明歌席，新花艷舞衣。（卷13，頁 58b）

玉樓巢翡翠，金殿鎖鴛鴦。選伎隨雕輦，徵歌出洞房。（卷

　　13，頁 59b）

詩中多見歌舞、羅衣、絲管、玉樓、金殿、女伎等語彙，共同營造
出宮中宴遊行樂的氣氛，但這些詩作《唐宋詩醇》都未加以青睞。
至於〈清平調〉三首，為唐玄宗與楊貴妃賞花宴賞時，李白奉詔所
進，[42]三詩同樣以宮中宴飲逸樂情景為主題，明、清眾多唐詩選本
均有選錄，[43]堪稱是李白膾炙人口之作，但《唐宋詩醇》同樣棄而
不選。兩本御選詩集對這些詩作選錄的差異，令人玩味、深思。

(二)《唐宋詩醇》偏重而《御選唐詩》不收者

　　由於《唐宋詩醇》只選唐、宋六家詩，《御選唐詩》卻是以
「全唐詩家」為選詩對象，因而若以《唐宋詩醇》所選錄的 375 首
李白詩及 722 首杜甫詩為基準，與《御選唐詩》所選的 126 首李白
詩與 80 首杜甫詩相較，當然有許多詩作是《御選唐詩》所未選錄
的，如此得到的比較結果自不免有所偏差，也不具有太大意義。

　　筆者在深入研閱《唐宋詩醇》後，留意到該書有不少是以「風
雅」、「忠厚」等相關內容來評論李、杜詩，或是主張某些詩作足
以展現李、杜詩特色。若取這些詩作與《御選唐詩》進行比較，應
更能清楚得見：哪些李、杜詩是《唐宋詩醇》所偏重而《御選唐
詩》未選的？

　　先就《唐宋詩醇》以「溫柔敦厚」相關意旨評論李詩者觀之：

---

[42]　〈宮中行樂詞〉八首創作背景，參見清人王琦注《李太白集注》卷 5，頁
　　　20；〈清平調〉三首，參見同書卷 5，頁 25-26。

[43]　明代如高棅《唐詩品彙》、李攀龍《古今詩刪》、曹學佺《石倉歷代詩
　　　選》、陸時雍《唐詩鏡》，清代如沈德潛《唐詩別裁集》、王堯衢《唐詩
　　　合解》、孫洙《唐詩三百首》皆有選錄。

〈古風 59 首之羽檄如流星〉：此等詩殊有關繫，**體近風雅**。（卷 1，頁 18b）

〈古風 59 首之孤蘭生幽園〉：**溫柔敦厚，上追風雅**。（卷 1，頁 19b）

〈古風 59 首之綠蘿紛葳蕤〉：純用比興，亦**騷雅之遺**。……辭意怨而不怒，**旨合風人**。（卷 1，頁 21a）

〈長相思〉：賢者窮於不遇而不敢忘君，斯**忠厚之旨**也。（卷 2，頁 14b）

〈黃葛篇〉（引蕭士贇言）：**忠厚之意，發於情性，風雅之作也**。（卷 4，頁 3a）

〈子夜吳歌〉（引唐汝詢言）：結句不言黷武而言未平，深得**風人之旨**。（卷 4，頁 16b）

〈去婦詞〉：通篇**纏綿悽惋，怨而不怒**。（卷 4，頁 20b）

〈流夜郎半道承恩放還兼欣剋復之美書懷示息秀才〉：引罪自咎，無怨尤之心，有眷顧之誠，不失**忠厚本旨**。（卷 5，頁 29a）

〈陳情贈友人〉：敘乖隔處極為微婉，得**風人之意**。（卷

5，頁31a）

　　〈金陵鳳凰台置酒〉：眼前景，意中事，若隱若顯，**風人妙指**。（卷7，頁17a）

　　除引文所見以「溫柔敦厚」等相關內容評論李白詩作之外，《唐宋詩醇》也屢見以「神品」、「本色」來指稱李白的某些詩作。如評〈烏夜啼〉云：「語淺意深，樂府本色。」（卷2，頁9b）；評〈送崔氏昆季之金陵〉一詩云：「筆情蕭爽，自是太白本色。」（卷7，頁6a）；評〈上三峽〉云：「爽直之氣，自是本色。」（卷7，頁28b）；評〈宣城見杜鵑花〉云：「如諺如謠，卻是絕句本色。」（卷8，頁23a）；評〈魯郡堯祠送竇明府薄華還西京〉亦云：「歌行至此，豈非神品？」（卷6，頁28b）。至於〈夢遊天姥吟留別〉與〈遠別離〉，更被視為李白七言歌行「窮極筆力，優入聖域」（卷6，頁19b）的代表作；而〈蜀道難〉一詩，如果未能審明結語所寄寓的深情遠意，則是「未為知白者也」（卷2，頁5a）。然而，以上所引錄的詩作，在《御選唐詩》中均付諸闕如，未見選錄。換言之，李白的〈古風〉59首，以及〈夢遊天姥吟留別〉、〈遠別離〉、〈蜀道難〉等李白窮極筆力的絕唱之作或名章大篇，《御選唐詩》都棄而未選。

　　復取杜詩觀之。檢閱《唐宋詩醇》以「溫柔敦厚」相關意涵以評論杜詩者，例如：

　　〈示從孫濟〉：多似古樂府，**溫柔敦厚**，此（比）興深切。（卷9，頁17a）

〈麗人行〉：**託刺微婉，意指遙深**。（卷9，頁19b）

〈太子張舍人遺織成褥段〉：因小見大，殊有關於典制，足**以正人心而厚風俗**。（卷11，頁29b）

〈至德二載甫自京金光門出間道歸鳳翔乾元初從左拾遺移華州掾與親故別因出此門有悲往事〉：**怨而不怒，忠厚之道**。（卷14，頁8a）

由以上所引詩例評語，可知《唐宋詩醇》以「溫柔敦厚」評論杜詩，乃著眼於詩中比興深切、託刺微婉、怨而不怒等表現手法，但《唐宋詩醇》以上所標舉的詩作，均未收錄於《御選唐詩》之中。

除了以「溫柔敦厚」評論杜詩，《唐宋詩醇》書中所致力闡發的，更在於杜甫的忠愛之情與感時憂國之意，由以下詩評內容可知所言不誣：

〈哀江頭〉：雖從樂遊追敘，而俯仰悲傷，純是**忠愛之情，憂戚之志**。（卷9，頁32b）

〈北征〉：以皇帝起，太宗結。戀行在，望匡復，言有倫脊，**忠愛見矣**。（卷10，頁7b）

〈三吏〉、〈三別〉總評：**上憫國難，下痛民窮**，加以所遇不偶，懷抱抑鬱，程形賦音，幾於一字一淚。（卷10，頁21b）

〈槐葉冷淘〉：隨事徵其**忠欵**，所謂**一飯不忘君**者，信然。（卷 11，頁 37a）

〈喜達行在所〉：肺腑流露，不假雕飾，論甫者謂其**一飯不忘君**，況斯時情境乎？（卷 13，頁 26a）

〈夕烽〉：儼然有宗社安危之慮，**乃心王室**，不覺流露。（卷 14，頁 21a）

〈對雨〉：感時憂國，觸緒即來，非**忠義**根於至性者，不可強為。所以獨冠千古而上繼《騷》、《雅》。（卷 16，頁 4b）

〈傷春五首〉：無窮悲憤，一片**忠懇**，大雅之後，絕無而僅有。（卷 16，頁 11a）

〈奉觀嚴鄭公廳事岷山沱江畫圖十韻〉：**甫心繫國家**，往往因題闌入，今為嚴武題畫而不及此，蓋志將遠引，故語不旁及。（卷 16，頁 25a）

〈秋興八首〉：**拳拳忠愛**，發乎至情，有溢於語言文字之表者。（卷 17，頁 18a）

〈洞房〉：〈洞房〉、〈宿昔〉諸篇，風調清深，詞意悽惻，純是**忠臣孝子之心**，自然流露。（卷 17，頁 31b）

所以不憚長篇大幅援引，除了藉以得見《唐宋詩醇》選評杜詩的重點，從中亦可深入理解《御選唐詩》與《唐宋詩醇》對杜詩看法的差異。以上詩作中，《御選唐詩》僅選錄〈奉觀嚴鄭公廳事岷山沱江畫圖十韻〉與〈秋興〉八首之「蓬萊宮闕對南山」一首，而非如《唐宋詩醇》將〈秋興〉連章八首全部選錄。至於〈哀江頭〉、〈洗兵馬〉、〈北征〉、〈三吏〉、〈三別〉、〈夕烽〉、〈對雨〉這類感時憂國之作，也都不在《御選唐詩》選錄之列。此外，《唐宋詩醇》所標舉的「少陵本色」、「子美絕作」諸詩，如〈三川觀水漲二十韻〉、〈洗兵馬〉、〈夢李白二首〉、〈丹青引〉、〈冬日洛城北謁玄元皇帝廟〉、〈行次昭陵〉、〈登高〉、〈登樓〉、〈謁先主廟〉、〈諸將五首〉、〈江南逢李龜年〉、〈登岳陽樓〉、〈奉贈韋左丞丈二十二韻〉[44]等詩，尤其是〈洗兵馬〉一

---

[44]　《唐宋詩醇》評〈三川觀水漲二十韻〉云：「沈鬱頓挫，字字生造，無一浮響，集中此等自是少陵本色。」（卷9，頁30a）；評〈洗兵馬〉云：「杜集七古之整麗可法者。」（卷10，頁12b）；評〈夢李白〉二首云：「沈痛之音，發於至情。……『落月屋梁』，千秋絕調。」（卷10，頁26a-b）；評〈丹青引〉云：「通篇瀏灕頓挫，節奏之妙，於斯為極。」（卷11，頁23a）；評〈冬日洛城北謁玄元皇帝廟〉云：「典重中帶飄逸，精工中有排宕，則大手異人處也。」（卷13，頁1b）；評〈行次昭陵〉云：「深廣無端，波瀾無狀，今古詩人，絕無倫比。」（卷13，頁30b）；評〈登高〉云：「氣象高渾，有如巫峽千尋，走雲連風，誠為七律中希有之作。」（卷16，頁8a）；評〈登樓〉云：「高闊之象，陵轢千古。」（卷16，頁18b）；評〈謁先主廟〉云：「格調莊嚴，氣骨渾厚，有典有則，長律當以此為正宗。」（卷17，頁8a）；評〈諸將五首〉云：「既已精理為文，亦復秀氣成采，讀者於此沿洪流而窮深源，然後知甫所以度越千古也。」（卷17，頁22b）；評〈江南逢李龜年〉云：「此千秋絕調也。」（卷18，頁20a）；評〈登岳陽樓〉云：「元氣渾

詩，是杜甫欣聞朝廷收復山東，期能早日淨洗甲兵，以致太平所作；〈冬日洛城謁玄元皇帝廟〉則婉諷李氏王朝以宗廟之禮奉祀老子，卻未必能知道德之意；〈行次昭陵〉為杜甫行經太宗昭陵，有感昔盛今衰而作；〈諸將〉五首乃諷刺諸將於安史之亂後，擁兵自重。以上諸作，都與時事盛衰密不可分，也是杜詩集中的大手筆之作，但《御選唐詩》同樣未加以選錄。

　　以上比較李、杜兩家詩在《御選唐詩》與《唐宋詩醇》「未交集」部分，可見兩書雖然都以「溫柔敦厚」為選詩要旨，但落實於李、杜詩的選錄時，同樣存在著「宴遊酬贈」與「忠愛憂國」的差異。據此吾人不難理解：何以《御選唐詩》偏好選錄杜甫〈數陪李梓州泛江有女樂在諸舫戲為艷曲〉、〈嚴鄭公宅同咏竹得香字〉、〈城西陂汎舟〉、〈宇文晁尚書之甥崔彧司業之孫尚書之子重汎鄭監前湖〉這類宴遊之作？又何以偏好選錄李白的六首〈宮中行樂詞〉及三首〈清平調〉？從而亦可推知，何以《御選唐詩》黜落杜甫〈三吏〉、〈三別〉、〈北征〉、〈洗兵馬〉、〈哀王孫〉、〈哀江頭〉這類關乎國家盛衰，具有「詩史」特質的詩作？何以對李白「殊有關繫，體近風雅，與杜甫〈兵車行〉、〈出塞〉等作工力悉敵」[45]之〈古風〉59 首全部棄選？因為這些詩作顯然與《御選唐詩》所偏好的宴遊酬贈主題是扞格不入的。連帶的，據此可釐清的另一個問題是：何以《御選唐詩》選錄詩作最多的詩家為李

淪，不可湊泊，千古絕唱。」（卷 18，頁 22a）；至於〈奉贈韋左丞丈二十二韻〉，更由「起語兀傲」、「歸題別有風神，一結曠達」等處，以見「前人多取為壓卷」之故（卷 9，頁 3b）。

[45]　《唐宋詩醇》卷 1〈古風・羽檄如流星〉後評，頁 18b。按：由評語「此等詩」之言，可見非專評本詩而已。

白，且李、杜詩在選本中的比例為「李 1.6：杜 1」，悖於「杜甫詩總數多於李白 1.5 倍」的事實？何以《唐宋詩醇》所選詩作最多者為杜甫，論及李、杜兩家「異曲同工」時，也具有「李白向杜甫靠攏」的傾向？因為若立足於「宴遊酬贈」的角度，名滿天下、交友廣泛，甚且一度任職翰林供奉的李白，在處理宴遊酬贈的詩作主題，自然要比奉儒守官，卻在殘杯與冷炙中苦嚐悲辛的杜甫更加得心應手。[46]因此，選詩偏好「宴遊酬贈」主題的《御選唐詩》，也就呈現出「選李多於選杜」的情形。但如果立足於「忠愛憂國」的角度，杜甫「憂國憂民」的形象，無論是由詩集中的「質」與「量」而言，都遠遠超越李白，無怪乎《唐宋詩醇》選李、杜兩家詩，呈現的是「選杜多於選李」的情形，並且是以「李白無異於杜甫」的模式來論述兩家何以能比肩並稱，而李白也在「忠愛化」的過程中，悄然與杜甫「同工」了。

第四節　《御選唐詩》與《唐宋詩醇》選詩傾向差異緣由

理解了《御選唐詩》與《唐宋詩醇》不同的選詩傾向，與李、

---

[46] 「奉儒守官」見杜甫〈進雕賦表〉；「殘杯冷炙」，見杜甫〈奉贈韋左丞丈二十二韻〉。據明人邵勳《唐李杜詩集》（臺北：大通書局，1974年）選李白詩 930 首，杜詩 1430 首。集中李白詩涉及「登覽、寄贈、留別、送別、酬答、遊宴、懷思、閒適」類詩作共 442 首，佔 48%（442/930）；但集中杜甫詩被歸於送別、尋訪、簡寄、投贈、懷舊、傷悼、燕飲、酬答類的詩作僅有 257 首，僅佔 18%（257/1430）。可見李白在「宴遊酬贈」方面的詩作，明顯高於杜甫。

杜詩在兩部選集中的不同形象後，以下擬進一步探討的是：造成清代兩部御選詩集選詩傾向差異的緣由。

康熙〈御選唐詩序〉中，主張將「憂思感憤」與「倩麗纖巧」之作排除選本之外，然而深入考察選本中所選錄的李、杜詩作，屬「憂思感憤」者確實有斥而不錄的傾向，但「倩麗纖巧」的詩作卻未必然，何況歷來詩家也鮮少將「憂思感憤」與「倩麗纖巧」這兩類相提並論，令人不禁懷疑：《御選唐詩》所真正排斥的是「憂思感憤」一類近於變風變雅的詩作。大陸學者黃建軍於《康熙與清初文壇》一書中，考察了康熙與清初文人的詩文交往，並歸納康熙的詩作與詩論，得出如下結論：「康熙在明末清初詩壇各種詩歌思潮紛爭無序這一關鍵時刻，利用自己的權力話語，重新構築當時的詩壇，籠絡了諸如王士禎、朱彝尊、高士奇、張英、徐乾學、陳廷敬、宋犖、查慎行等大批詩人，再通過他們的政治和文學的雙重優勢，影響了各自的門生故吏，故而在清初形成了一個個館閣詩人群體，將詩壇的主流盡收皇權旗下。」相對的，「遺民詩群的活動空間，日漸被擠壓，詩壇演奏的『盛世元音』最終取代變風變雅之音。通過這種權力介入的方式，遺民詩群的解構已不可逆轉。」此一論點，可以康熙朝館閣詩人代表王士禎（1634-1711）印證之。詩選部分，《四庫全書總目》指稱：「其《古詩選》，五言不錄杜甫、白居易、韓愈、蘇軾、陸游；七言不錄白居易，已自為一家之言。至《唐賢三昧集》，非惟白居易、韓愈皆所不錄，即李白、杜甫亦一字不登。」[47]至於詩論部分，「士禎乃持嚴羽餘論，倡神之

---

[47]　《四庫全書總目》卷 190〈御選唐宋詩醇四十七卷〉條下，頁 4223-4224。

說以救之，故其推為極軌者，惟王、孟、韋、柳諸家。……乃別為山水清音之一體，不足以盡詩之全也。」[48]詩作部分，四庫館臣總結道：「古體惟宗王、孟，上及於謝朓而止，較以十九首之驚心動魄、一字千金，則有天工人巧之分矣；近體多近錢（起）、郎（士元），上及乎李頎而止，律以杜甫之忠厚纏綿，沈鬱頓挫，則有浮聲切響之異矣。」[49]然而，王士禎「筆墨之外，自具性情；登覽之餘，別深寄託」[50]的詩歌創作，不正是康熙在〈御選唐詩序〉中所推崇「範於和平」的大雅正聲嗎？而其「唯恐稍涉凌厲，有乖溫柔敦厚之旨，亟亟乎其斂而抑之也。」[51]的論詩態度，與康熙《御選唐詩》將李、杜兩家「憂思感憤」之詩斥而不錄，不也是如出一轍、同聲相應？

值得注意的是，乾隆朝的四庫館臣以「不足以盡詩之全」、「天工人巧之分」、「浮聲切響之異」來批評代表康熙朝詩學的王士禎神韻詩學體系，是否意味著乾隆所強調的詩歌樣貌已有別於前朝？

如前所云，《御選唐詩》與《唐宋詩醇》雖然都強調「溫柔敦厚」的詩教觀，但兩部御選詩集整體的選詩傾向，明顯有「宴遊酬

---

48 《四庫全書總目》卷 190〈御選唐宋詩醇四十七卷〉條下，頁 4224。

49 《四庫全書總目》卷 173〈精華錄十卷〉條下，頁 3709。

50 《漁洋詩話》，丁福保輯：《清詩話》（臺北：西南書局，1979 年）卷上第 98 則，頁 159。按：引文乃清人張九徵為王士禎《過江集》題詞內容，四句頗能涵蓋王士禎詩學之「神」（筆墨之外，自具性情）與「韻」（登覽之餘，別深寄託）之要。

51 〔清〕徐乾學：〈十種唐詩選序〉，收錄於〔清〕王士禎：《十種唐詩選》（臺北：廣文書局，1971 年）卷前，頁 3-4。

贈」與「忠愛憂國」之別。以詩歌發展的時代背景而言，康熙以館
閣詩人的盛世元音取代遺民詩群的變風變雅，具有將詩壇主流歸於
皇權的用意，但隨著清廷政權的穩固，遺民詩群已逐漸萎縮，抒發
易代之際故君故國之思的變風變雅，也在時代洪流中日益消退。因
此，乾隆朝所需要的的盛世元音，不再是「不著一字，盡得風流」
或「味在鹹酸之外」的山水清音，而是既能抒發情志，又能有壯闊
恢弘氣象的詩作；對「變風變雅」之類詩作態度，也由斥而不錄轉
為涵納吸收，此由乾隆〈杜子美詩序〉所論內容，可見不誣。序文
中，乾隆認為《詩經》中固然有「舂容乎大篇，堂皇乎雅辭」的正
聲大雅之作，但也不乏變風、變雅之詩，而乾隆對於變風變雅之作
的看法是：

> 至於變風變雅，亦莫非忠臣義士，攄其忠悃，發為歌辭。好
> 色而不淫，怨悱而不亂，皆可以勸懲當時，為教後世。詩三
> 百，一言以蔽之，曰「思無邪」。孰謂詩僅緣情綺靡而無關
> 於學識哉？……至有不言性情而華靡是務；無勸懲之實，有
> 淫慝之聲，於詩教之溫柔敦厚，不大相刺謬乎？[52]

既然「變風變雅」是忠臣義士內在情志的抒發，具有勸世教化的作
用，也就與大雅正聲無別。換言之，變風變雅所以有別於大聲正聲
者，不在於情志內容而在於表現手法；其論「溫柔敦厚」的詩教，
也著眼於詩中是否有勸懲之實、教化之用。乾隆在序文中故而主張

---

[52]　〔清〕愛新覺羅・弘曆：《樂善堂全集》，《清代詩文集彙編》第 331 冊
　　（上海：上海古籍出版社，2010 年）卷 7，頁 5a。

「言詩者必以杜氏子美為準的」，乃有鑒於杜詩：「所謂道性情而有勸懲之實也，抒忠悃之心，抱剛正之氣」、「其於忠君愛國，如饑之食、渴之飲，須臾離而不能」，[53]足以為後世詩家所宗。此一論點，乾隆朝詞臣沈德潛（1673-1769）《唐詩別裁集·凡例》論杜詩更加以貫徹發揮，其云：

> 要其為國愛君，感時傷亂，憂黎元、希稷契，生平種種抱負，無不流露於楮墨中。詩之變，情之正者也。[54]

沈德潛以「詩之變，情之正」論杜詩，將杜甫憂時感憤之作，由《御選唐詩》斥而不錄的變風變雅，轉為合乎詩情之正的大雅正聲。此外，乾隆以「忠孝」論詩的觀點，沈德潛在《唐詩別裁集》重訂本中，也具體表現在：將白居易詩與杜甫掛鉤，使其詩由「淺易」改為「忠君愛國、遇事託諷」的樣貌，[55]並強化了李、杜詩

53　同上註，頁 5b-6a。按：《唐宋詩醇》卷 9 卷前〈杜甫小傳〉，傳文中有言：「予曩在書總，嘗序其集，以為原本忠孝，得性情之正，良足承三百篇墜緒。」與〈杜子美詩序〉內文對照，當可推論傳文當是出自乾隆之手，而非成於梁詩正等詞臣。

54　〔清〕沈德潛：《唐詩別裁集》重訂本（香港：中華書局，1977 年）卷前，頁 2b。

55　《唐詩別裁集》重訂本與初刻本的差異，以及沈德潛對白居易詩評價的轉變，詳細可參見王宏林：〈論沈德潛對白居易的評價〉，《河南教育學院學報》（哲學社會科學版），2006 年第 5 期，頁 52-55。范建明：〈關於《唐詩別裁集》的修訂及其理由——「重訂本」與「初刻本」的比較〉，《逢甲人文社會學報》第 25 期（2012 年 12 月），頁 57-74。

「忠愛」的評價。[56]至於《唐詩別裁集》「藉以扶掖雅正，使人知唐詩中有鯨魚碧海、巨刃摩天之觀」、「繼神韻而一歸於中正和平」的選詩要旨，與乾隆朝所亟欲營造的新時代詩學樣貌相符，無怪乎其能以詩文受乾隆「特達之知」，[57]成為乾隆朝的詩壇領袖了。

結　語

筆者最初在整理康熙朝所編選的《御選唐詩》時，常感困惑難解的問題是：何以詩題中屢屢出現宴遊酬答、應制、奉和之類的字眼？再進一步集中檢視集中所收錄的李、杜兩家詩作時，發現兩家歷代傳唱的名章大作，如李白的〈蜀道難〉、〈遠別離〉、〈古

---

[56] 筆者檢索《唐詩別裁集》之重訂本與初訂本（康熙 56 年碧梧書屋藏版，臺北故宮博物院善本古籍庫館藏）選評李、杜詩內容，其中李白〈蜀道難〉詩評：「諸解紛紛，蕭士贇謂祿山亂華、天子幸蜀而作，為得其解。臣子忠愛之辭，不比尋常穿鑿。」卷 6，頁 2b；而卷 2〈杜甫小傳〉中所云：「聖人言詩，自興、觀、群、怨，歸本於事父事君。少陵身際亂離，負薪拾橡，而忠愛之意，惓惓不忘，得聖人之旨矣。」頁 12a；卷 6 評杜甫七言古詩成就云：「一飯未嘗忘君，其忠孝與夫子事父事君之旨有合，不可以尋常詩人例之。」頁 17a；卷 2 評杜甫〈北征〉詩：「漢、魏以來，未有此體，少陵特為開出，是詩家第一篇大文。公之忠愛謀略，亦於此見。」頁 21a，以上以「忠愛」評李、杜詩的內容，均未見於《唐詩別裁集》初訂本中，可知是修訂時所加。

[57] 乾隆為沈德潛《國朝詩別裁集》所寫的序文中，有：「（德潛）以詩文受特達之知，所請宜無不允」之言，文見〔清〕愛新覺羅・弘曆：《御製文初集》，《清代詩文集彙編》第 330 冊（上海：上海古籍出版社，2010年）卷 12，頁 10b。

風〉59 首，杜甫的〈三吏〉、〈三別〉、〈北征〉、〈洗兵馬〉、〈王孫〉、〈麗人行〉等詩，在《御選唐詩》中均棄而未收，取而代之的是李、杜兩家的宴遊酬贈之類的詩作，如此選詩背後的意義是什麼？如果只就《御選唐詩》作單一平面式的歸納、整理，實難以理解箇中奧妙。筆者故而選取清代的另一部具有御選性質的詩歌選本──乾隆朝的《唐宋詩醇》，藉由兩部詩選所選錄的詩家與詩題特點，爬梳兩部御選詩集的選詩傾向差異，從而得出：《御選唐詩》偏好選錄「宴遊酬贈」之類的詩作，而《唐宋詩醇》則著眼於詩中具有「感時憂國」者。可見透過比較方式，確實有深化並突出問題意識的效益。

　　由於兩部御選詩集中，李、杜兩家詩重複選錄的數目高達 65 首（李）及 61 首（杜），文中透過「《御選唐詩》選錄而《唐宋詩醇》未選者」與「《唐宋詩醇》選錄而《御選唐詩》未收」的李、杜詩題進行比對，從而印證《御選唐詩》與《唐宋詩醇》確實存在著「宴遊酬贈」與「感時憂國」的不同選詩傾向。明乎此，除有助於理解兩部御選詩集的選詩特色外，也可據以延伸掌握李、杜詩在不同選本中所呈現的不同樣貌。

　　此外，由於《御選唐詩》與《唐宋詩醇》是朝廷刊行、頒發於學校的參考書目，具有「萬目鉅觀」的效應，其中自然寓有康、乾兩朝所欲引導的詩學風尚。藉由兩部御選詩集的選詩傾向，以探究康、乾兩帝的詩教觀及詩學理念，應亦有觸類旁通之益。

第五章　《唐宋詩醇》 與《唐詩別裁集》 之「李杜並稱」比較

前　言

　　《御選唐宋詩醇》（以下簡稱《唐宋詩醇》）是由清高宗乾隆
（1711-1799）定編，卷前有乾隆 15 年（1750）親撰的序文，可推知該
書最早編定刊行年代。本書選錄唐代李白、杜甫、白居易、韓愈四
家詩，宋代則選錄蘇軾、陸游兩家詩，合計選六家詩 147 卷 2665
首。書中去取品評則出於梁詩正（1697-1763）等數儒臣[1]之手。乾隆
22 年（1757）春，特諭將會試二場的表文改試五言排律後，《唐宋
詩醇》也在江蘇巡撫陳弘謀（1696-1771）奏請下，於乾隆 25 年

---

[1]　〔清〕乾隆御定，梁詩正等奉敕：《御選唐宋詩醇》，《景印文淵閣四庫
　　全書》集部第 1448 冊（臺北：臺灣商務印書館，1986 年）乾隆於卷前所
　　附〈御選唐宋詩醇序〉自言：「茲《詩醇》之選，則以二代風華，此六家
　　為最，時於幾暇，偶一涉獵，而去取評品，皆出於梁詩正等數儒臣之
　　手。」

（1760）重刊廣布各省，「俾海內學詩之人，群奉一編，知所趨向。」[2]除此之外，《唐宋詩醇》也躍升為試官「命題發策以及考信訂偽」[3]的參考書籍，或是考官策問的題目內容，本書在當時的影響力與重要性，不言可喻。

　　《唐詩別裁集》一書，則是由清人沈德潛（1673-1769）與友人陳培脉（字樹滋，?-?）於康熙 56 年（1717）合選而成，原書僅有十卷，選詩一千六百餘首。[4]沈德潛於乾隆 28 年（1763）重新刊訂本書，由書前〈重訂唐詩別裁集序〉云：「成詩二十卷，得詩一千九百二十八章」，[5]可見重訂本的卷數與收錄的詩作數量都要比初訂本來得多。本書在清代乾隆年間，有「一洗歷下、竟陵之陋，海內承學者幾於家有其書」[6]的稱譽，可見其流傳的深遠與普及程度。

2　〔清〕乾隆御定，梁詩正等奉敕：《御選唐宋詩醇》乾隆 25 年重刊本（臺北：中華書局，1971 年）卷前所附序文。

3　〔清〕英匯：《欽定科場條例》（海口：海南出版社，2000 年）記載：「乾隆二十七年奉上諭：闈中舊存書籍，殘缺不完，試官每移取坊間刻本，大半魯魚亥豕，自命題發策以及考信訂偽，迄無俾益，應將鄉、會兩試需用各書，彙列清單，就武英殿請領內府官本。」見卷 43，頁 5a。同卷頁 6a-b 亦有類似記載。

4　〔清〕陳培脉於《唐詩別裁集》初訂本卷前序文所言：「予與沈子始之，予中之，沈子終之，成詩十卷，得一千六百餘首。」按：本文所參考的《唐詩別裁集》初訂本，乃康熙 56 年碧梧書屋藏版，臺北故宮博物院善本古籍庫館藏。

5　重訂本序文，參見《唐詩別裁集》（香港：中華書局香港分局，1977 年）卷前，頁 2a。本文除非特別註明為初訂本，否則引用內容皆出自重訂本。

6　〔清〕朱景英：〈唐詩別裁集箋注序〉，引自孫琴安：《唐詩選本提要》（上海：上海書店出版社，2005 年）頁 331。

　　本文所以選擇將《唐宋詩醇》與《唐詩別裁集》進行比較研究，乃基於兩者皆為清代乾隆年間具有影響力的詩歌選本，且兩部選本之間存在著互相作用、影響的情形。舉其犖犖大者，白居易詩在明、清的唐詩選本中多無好評，將白詩與李、杜、韓相提並論的，首推《唐宋詩醇》。[7] 沈德潛在《唐詩別裁集》初訂本中，僅選錄白居易詩 4 首，但在重訂本中，白居易詩被選入高達 60 首，為該書選詩最多的第五名[8]詩人，學界目前對於這兩部詩歌選本的研究，也多著眼於《唐宋詩醇》對《唐詩別裁集》重訂本的影響。但若檢視《唐宋詩醇》書中援引清人詩評內容，沈德潛《唐詩別裁集》論詩內容被引用 46 條，[9]僅次於仇兆鰲專評杜詩的 57 條。[10]《唐詩別裁集》重訂本係於乾隆 28 年刊刻，故可推論成書於乾隆 15 年的《唐宋詩醇》所援引的沈德潛詩評內容，應是成書於康熙 56 年的《唐詩別裁集》初訂本。可見兩部詩選之間，並非只有《唐宋詩醇》對《唐詩別裁集》單方面的影響，而是彼此交集、相互作用的。

　　然而，就選詩體例而言，《唐宋詩醇》選唐、宋六家詩，每位

---

[7]　明、清唐詩選本選錄白居易詩，以及《唐宋詩醇》對白居易詩的重視，詳細可參見王宏林：〈論沈德潛對白居易的評價〉，《河南教育學院學報》（哲學社會科學版），2006 年第 5 期，頁 52-55。

[8]　重訂本《唐詩別裁集》選詩前五名詩家分別是：杜甫 255 首；李白 140 首；王維 104 首；韋應物 63 首；白居易 60 首。

[9]　46 條資料中，計有論李白詩 22 條，杜甫詩 13 條，韓愈詩 11 條，白居易詩則無。統計數據，是以網路版《中國基本古籍庫》之《唐宋詩醇》一書為主，再就人名進行檢索統計。

[10]　清人論詩被《唐宋詩醇》援引的前三名，分別是：仇兆鰲 57 次；沈德潛 46 次；王嗣奭 44 次，其中仇、王兩家皆為專論杜甫詩者。

詩家選詩若干卷，並不區分詩體；《唐詩別裁集》則是以唐代詩家為主，依詩體分卷，每種詩體下選錄詩家詩作若干首。兩部詩歌選本體例的差異，難免形成比較研究的障礙，但由《唐宋詩醇》之〈李白小傳〉所謂：「李、杜二家，所謂異曲同工，殊塗同歸者」、「太白之與子美並稱大家而無愧」，[11]而《唐詩別裁集》重訂本卷前〈凡例〉亦云：「是集以李、杜為宗」。[12]可見推崇李、杜詩，實為兩部詩歌選本的共通點，有學者為文指出，兩部詩選的本質還是「以杜為宗」。[13]然則兩部詩選是「李、杜並稱」或是「以杜為宗」？欲解決此一歧義，本文擬分別爬梳兩部詩歌選本「李、杜並稱」與「以杜為宗」的理論基礎，進而釐清兩部詩歌選本真正的選詩要旨所在。相信藉由比較、分析，不僅能深入理解兩部詩歌選本的選詩傾向與論詩要旨差異，進而對乾隆的詩教觀與沈德潛的格調詩論有觸類旁通之益，對於李、杜詩的比較研究論題，[14]也有補充、參考的作用。

11　《唐宋詩醇》卷 1，頁 1b；2b。

12　《唐詩別裁集》卷前〈凡例〉，頁 2a。

13　大陸學者莫礪鋒：〈論《唐宋詩醇》的編選宗旨與詩學思想〉文中指出，《唐宋詩醇》：「最重要的編選宗旨就是宗尚杜詩。」即使書中「大聲疾呼地為李白翻案，但所持標準仍是以杜甫為最典範的價值體系，仍不免有揚杜之意。」文見《南京大學學報》（哲學人文社會科學版），2002 年第 3 期，頁 133-134。賀嚴亦主張《唐詩別裁集》選詩，雖是以李、杜為宗，但「尤以杜甫為重」，參見賀嚴：《清代和詩選本研究》（北京：人民出版社，2007 年），頁 180。

14　關於歷來詩家對於李、杜優劣相關論題的探討，詳細可參見廖啟宏：《「李杜論題」批評典範之研究》（新北市：花木蘭文化出版社，2007 年）。但該書論及李、杜優劣論的相關論題時，並未就《唐宋詩醇》與《唐詩別裁集》所標舉的「李杜並稱」納入其中。

第一節 《唐宋詩醇》
「李杜並稱」的理論基礎

《四庫全書總目》論《唐宋詩醇》所選六家詩，其中李、杜兩家詩的源流與特點分別是：「李白源出《離騷》，而才華超妙，為唐人第一；杜甫源出於〈國風〉、二〈雅〉，而性情真摯，亦為唐人第一。」[15]不僅將李、杜兩家並列第一，也儼然以李、杜為選本的核心人物。

檢閱《唐宋詩醇》之〈李白小傳〉，傳文一開始即云：

> 有唐詩人，至杜子美氏集古今之大成，為風雅之正宗，譚藝家迄今奉為矩矱，無異議者。然有同時並出與之頡頏上下、齊驅中原、勢鈞力敵而無所多讓，太白亦千古一人也。（卷1，頁1a）

由引文「頡頏上下、齊驅中原、勢鈞力敵、無所多讓」等用詞來看，書中對於「李、杜並稱」真可謂不憚詞費、強調再三。傳文中還分析了李、杜兩家詩作風格，雖有「高逸」與「沈鬱」之別，生平遭際也有「浮沈詩酒、放浪湖山」（李）與「崎嶇兵間、窮愁蜀道」（杜）之異，但兩家所以能齊名、並稱，在於：

> 蒿目時政，疚心朝廷，凡禍亂之萌，善敗之實，靡不託之歌

---

15 〔清〕永瑢等撰：《四庫全書總目》（臺北：臺灣商務印書館，1985年）卷190，頁4223。

謠，反覆慨歎，以致其忠愛之志，其根於性情而篤於君上
者，按而稽之，固無不同矣。（卷1，頁2a）

換言之，李、杜兩人在詩作風格與生平遭際雖有差異，但以詩作抒
發感時憂國、忠君愛民的情志，兩家「固無不同矣」。

為了突顯李白與杜甫同樣具有「忠愛」的特質，梁詩正等詞臣
所採取的策略有二：其一，以「忠君愛國」之志來品評李白詩作；
其二，將李白詩與杜甫感時憂國之作相提並論。

先就李白詩具有「忠愛之志」的品評內容來看：

〈古風〉59 首之「碧荷生幽泉」：末二句情見乎辭，**白未
嘗一日忘事君**也。求仙採藥，豈其本心哉？（卷1，頁17a）

〈古風〉59 首之「鳳飢不啄粟」：前有鳳凰九千仞一篇，
與此皆白自比懷恩未報，感別長歎，**惓惓之誠，溢於言
表**。（卷1，頁20a）

〈古風〉59 首總評：白以倜儻之才，遭讒被放，雖放浪江
湖，而**忠君憂國之心，未嘗少忘**；身世之感，一於詩發
之，諸篇之中可指數也。豈非風雅之嗣音，詩人之冠冕乎？
（卷1，頁23a）

〈遠別離〉：此憂天寶之將亂，**欲抒其忠誠而不可得**
也。……白以見疏之人，欲言何補？而**忠誠不懈**如此，此
立言之本指。（卷2，頁1b-2a）

〈蜀道難〉「劍閣崢嶸」六句：故為危之之詞，以**致其忠愛之意**。（卷2，頁5a）

〈梁甫吟〉：此詩當亦遭讒被放後作，**與屈平睠睠楚國，同一精誠**。（卷2，頁8b）

〈長相思〉：賢者**窮於不遇而不敢忘君**，斯忠厚之旨也。（卷2，頁14b）

〈黃葛篇〉：**忠厚之意，發於情性**，風雅之作也。世人作詩評，乃謂太白詩全無關於人倫風教，是亦未之思耳。（卷4，頁3a）

〈流夜郎半道承恩放還兼欣剋復之美書懷示息秀才〉：引罪自咎，**無怨尤之心，有睠顧之誠**，不失忠厚之本旨。（卷5，頁29a）

〈金陵江上遇蓬池隱者〉：**白雖徘徊吳、越，非忘情國家者**，偶然觸發，不覺流露。（卷8，頁9a）

除以上所列舉的忠君憂國、不敢忘君、惓惓忠誠等詩評內容外，《唐宋詩醇》中也屢見引用元人蕭士贇（?-?）以「忠愛」之意品評李白詩：[16]

---

16 蕭士贇原評內容，詳細可參見〔元〕蕭士贇刪補：《分類補注李太白詩》

〈遠別離〉：蕭士贇曰：「太白熟識時病，欲言則懼禍及己，不得已而形之詩章，聊以致其**愛君憂國**之志而已。」（卷2，頁2a）

〈邯鄲才人嫁為廝養卒婦〉：蕭士贇曰：「其辭意**睠顧宗國，繫心君王**，亦得〈騷〉之遺意。」（卷4，頁7a）

〈北上行〉：蕭士贇曰：「隱然有〈國風〉**愛君憂國**、勞而不怨、厭亂思治之意。」（卷4，頁8a）

〈同王昌齡送族弟襄歸桂陽〉：蕭士贇曰：「細味此詩，非**一飯不忘君**者乎？議者何厚誣太白之不如杜也？」（卷6，頁30a）

〈擬古〉之「去去復去去」：蕭士贇曰：「此其太白去國之時所作乎？身在江湖，心居魏闕，**懷君憂國**之意，藹然見於言表。末言雖隔絕遠方，而愛君之心，猶石之堅也。」（卷8，頁16b）

（合肥：黃山書社，2009年）。以下引文之外，《分類補注李太白詩》卷2〈古風〉59首之〈戰國何紛紛〉；卷3〈蜀道難〉；卷9〈鄴中王大勸入高鳳石門山幽居〉；卷16〈金鄉送韋八之西京〉；卷20〈陪族叔刑部侍郎曄及中書賈舍人至遊洞庭五首〉之一；卷21〈登金陵鳳凰台〉，皆可見蕭士贇以「憂國」或「懷君」之意評註李白詩作，由《唐宋詩醇》屢屢引用蕭士贇以「忠愛」評李白詩的內容，可見肯定之意。

綜合以上詩評內容，可見《唐宋詩醇》對於形塑李白「懷君戀闕、憂國憂民」的形象，可說是隨時感發、不遺餘力。

　　既然李白詩作與杜甫同樣具有「愛君憂國」、「一飯不忘君」的忠愛特質，因此，《唐宋詩醇》也不時以「李白某詩可與杜甫某詩參看」的詩評模式，以鞏固「李、杜並稱」的論點。如〈古風〉59 首之「胡關饒風沙」，乃針對開元以來朝廷連年征戰而發，詩評曰：「中間直入時事，字字沈痛，當與杜甫〈前出塞〉參看。」[17]〈古風〉59 首之「天津三月時」一詩，則直刺貴幸之徒怙侈驕縱而不恤其後，與杜甫婉諷楊國忠之〈麗人行〉，「自是異曲同工」。[18]至於〈古風〉59 首之「羽檄如流星」，詩中揭示了朝廷黷武之非、征夫之悽慘、軍勢之怯弱，故而「與杜甫〈兵車行〉、〈出塞〉等作，工力悉敵，不可軒輊。」[19]評〈經亂離天恩流夜郎憶舊遊書懷贈江夏韋太守良宰〉，也因本詩以交情、時勢互為經緯，卓乎大篇，故云「可與（杜甫）〈北征〉並峙」。[20]此外，如以「沈鬱頓挫」、「筆墨沈鬱」、「詞意沈鬱」、「詩史」[21]等常見於杜詩的評語來評論李白詩作，也都在無形中強化了「李、杜並稱」的形象。

17　《唐宋詩醇》卷 1，頁 12a。

18　《唐宋詩醇》卷 1，頁 14a。

19　《唐宋詩醇》卷 1，頁 18b。

20　《唐宋詩醇》卷 5，頁 26a。

21　《唐宋詩醇》評〈贈別從甥高五〉云：「沈鬱頓挫，意近杜陵。」卷 5，頁 19b；評〈豫章行〉云：「詞意危苦，筆墨沈鬱。」卷 4，頁 12b；評〈自巴東舟行經瞿唐峽登巫山最高峰晚還題壁〉云：「於敘次中見寄託，詞意沈鬱。」卷 7，頁 29b；評〈上皇西巡南京歌〉云：「述當時事何等明白，可作詩史。」卷 5，頁 12b。

　　總結以上《唐宋詩醇》「李、杜並稱」的內容，可見李、杜兩家所以能齊名、並稱，乃立足於兩家詩作皆具有「忠愛」情志的基礎上。此一論點，可說是乾隆以「忠孝論詩」的詩教觀延伸。檢閱《唐宋詩醇》之〈杜甫小傳〉，乾隆親筆明示：

　　　　予曩在書牕，嘗序其集，以為原本忠孝，得性情之正，良足承三百篇墜緒，茲復訂唐宋六家詩選，首錄其集[22]而備論之，匪唯賞味其詩，亦藉以為詩教云。（卷9，頁2a）

對照乾隆於〈杜子美詩序〉所再三強調的：「子美之詩，所謂道性情而有勸懲之實者也。」、「其於忠君愛國，如饑之食、渴之飲，須臾離而不能。」、「後世宗之，參之於三百篇之列。」[23]當可推論小傳內容應出自乾隆之手，而非梁詩正等詞臣所為。傳文中，乾隆也針對李、杜的異同加以釐清，認為：「李、杜勃興，其才力雄傑，陵轢古今，瑜亮並生，實亦未易軒輊。」其後並批評元稹「先杜而後李」的論點，並未觸及李、杜兩家詩作的本質，如果就詩作風格論李、杜，兩家原本有別，所謂「就詞調、格律言之，則太白之分道揚鑣者，固自有在。」因而論李、杜兩家詩，宜針對兩家共通的本質處。再由以下傳文觀之：

---

[22]　《唐宋詩醇》卷9至卷19共選杜詩11卷，由「首錄其集」之說，推論杜詩當是《唐宋詩醇》選六家詩最早定稿者。

[23]　〔清〕愛新覺羅・弘曆：《樂善堂全集》，《清代詩文集彙編》第331冊（上海：上海古籍出版社，2010年）卷7，頁5b-6b。

> 古之人，一吟一詠，恆必有關於國家之故，而藉以自寫其**忠孝**之誠。……（子美）**忠君**愛國之切，長歌當哭，情見乎詞，是豈特善陳時事、足徵詩史已哉？……其一飯未嘗忘君，發於情，止於**忠孝**，詩家者流，斷以是為稱首。（卷9，頁 1a-2a）

由引文可見，乾隆以「忠孝」論杜詩，可謂反覆陳詞、惓惓不忘，與乾隆在〈沈德潛選國詩別裁集序〉所謂：「詩者何？忠孝而已耳。離忠孝而言詩，吾不知其為詩也。」[24] 更是一以貫之、前後相承，而以「忠孝論詩」也儼然成為乾隆的詩論核心，藉此將「詩教」與「政教」聯繫起來，合而為一。梁詩正等詞臣在乾隆以「忠孝論詩」的前提指導下，宜乎要將李白在《唐宋詩醇》中形塑為「忠愛」的形象，從而使之與杜甫並稱了。

第二節 《唐宋詩醇》是「李杜並稱」或「宗尚杜詩」？

大陸學者莫礪鋒曾為文指出：「《唐宋詩醇》最重要的編選宗旨就是宗尚杜詩。」[25] 其持論的理由有二：一是在《唐宋詩醇》全書共 2665 首的篇幅中，杜甫入選 722 首，佔總數的四分之一強，也佔杜甫詩集總數一半以上，遠遠超過其他五位詩家的入選比例。

---

24 序文參見〔清〕愛新覺羅・弘曆：《御製文初集》，《清代詩文集彙編》第 330 冊（上海：上海古籍出版社，2010 年）卷 12，頁 10b。

25 參見氏著〈論《唐宋詩醇》的編選宗旨與詩學思想〉，頁 133。

再者，《唐宋詩醇》的評注內容具有強烈的「崇杜」傾向，一方面展現在對杜詩高度的揄揚，另一方面則是以杜甫為典範來品評其他詩人。透過《唐宋詩醇》的選詩數量與詩評內容，以論證《唐宋詩醇》並非「李杜並稱」而是具有「崇杜」傾向。

　　然而，就選詩數量而言，《唐宋詩醇》選李白詩 375 首，杜甫詩 722 首，兩者比例為李 1：杜 1.9，與現存李白詩 987 首、杜甫詩 1439 首[26]的比例 1：1.5 相較，還算是合理範圍。[27]再者，《唐宋詩醇》中，也不時可見李、杜兩家才力相當之論，[28]或是杜甫某

---

[26]　李白詩歌總數 987 首，係依〔清〕王琦輯注：《李太白集注》，《景印文淵閣四庫全書》集部第 1067 冊（臺北：臺灣商務印書館，1986 年）統計而得。杜詩總數 1439 首，則據清人仇兆鰲：《杜詩詳註》（北京：中華書局，1999 年）統計而得。由於李、杜詩皆另有逸詩或偽作的爭議，不同版本的詩歌數據也略有不同，如葛景春：《李杜之變與唐代文化轉型》（鄭州：大象出版社，2009 年），書中據明人劉世教本《分體李白全集》，謂李白詩計 1001 首，而杜詩總數 1439 首，應是據清人仇兆鰲《杜詩詳註》統計所得，詳見該書頁 8，但清人浦起龍《讀杜心解》所收杜詩計有 1458 首，各種版本的李、杜詩歌總數雖有出入，但兩家詩的比例仍相去不遠，於 1:1.45 之間微幅波動。

[27]　所謂合理範圍，是指《唐宋詩醇》所選李、杜詩數量依然處於「杜多於李」，在比例上，李、杜詩入選數並未超過兩倍以上。相形之下，如明人鍾惺、譚元春合選《唐詩歸》，選李白詩 97 首，杜甫 314 首，李、杜選詩比例為 1：3.2，明顯超額選錄杜詩。明人高棅《唐詩品匯》選李白詩 400 首，杜甫詩 298 首，屬於選李白多於杜詩者。清代孫洙《唐詩三百首》，選李白 34 首，杜詩 39 首，李、杜詩入選比例為李 1：杜 1.1，選李、杜詩比例幾乎相近，也算是另類的選錄情形。

[28]　如《唐宋詩醇》評杜甫〈旅夜書懷〉云：「若此孤舟夜泊，著語乃極雄傑，當由真力彌滿耳。李白『山隨平野』一聯，語意暗合，不分上下，亦見大家才力天然相似。」卷 16，頁 27b；評〈奉先劉少府新畫山水障歌〉

詩近於李白，[29]甚至也有以李白詩為標準來評論其他詩家作品，[30]或者謂某家詩兼具李、杜之長。[31]再結合該書卷前〈凡例〉所謂：「李、杜一時瑜亮，固千古希有。」與〈李白小傳〉所云：「太白之與子美並稱大家而無愧」，吾人是否亦可據此推論《唐宋詩醇》並非僅有「崇杜」，同時亦有「尊李」，且李、杜兩家無分軒輊？如此一來，又該如何看待《唐宋詩醇》的「李杜並稱」與「宗尚杜詩」之間的落差呢？

　　筆者以為，既然「李杜並稱」與「宗尚杜詩」各有所據，解決之道，莫過於全面檢索《唐宋詩醇》對李、杜詩的品評。如前所云，《唐宋詩醇》在〈李白小傳〉中，所以主張李、杜兩家詩作能「並稱」者，在於兩家詩作皆具有「忠愛」的本質；而乾隆在〈杜

云：「起處飛騰而入，末則餘波綿邈，中間忽然頓挫，刻意奇警，與李白同族弟燭照山水畫壁歌，用意正同而各極其妙。」卷9，頁28a。

29　《唐宋詩醇》評〈寄韓諫議〉引浦起龍曰：「源本楚騷，亦近太白。」卷11，頁24b；評〈子規〉詩，引申涵光曰：「頷聯爽豁，如彈丸脫手，此太白雋語也。」卷16，頁30b。

30　《唐宋詩醇》評韓愈〈嗟哉董生行〉，引俞瑒曰：「古詩長短句，盛於太白，如〈蜀道難〉、〈遠別離〉等篇，實為公所取法者。」卷29，頁7a；評蘇軾〈中秋月〉三首云：「首作雖與郊寒自況，嘯歌裊回，其風流則頡頏太白矣。」卷35，頁37b；評陸游〈塞上曲〉云：「蟠奇氣於簡古，著鮮華於老健，不徒作悲涼語，氣體絕似太白。」卷43，頁5a。

31　《唐宋詩醇》〈韓愈小傳〉，謂韓詩：「其壯浪縱恣，擺去拘束，誠不減於李；其渾涵汪茫，千彙萬狀，誠不減於杜，而風骨崚嶒，腕力矯變，得李、杜之神而不襲其貌。」卷27，頁2b；評陸游〈古別離〉云：「構思深，出語警，不獨摩浣花之壘，亦兼入青蓮之室。」卷46，頁2b；評陸游〈紫谿驛〉云：「筆有天趣，此作運化工部，下篇又用太白，皆極鑪錘之妙。」卷44，頁19b。

甫小傳〉也強調，李、杜兩家詩所以造成「論者多有異同」的現象，在於未能深探兩家詩作的本質，亦即合乎「忠孝」之旨。既然「忠」是《唐宋詩醇》評論李、杜詩的核心，筆者利用網路版《中國基本古籍庫》之「全文檢索」模式，就《唐宋詩醇》下列以「忠」為核心的語詞進行檢索，結果如下：

表一：《唐宋詩醇》以「忠」等相關語詞評論李、杜詩統計[32]

	忠孝	忠愛	忠君	不忘君	忠誠	忠懇	忠歈	忠臣	忠義	忠厚	合計
李白	0	2	1	2	2	0	0	1	0	4	12
杜甫	4	5	4	6	0	2	2	2	2	3	30

由以上表格數據可知，《唐宋詩醇》以「忠」等相關語詞評論杜詩的次數，明顯高於李白。

再比較李、杜兩家於選本中被援引為評詩標準的情況來看，統計《唐宋詩醇》援引杜甫為標準以評論其他詩家者，高達 60 則之多（參見附錄資料），如果將未明示為杜詩的評語[33]也納入計算的話，尚不止此數。至於評語內容，除了評論李白詩用「並看」、「參看」、「雙璧」、「異曲同工」、「工力悉敵」等字眼外，其

32　統計數據係扣除人名或詩作、詩題、詩序之類內容，僅以詩評為主。

33　《唐宋詩醇》中另有未明示為杜甫詩的詩評內容，如評陸游〈忠州禹廟〉
　　云：「雖非『橘柚龍蛇』之比，亦老氣無敵。」（卷44，頁11a），即擬
　　以杜甫〈禹廟〉詩「荒庭垂橘柚，古屋畫龍蛇」。評陸游〈感憤〉詩云：
　　「大聲疾呼，氣浮紙上，〈諸將〉五首之嫡嗣也。」（卷45，頁5a），
　　所指即為杜甫〈諸將〉五首。評韓愈〈雪後寄崔二十六丞公〉云：「起調
　　激越，極似〈同谷歌〉。」（卷31，頁9b）指的是杜甫的〈同谷七
　　歌〉。若再加計這些詩評，則以杜甫為標準的數據將不只60則。

他各家的用語多為「似杜」、「近杜」、「杜甫嗣音」、「本之杜甫」、「開自老杜」之類，甚至還有「不及杜」（如白居易〈采詩官〉）者，其以杜甫為標準、典範之意，明顯可見。相形之下，《唐宋詩醇》援引李白為標準的詩評內容僅有 20 則，不僅數量遠遜於杜甫，以評語內容而言，其中固然不乏「近太白」、「類李太白」、「得青蓮之一體」等言，但也有「雖太白無以過之」（評杜甫〈贈花卿〉）、「即使供奉操筆亦無以過」（評杜甫〈江南逢李龜年〉）、「青蓮無以過」（評蘇軾〈豆粥〉）之類用語。可見李白雖可作為學詩者的效法對象，但仍不及杜甫的「本之」、「開自」、「嗣音」等語詞，具有開宗立派、難以超越的典範意義。

綜合以上所論，《唐宋詩醇》固然有以李白為標準來評論其他詩家，也不乏以李、杜並稱者，但不論是以「忠」為核心來評論李、杜詩的次數，或是援引李、杜詩以評論其他家詩作，就「量」與「質」而言，杜甫都明顯超越李白。因此，《唐宋詩醇》的「李杜並稱」，除了有李、杜兩家相提並論之意，更有以杜甫為價值核心，將李白合併而論的內涵，因為《唐宋詩醇》畢竟是一本體現乾隆詩學觀念的「御選」詩集，在乾隆「以忠孝論詩」的觀念主導下，宜乎「原本忠孝，得性情之正」的杜詩能成為選本之冠冕，也導致李白在《唐宋詩醇》中，須立足在「忠孝」或「忠愛」的基礎上，始得以和杜甫相提並論，兩家並稱了。

第三節　《唐詩別裁集》「李杜並稱」的理論基礎

沈德潛在《唐詩別裁集》重訂本卷前〈凡例〉，對於「唐人選

唐詩,多不及李、杜」的現象感到「真不可解」,並點名批評元人楊士弘(字伯謙,?-?)所撰的《唐音》不收李、杜,明代高棅(字廷禮,1350-1423)的《唐詩正聲》,雖然選錄李、杜詩漸廣,但仍未極其盛,沈德潛故而表明:「是集以李、杜為宗」,以有別於前代諸家選本。此一選詩理念,在《唐詩別裁集》初訂本〈凡例〉早已有之,可見宗尚李、杜是沈德潛選唐詩一以貫之的理念,然則《唐詩別裁集》又是如何的「以李、杜為宗」呢?

　　由於《唐詩別裁集》採分體選詩的概念,沈德潛在卷前〈凡例〉揭示了各種詩體發展與所標舉的創作典範。以「五言古詩」來說,沈德潛認為:「五言古體,發源於西京,流衍於魏、晉,頹靡於梁、陳,至唐顯慶、龍朔間,不振極矣。」唐人於五言古體,能振弊起衰,有「復古」之功者,首推陳子昂、張九齡與李白三人,而杜甫的五言古詩,沈德潛認為其「材力標舉,篇幅恢張,從(縱)橫揮霍」的表現,固然與「優柔善入,婉而多風」的漢、魏五言古詩有別,但仍由「詩之變、情之正」的角度,肯定杜甫足以為五言古詩的「大家」。[34]至於「七言古詩」,沈德潛認為源自漢代的〈大風〉、〈柏梁〉,直到唐代才「出而變態極焉」,其並將唐人七古區分為:「初唐」,「王、李、高、岑」、「李白」、「杜甫」、「韓愈」共五體,沈德潛尤其推崇李、杜二家的成就,所謂:

　　　　李供奉鞭撻海岳,驅走風霆,非人力可及,為一體;杜工部

---

[34]　《唐詩別裁集》卷前〈凡例〉論五言古詩的發展與推舉的詩家,在初訂本與重訂本中是一致的,以下論七言古詩亦然。

> 沈雄激壯，奔放險幻，如萬寶襍陳，千軍競逐，天地渾奧之
> 氣，至此盡洩，為一體。（〈凡例〉，頁3a）

> 太白以高勝，少陵以大勝，執金鼓而抗顏行，後人那能鼎
> 足？（卷6，頁17a）

李、杜兩家七言古體足以相提並論之意，明顯可見。沈德潛論李白
〈憶舊遊寄譙郡元參軍〉亦云：「敍與參軍情事，離離合合，結構
分明，才情動盪，不止以縱逸見長也。老杜外，誰堪與敵？」[35]更
是直接以杜甫七古為李白勢鈞力敵的對手，在實際品評詩作時，也
屢見沈德潛以李、杜並稱者，如總評高適七言古詩，謂高、岑、
王、李（頎）四家是李、杜之外最為矯健者；[36]評高適〈燕歌行〉
則云：「七言古中，時帶整句，局勢方不散漫。若李、杜，風雨分
飛，魚龍百變，又不可以一論。」[37]評王維七言古詩〈老將行〉，
也主張：「此種詩，純以隊仗勝，學詩者不能從李、杜入，右丞、
常侍，自有門徑可尋。」[38]總評韓愈七古詩，也認為韓愈雖崛起於
李、杜之後，但能「不相沿習，別開境界，雖縱橫變化不迨李、
杜，而規模堂廡彌見闊大，洵推豪傑之士。」[39]都是將李、杜並稱
以評論其他詩家的七言古體。
　　除以上所論之外，另一種廣義的李、杜並稱模式是：在「唐人

35　《唐詩別裁集》卷6，頁14a。
36　《唐詩別裁集》卷5，頁12b。
37　《唐詩別裁集》卷5，頁14a。
38　《唐詩別裁集》卷5，頁26b。
39　《唐詩別裁集》卷7，頁18a。

詩，無論大家、名家，不能諸體兼善」[40]的觀念主導下，沈德潛雖肯定李、杜兩家各有獨到擅長者，但彼此皆有所不足。以五律而言，李白的「穠麗」雖足以和王維、孟浩然分道揚鑣，並推極勝，但杜甫「獨開生面，寓縱橫顛倒於整密中」的表現，使其在五律一體「超然拔萃」；[41]而七言律詩，杜甫也因「胸次閎闊，議論開闔」，得以「一時盡掩諸家。」；[42]至於五言長律，杜甫的「瑰奇宏麗，變動開合」，[43]形成了後人難以超越的成就。然而，儘管杜甫在律詩的表現獨步一時，但在絕句部分，則不免「少唱歎之音」、「以為正聲則未也」，[44]相形之下，李白在律詩的創作雖不如杜甫，但其五言絕句有「高妙」之評，七言絕句有「神品」之譽，[45]實又為杜甫所不能及，若能合李、杜兩家而觀之，堪稱是唐詩各體之大全，足以為後人學習唐代各種詩體的典範。

　　對照以下表格內容觀之，《唐詩別裁集》中五古、七古選詩數量最多的前兩名，分別由杜甫與李白居之，律詩部分（含五律、七律、五言排律）由杜甫居冠；絕句部分則由李白補充杜甫的不足。再者，《唐詩別裁集》選杜甫詩 255 首，選李白詩 140 首，李、杜也分居《唐詩別裁集》詩家選詩數量數多的前兩名。兩家在選本中巧妙的形成了「相提並論」與「合併互補」的情況，共同形塑了《唐詩別裁集》「以李、杜為宗」的選詩要旨。

40　《唐詩別裁集》卷前〈凡例〉，頁 5a。

41　《唐詩別裁集》卷前〈凡例〉，頁 3a。

42　《唐詩別裁集》卷前〈凡例〉，頁 3b。

43　《唐詩別裁集》卷前〈凡例〉，頁 4a。

44　二句分見《唐詩別裁集》卷前〈凡例〉，頁 5a；卷 20，頁 4a。

45　《唐詩別裁集》卷前〈凡例〉，頁 4a-b。

表二：《唐詩別裁集》各種詩體選詩數量第一與第二者

詩體	五古	七古	五律	七律	五排	五絕	七絕
選詩量第一者	杜甫53首	杜甫58首	杜甫63首	杜甫57首	杜甫18首	王維16首	李白20首
選詩量第二者	李白42首	李白37首	王維31首	李商隱20首	王維10首	李白5首	王昌齡11首

第四節　《唐詩別裁集》是「李杜並稱」或「宗尚杜詩」？

　　如前所云，《唐詩別裁集》的「以李、杜為宗」，一方面是兩家互為敵手的情況（如五古、七古），也是兩家在「不能諸體兼善」的前提下互補不足的狀態。但如果進一步衡量選本的量（選詩數量）與「質」（詩評內容），《唐詩別裁集》是否也存在著「尤以杜甫為宗」的傾向呢？

　　先就選詩數量而言，以下表格是李、杜兩家在《唐詩別裁集》中不同詩體選錄情形：

表三：《唐詩別裁集》分體選錄李、杜兩家詩作數量

	五古	七古	五律	七律	五排	五絕	七絕	合計
李白	42	37	27	4	5	5	**20**	140
杜甫	53	58	63	**57**	18	3	3	255

沈德潛在《唐詩別裁集》〈凡例〉中指出，唐代詩人（無論是名家或大家），都無法達到「諸體兼善」的情況，儘管各有所長，但也各

有不足之處。以李、杜而言，沈德潛對李白的絕句（尤其是七絕）與杜甫的律體（尤其是七律），在選錄數量上確實呈現出彼此的優勢；相對的，杜甫的七絕與李白的七律，也就成了兩家的弱項。值得注意的是，既然沈德潛認為李、杜兩家的五古與七古，堪稱互為敵手，足以相提並論，因而沈德潛對李、杜兩家古體詩的選錄情形，便成為衡量其選詩是否中立的關鍵因素。選本中，杜甫在五古與七古的選量都超過李白，即使將兩家詩作比例納入考量，《唐詩別裁集》選錄李白 42 首的五言古詩與 37 首七言古詩，分別佔李白詩集五古總數 512 首的 8%，七古總數 208 首的 18%；而選本中杜甫 53 首五言古詩與 58 首七言古詩，則分別佔杜甫詩集五古總數 263 首的 20%，七古總數 141 首的 41%。換言之，杜甫的五古與七古在《唐詩別裁集》中的選錄數量與所佔詩集比例，都遠勝於李白。因此，即使沈德潛由「辨體」角度論李、杜兩家各有所長，但以實際選錄的情況而言，杜甫在「絕句」以外的其他詩體，確實都比李白更勝一籌。

再就選本的詩評內容而言，《唐詩別裁集》援引杜甫來評論其他詩家，可大略歸納為「某家詩作與杜詩某句相近」、「某家詩作與杜詩風格相近」兩種。以「某家詩作與杜詩某句相近」而言，計有以下 11 則：

> 評元結〈舂陵行〉：杜老所謂「為萬物吐氣，天下少安，可待者也。」千載以下，讀其詩，想見其為人。（卷 3，頁 3a）

> 評張謂〈伐北州老翁畬〉：言與老杜〈石壕吏〉相似。（卷5，頁 31b）

評白居易〈醉後狂言酬贈蕭殷二協律〉：欲徧覆杭人，實有所難，然居官者不可不存此心也。與老杜之「廣廈萬間」同一志嚮。（卷8，頁14a）

評張說〈幽州夜飲〉：此種結，後惟老杜有之，遠臣宜作是想。（卷9，頁13b）

評王灣〈次北固山下〉：江中日早、客冬立春，本尋常意，一經錘鍊便成奇絕，與少陵「無風雲出塞，不夜月臨關」一種筆墨。（卷10，頁8a）

評耿湋〈春日即事〉：少陵云：「讀書破萬卷，下筆時有神」，此云「羞看」，言讀破者之少也。（卷11，頁14a）

評李昌符〈晚秋歸故居〉：情景俱真，結意（按：「乍歸猶似客，鄰叟亦相過」）即杜老「鄰人滿牆頭，感歎亦歔欷」意。（卷12，頁16a）

評岑參〈早秋與諸子登虢州西亭觀眺〉：起手貴突兀，少陵有「開筵對鳥巢」[46]句，此同一落想。（卷17，頁17a）

---

[46] 岑參本詩起句為「亭高出鳥外，客到與雲齊」；杜甫「開筵對鳥巢」詩，出自〈題新津北橋樓得郊字〉，參見仇兆鰲：《杜詩詳註》（北京：中華書局，1999年）卷9，頁785。按：仇本作「開筵近鳥巢」。

評宋之問〈渡漢江〉：即老杜「反畏消息來，寸心亦何有」意。（卷19，頁2a）

評荊叔〈題慈恩寺墻〉（按：本詩前兩句「漢國山河在，秦陵草木深」）：暗合少陵〈春望〉起法。（卷19，頁22a）

評李拯〈退朝望終南山〉：杜老「王侯第宅，文武衣冠」之感，然以蘊藉出之，得絕句體。（卷20，頁27b）

引文以某家詩句與杜詩某句相比附，應是有意透過膾炙人口、千古傳唱的杜詩，來加深讀者對某家詩句的印象。至於「某家詩與杜詩風格相近」者，計有以下10則：

評王維〈終南山〉：近天都，言其高；到海隅，言其遠。分野二句，言其大。四十字中，無所不包，手筆不在杜陵下。（卷9，頁19a）

評王維〈敕賜百官櫻桃〉：詞氣雍和，淺深合度，與少陵〈野人送櫻桃〉詩，均為三唐絕唱。（卷13，頁8a）

評萬楚〈驄馬〉：幾可追步老杜詠馬詩。（卷13，頁14a）

評盧綸〈長安春望〉：詩貴一語百媚，大歷十子是也；尤貴一語百情，少陵、摩詰是也。（卷14，頁15b）

評劉禹錫〈始聞秋風〉：下半首英氣勃發，少陵操管，不過如是。（卷 15，頁 5a）

總評李商隱七言律詩：義山近體，辟績重重，長於諷諭，中有頓挫沈著，可接武少陵。故應為一大宗。（卷 15，頁 15b）

李商隱〈杜工部蜀中離席〉題下注：應是擬杜。（卷 15，頁 16b）

評李商隱〈籌筆驛〉：瓣香在老杜，故能神完氣足，邊幅不窘。（卷 15，頁 17b）

李商隱〈安定城樓〉「永憶江湖歸白髮，欲迴天地入扁舟」夾批：「何減少陵」。（卷 15，頁 19a）

評許渾〈咸陽城東樓〉：恐落弔古套語。少陵懷古詩，每章各有結束。（卷 16，頁 1b）

上述詩評中，或者謂某家的某一詩作與杜甫相近（如王維、萬楚、劉禹錫），或謂某家乃祖述杜甫（如李商隱），或者謂某家詩作不及杜詩（如盧綸、許渾），從中皆可見沈德潛援引杜甫作為批評典範之意。

　　相形之下，《唐詩別裁集》援引李白評論某家詩作，僅見以下一則：

評盧照鄰〈西使兼送孟學士南遊〉：前人但賞其起語雄渾，
須看一氣承接不平，實不板滯，後太白每有此種格法。（卷
17，頁 3a）

李白晚出於盧照鄰，故本則實乃點出李白學習前人之跡，而非以李
白為批評典範之意。其他如評李益〈長干行〉（憶妾深閨裡，煙塵不曾
識）一首云：「設色綴詞，宛然太白」，[47]但本詩詩題下另有小
註：「亦作太白詩。」參照清人王琦（1696-1744）輯注《李太白集
注》，書中亦收錄本詩，[48]可見「宛然太白」之言，實有商榷之
處。此外，武元衡七言絕句〈題嘉陵驛〉，詩作末二句有「路半嘉
陵頭已白，蜀門西更上青天」，沈德潛雖點出本詩「即蜀道難
意」，但由於〈蜀道難〉係樂府古辭，詩作內容多言山川之險阻與
蜀道之難行，加以沈德潛並未將之與李白相比附，迥異於援引杜甫
論諸家詩必註明「老杜」、「杜老」或「少陵」的情形，故而未可
視為援引李白評論其他詩家之例。

要之，《唐詩別裁集》藉由李、杜兩家「並論」與「互補」的
方式，共同建構了卷前〈凡例〉所宣稱的「以李、杜為宗」的選詩
要旨。但深入比對《唐詩別裁集》中李、杜詩的選錄數量，以及選
本中援引李、杜兩家以評論其他詩家的內容，明顯可見沈德潛「以
李、杜為宗」的選詩天平，實際上還是偏向杜甫，「宗尚杜詩」才
是選本中更為核心的詩評態度與選詩傾向。

---

[47] 《唐詩別裁集》卷 4，頁 21b。

[48] 〔清〕王琦輯注：《李太白集注》，《景印文淵閣四庫全書》集部第
1067 冊（臺北：臺灣商務印書館，1986 年）卷 4，頁 31-32。

綜合以上《唐宋詩醇》與《唐詩別裁集》對李、杜詩的選評要點，儘管兩部詩歌選本都主張以李、杜詩為宗，但深入考察李、杜詩在選本中的質與量，兩部選本確實都存在著「尤宗杜詩」的傾向，然則在「李、杜並稱」與「崇尚杜詩」之間的落差，又該如何看待呢？

關於李、杜優劣的問題，自唐代以降討論者眾，不外乎「杜優於李」、「李優於杜」以及「李、杜並稱」三種情況，其中又以李、杜並稱的持中論點，足可代表韓愈以降的批評者最主流的意見，[49]因為並尊李、杜，不僅可以藉由李、杜詩共同建構盛唐詩學壯闊宏大的內涵，也可以消弭李、杜孰優孰劣的無謂爭議，畢竟李、杜詩各自有無法取代的特長，合兩家而論詩，既可兼取所長，亦可互補不足，因此，儘管《唐宋詩醇》與《唐詩別裁集》在「質」與「量」方面，對杜詩有更明顯的偏好，但仍採取李、杜並稱的立場，而不欲在李、杜優劣高下的問題上膠著，[50]應是基於上述的考量。再者，歷來「李、杜並尊」的論題，原本便具有多面貌與多種可能[51]的情況，透過以上所爬梳、整理的《唐宋詩醇》與

---

[49] 「杜優李劣」、「李優杜劣」與「並尊李杜」的詳細內容，參見廖啟宏：《「李杜論題」批評典範之研究》第二章第二、三、四節，頁 23-62；而持中論點為此議題最主流意見，參見頁 36。

[50] 《唐宋詩醇》卷 1〈李白小傳〉中，批評軒輊李、杜高下者的作為：「是猶焦明已翔於寥廓，而羅者猶視夫藪澤也。」（頁 2a），認為是未觸及焦點的無謂爭議。

[51] 廖啟宏《「李杜論題」批評典範之研究》第二章第四節論及「並尊李杜」的六種面向，分別是：通論、連類、源流、人格、文體、才學。整體而言，《唐宋詩醇》應屬於「人格」之屬，《唐詩別裁集》則偏於「文體」之屬。

《唐詩別裁集》之「李、杜並稱」，可見「李、杜並稱」在兩部選本中，除了具備李、杜兩家相提「並論」的意涵，也另有以杜甫為核心將李白「合併」為一體的內容。因此，崇尚杜詩與李、杜並稱之間，是可以並行不悖、同時存在的。

第五節　《唐宋詩醇》與《唐詩別裁集》相互影響的論詩內容

　　如前言所云，《唐宋詩醇》中屢見引用清人論詩資料，被引用次數最多者，首推仇兆鰲評論杜詩的內容，計有 57 條，其次則是沈德潛評論李、杜、韓三家詩的內容，計有 46 條，可見《唐宋詩醇》對於沈德潛詩論的推崇與重視。由成書時間推論，《唐宋詩醇》於乾隆 15 年（1750）印行，故書中所引用的沈德潛說詩內容，應是成書於康熙 56 年（1717）的《唐詩別裁集》初訂本。相對的，沈德潛於乾隆 28 年（1763）重新修訂的《唐詩別裁集》，修訂內容也明顯可見受《唐宋詩醇》的影響痕跡。以下擬分別探討的是：《唐宋詩醇》中引用《唐詩別裁集》初訂本評論李、杜詩的重點為何？而《唐詩別裁集》重訂本對李、杜詩的評論，與《唐宋詩醇》論詩要旨又有何相通之處？

一、《唐宋詩醇》引用《唐詩別裁集》初訂本論詩內容

　　檢索《中國基本古籍庫》的電子資料，《唐宋詩醇》標示「沈德潛曰」的論詩內容計有 46 條，其中論及李白的有 22 條，杜甫13 條，韓愈 11 條。但由於《唐詩別裁集》初訂本選錄白居易詩僅

有四首，故而未見《唐宋詩醇》引用沈德潛論白居易詩的內容。

歸納《唐宋詩醇》引用沈德潛論李、杜、韓詩內容，約可概分為兩種：其一是涉及詩作的句法、篇法或布局結構，例如：

> 李白〈塞下曲〉（五月天山雪）：四語直下，從前未具此**格**。（卷4，頁3b）

> 李白〈上皇西巡南京歌〉：二句上皇，三句少帝，而以末句總收，**格法**又別。（卷5，頁12b）

> 李白〈送儲邕之武昌〉：以古風**起法**運作長律，太白天才，不拘繩墨乃爾。（卷7，頁7a）

> 李白〈早發白帝城〉：入猿聲一句，**文勢**不傷於直。畫家布景設色，每於此處用意。（卷7，頁30b）

> 杜甫〈醉歌行〉：送別情景，於後幅突然接入，開後人無限**法門**。（卷9，頁14b）

> 杜甫〈戲為雙松圖歌〉：突兀起，不妨平接，如「堂上不合生楓樹」，下云「聞君掃卻赤縣圖」是也。平調起，必驚語接，此詩是也。學者於此求之，思過半矣。（卷11，頁10b-11a）

> 杜甫〈丹青引〉：畫人畫馬，賓主相形，縱橫跌蕩，此種

篇法，得之於心應之於手，有化工而無人力，莫能贊歎其
妙。（卷11，頁23a）

杜甫〈上韋左相二十韻〉：從朝廷用人說起，與前篇同是高
屋建瓴之**法**。（卷13，頁4a）

韓愈〈鄭群贈簟〉：「卻願天日恆炎曦」，與「攜來當晝不
得臥」，俱透過一層**法**。（卷29，頁17b）

韓愈〈次潼關先寄張十二閣老使君〉：沒石飲羽之技，不必
以尋常絕句**法**求之。（卷31，頁20b）

引文的格法、起法、篇法、法門、高屋建瓴法、透過一層法、沒石
飲羽之技等內容，都與詩歌創作時的謀句布局、章法安排有關，其
中透過杜甫〈戲為雙松圖歌〉以說明詩作的「起」、「接」之道，
可謂詳實具體，明顯具有啟蒙初學、金針度人的作用。
　　《唐宋詩醇》引用沈德潛說詩的另一重點，是涉及詩家的創作
特色或是指陳某詩的藝術性，近於「風格」的內涵。如謂李白詩：
「筆陣縱橫，如虯飛蠖動，起雷霆於指顧之間、任華、盧仝輩仿
之，適得其怪耳。太白所以為仙才也。」[52]、「太白以氣勝，故拉
雜使事而不見其跡，若不善學之，恐意氣粗豪，雜出不倫矣。」[53]

---

[52]　《唐宋詩醇》卷2，頁6a。
[53]　《唐宋詩醇》卷2，頁8b。

評杜甫〈望嶽〉詩云：「靈光縹緲，氣象蕭穆。」[54]評〈送鄭十八
虔貶台州司戶傷其臨老陷賊之故闕為面別情見於詩〉云：「屈折赴
題，清空如話，別是一種風格。」[55]評韓愈〈琴操〉十首：「深婉
忠厚，得風雅之正。」[56]評〈謁衡嶽廟遂宿嶽寺題門樓〉云：「橫
空盤硬語，妥帖力排奡，此詩足當此語。」[57]評〈送湖南李正字
歸〉云：「昌黎五言，難得此種清遠之格。」[58]以上所言，無不關
乎詩家或詩作的藝術特色，有些甚至直接以「風格」、「清遠之
格」來評論某一詩作。可見《唐宋詩醇》援引沈德潛的說詩內容，
重點在於使讀者透過李、杜、韓三家詩來學習詩歌創作技巧，從另
一個角度來看，實亦可視為《唐宋詩醇》對沈德潛「格調」詩論的
另類詮釋。

二、《唐宋詩醇》對《唐詩別裁集》重訂本的影響

　　論及《唐宋詩醇》對《唐詩別裁集》重訂本的影響，目前學界
多著眼於沈德潛在《唐詩別裁集》初訂本與重訂本中對白居易詩
選評態度的轉變。如大陸學者王宏林為文[59]指出，沈德潛受前代選

54　《唐宋詩醇》卷 12，頁 34a。

55　《唐宋詩醇》卷 14，頁 6b。

56　《唐宋詩醇》卷 27，頁 12b。

57　《唐宋詩醇》卷 29，頁 14a。

58　《唐宋詩醇》卷 30，頁 7a。按：以上引用三則韓愈詩評內容，均未見於
　　《唐詩別裁集》重訂本，當是出自初訂本。

59　參見王宏林：〈論沈德潛對白居易的評價〉，頁 52-55。王宏林之外，范建
　　明：〈關於《唐詩別裁集》的修訂及其理由——「重訂本」與「初刻本」
　　的比較〉，《逢甲人文社會學報》，2012 年 12 月，頁 57-74，文中對於
　　沈德潛於修訂《唐詩別裁集》時對白居易詩的評價差異，亦有深入說明。

本⁶⁰影響，在早期編選的唐詩選本中，如《唐詩宗》故僅錄白居易七絕〈邯鄲至夜思親〉一首，《唐詩別裁集》初訂本也只選白居易七絕 4 首。成書於雍正 9 年（1731）的《說詩晬語》，書中僅有 3 條與白居易相關的評論，其一為論及白居易的諷諭詩：「使言者無罪，聞者足戒，亦風人之遺意也。」⁶¹言下頗有肯定之意，但在評論白居易的七律與五言長律時，仍謂之為「淺易」、「流易」，⁶²可見沈德潛早期對白居易詩的看法仍趨於負面。

　　在乾隆 28 年修訂的《唐詩別裁集》中，沈德潛對白居易詩的選與評，卻有了截然不同的轉變。不但選詩數量由初訂本的 4 首提升到 60 首，⁶³高居選本選詩數量最多的第 5 位詩家，評語內容也極盡推崇之能事。除了在〈重訂唐詩別裁集序〉中贊揚：「白傅諷

---

60 所謂「前代選本」，如明人李攀龍《古今詩刪》和清初王士禛《唐賢三昧集》不選白詩，元人楊士弘《唐音》僅選白詩 4 首，列於遺響；明人高棅《唐詩品匯》也將白居易的五古、七古列為「餘響」，五絕、七絕、五律、七律則列為「接武」，評價也都不高。

61 〔清〕沈德潛：《說詩晬語》，郭紹虞主編：《清詩話》（臺北：西南書局，1979 年）卷上，第 97 則，頁 486。

62 「七律」一體，參見《說詩晬語》卷上第 115 則，沈德潛認為白居易與劉禹錫雖有《倡和集》而得以並稱後世，但「白之淺易，未可同日語也。」頁 489；「長律」一體，參見卷上第 120 則，沈德潛在高揚杜甫五言長律「瑰奇鴻麗，一變故方，後此無能為役」後，轉而批評元、白長律之作：「滔滔百韻，俱能工穩，但流易有餘，鎔裁未足，每為淺率家效顰。」頁 490。

63 筆者所參考之香港中華書局出版之《唐詩別裁集》重訂本，書中分體選錄選白居易詩為：卷 3 五古 17 首；卷 7 七古 13 首；卷 11 五律 4 首；卷 15 七律 18 首；卷 18 五言長律 2 首；卷 20 七絕 6 首，合計 60 首，與王宏林論文謂重訂本選入白居易詩 61 首有所出入。

諭，有補世道人心，本傳所云，箴時之病、補政之缺也。」[64]於白居易小傳中，也強調：

> 樂天忠君愛國，遇事託諷，與少陵相同，特以平易近人，變少陵之沈雄渾厚，不襲其貌而得其神也。（卷3，頁23b）

引文內容與《唐宋詩醇》的白居易小傳相較：

> （白詩）蓋根柢六義之旨而不失乎溫厚和平之意，變杜甫之雄渾蒼勁而為流麗安詳，不襲其面貌而得其神味者也。（卷19，頁1b）

明顯可見沈德潛附和、襲用《唐宋詩醇》之跡，而為了改變「元輕白俗」的評價，沈德潛在重訂本中，還特意將白居易與元稹作切割，主張：

> 白樂天同對策，同倡和，詩稱元白體，其實遠不逮白。白修直中皆雅音，元意拙語纖，又流於澀，東坡品為「元輕白俗」，非定論也。（卷8，頁14a）

沈德潛在《唐詩別裁集》重訂本中，不僅高揚白居易詩「忠君愛國、遇事託諷」的價值與杜甫相近，白詩原本「淺易」的評價，也轉為正面的「平易近人」，與杜甫的「沈雄渾厚」可謂貌異而神

---

[64]　《唐詩別裁集》卷前序文，頁1b。

通，明顯可見沈德潛藉由「杜、白並稱」的方式來拉抬白居易的詩作。

除了對白居易詩選評的差異外，《唐詩別裁集》重訂本有別於初訂本的另一特點是：補強了李、杜詩的「忠愛觀」。檢閱初訂本與重訂本的詩評內容，重訂本在〈杜甫小傳〉中補入了以下文字：

> 聖人言詩，自興、觀、群、怨，歸本於事父事君。少陵身際亂離，負薪拾橡，而忠愛之意，惓惓不忘，得聖人之旨矣。
> （卷2，頁12a）

類似的觀點，又見於杜甫的七言古詩前評，所謂：

> 一飯未嘗忘君，其忠孝與夫子事父事君之旨有合，不可以尋常詩人例之。（卷6，頁17a）

而杜甫〈北征〉詩後評，也比初訂本多出以下內容：

> 漢、魏以來，未有此體，少陵特為開出，是詩家第一篇大文。公之忠愛謀略，亦於此見。（卷2，頁21a）

以上引文之「忠愛」、「忠孝」、「一飯未嘗忘君」、「事父事君」等詞，儘管是杜詩中常見的評語，但都未見於《唐詩別裁集》初訂本，是沈德潛在重訂選本時才增補的，若比對《唐宋詩醇》的〈杜甫小傳〉及〈北征〉詩後評，更可見沈德潛附和《唐宋詩醇》

之跡。[65]同樣的，李白〈蜀道難〉以下詩評內容，在初訂本中也付
諸闕如：

> 諸解紛紛，蕭士贇謂祿山亂華、天子幸蜀而作，為得其解。
> 臣子忠愛之辭，不比尋常穿鑿。（卷6，頁2b）

引文內容，顯然精簡自《唐宋詩醇》對本詩的評論：「解此詩者，
幾如聚訟，惟蕭士贇謂為祿山亂華、天子幸蜀而作者，得之。……
（劍閣崢嶸六句）故為危之之詞，以致其忠愛之意。」[66]結合重訂本
大幅選錄白居易詩作，且詩評中一再強調白詩「忠君愛國、遇事感
諷」與杜甫相同，凡此種種，皆可見沈德潛在重訂《唐詩別裁集》
時，有意附和《唐宋詩醇》以「忠孝」論詩的傾向。至於沈德潛何
以在重訂《唐詩別裁集》時有上述的轉變，應與《唐宋詩醇》係具
體呈現乾隆以「忠孝」論詩的立場，以及沈德潛不得不修訂的選詩
歷程有關。

65　引文「少陵身際亂離，負薪拾橡，而忠愛之意，惓惓不忘。」、「一飯未
　　嘗忘君，其忠孝與夫子事父事君之旨有合。」對照《唐宋詩醇》之〈杜甫
　　小傳〉：「子美以疏逖小臣，旋起旋躓，間關寇亂，漂泊遠遊，至於負薪
　　拾柘（按：當為「橡」），餔糒不給，而忠君愛國之切，長歌當哭，情見
　　乎詞。」、「其一飯未嘗忘君，發於情，止於忠孝……良足承三百篇墜
　　緒。」兩段內容雖有簡、繁之別，但語意與措辭顯然是相通的。至於〈北
　　征〉詩，引文所強調的「詩家第一篇大文」與「忠愛謀略」之意，對照
　　《唐宋詩醇》〈北征〉詩後評：「前無古人，後無來者，自有五言，不得
　　不以此為大文字也。」、「以皇帝起，太宗結；戀行在，望匡復，言有倫
　　脊，忠愛見矣。」（卷10，頁7a-b）同樣有沿襲化用之跡。
66　《唐宋詩醇》卷2，頁4a-5a。

　　沈德潛於晚年曾編選《清詩別裁集》，該書於乾隆 24 年（1759）初刻，並呈請乾隆親題序文。初刻時，沈德潛基於「因詩存人」的立場，將錢謙益（1582-1664）等貳臣列於該書首卷，此舉引發乾隆強烈的不滿，特於序文中指斥：「要知其人（指錢謙益）則非人類也，其詩自在，聽之可也，選以冠本朝諸人則不可，在德潛則尤不可。」接著特別強調：「詩者何？忠孝而已耳。離忠孝而言詩，吾不知其為詩也。」[67]經乾隆嚴辭指斥後，沈德潛不只將《清詩別裁集》刪改重刻，以合乎乾隆「因人存詩」、以「忠孝」論詩的觀點；在重新修訂《唐詩別裁集》時，也將乾隆「忠孝論詩」的觀點納入，而能具體展現乾隆詩教觀的《唐宋詩醇》，不論是對白居易詩的選評，或是以「忠孝」論李、杜詩，沈德潛都予以採納、吸收，《唐詩別裁集》重訂本所以深受《唐宋詩醇》的影響，[68]可謂其來有自。

　　綜合以上所論，《唐宋詩醇》援引《唐詩別裁集》初訂本論李、杜詩的內容，著重於詩歌創作的技巧與詩作特色，呼應了沈德潛由「辨體」的角度並稱李、杜的要旨；而《唐詩別裁集》修訂本中，不論是對白居易詩選評態度的改變，或是對李、杜詩「忠孝」觀的補強，無不貼近《唐宋詩醇》以「忠孝」論詩之要旨。兩部選本互相作用、影響之跡，明顯可見。

67　〔清〕愛新覺羅・弘曆：《御製文初集》卷 12，頁 10b。

68　范建明：〈關於《唐詩別裁集》的修訂及其理由——「重訂本」與「初刻本」的比較〉一文指出，沈德潛進呈《清詩別裁集》而受到乾隆的訓斥後，在短短的一年八個月的時間裡緊張地完成《唐詩別裁集》的修訂和刻版，可見兩者之間是有因果關係的，亦即《清詩別裁集》事件是沈德潛決定修訂《唐詩別裁集》的重要契機，詳見該文頁 70。

結　語

　　《唐宋詩醇》與《唐詩別裁集》是清代乾隆朝重要的詩歌選本，在編選體例上雖有「因人分卷」與「依詩體分卷」的差異，但由於兩者都具有以「李、杜並稱」的選詩理念，本文故而由兩部詩選對李、杜詩的選評，據以理解兩者對李、杜詩的態度，從而得出：《唐宋詩醇》是立足於「忠孝」論詩的基礎上並稱李、杜兩家，而《唐詩別裁集》則是由詩歌「辨體」的角度，集李、杜兩家各體詩的特長，展現沈德潛「以李、杜為宗」的選詩要旨。由上述選詩要旨印證乾隆「以忠孝論詩」的詩觀，以及沈德潛的「格調」詩論，足見詩歌選本的確是選家詩學理念的具體展現。

　　本文的另一論述重點──「李、杜並稱」部分，儘管這是唐代以後詩家論述「李、杜優劣」的主流意見，但學界在探討此一議題時，多援引詩話或相關資料，然而，藉由詩歌選本中對李、杜詩選評的「質」與「量」進行比較、分析，實為「李、杜優劣」論題的另一種論述角度。本文藉由《唐宋詩醇》與《唐詩別裁集》對李、杜詩選評的「質」與「量」進行分析，可知「李、杜並稱」固然是《唐宋詩醇》與《唐詩別裁集》的選詩要旨，但「崇尚杜詩」才是兩部選本的核心價值。因此，「李、杜並稱」的議題，並非僅有單純的李、杜兩家各有所長，足以相提「並論」的意義而已，還存在著：以杜甫為核心，將李白「合併」在內，共同建構唐詩恢弘闊大氣象的另一種形式。

　　此外，《唐宋詩醇》與《唐詩別裁集》初訂本及重訂本之間互相影響的情形，也是本文爬梳整理的另一要點。由《唐宋詩醇》援引沈德潛在初訂本中的 46 條說詩內容，著重於沈德潛對詩作技巧

與藝術特色的分析，可說是對沈氏「格調」詩論的另類詮釋；而沈德潛在《唐詩別裁集》重訂本中，由「忠君愛國、遇事託諷，與少陵相同」的角度，提升了白居易詩在選本中的「質」與「量」，在李、杜詩的評語中，也特別強調兩家詩作「忠愛」的特點，與乾隆「以忠孝論詩」的觀點相呼應，從中亦可見乾隆的詩觀對沈德潛選評唐詩的影響。透過兩部選本彼此作用、影響的情形，應有助於理解乾隆的詩教政策，以及沈德潛詩學觀念的發展、演變。

附錄一：《唐宋詩醇》引李白評論其他詩家內容

詩家作品	引李白內容	出處
杜甫〈貧交行〉	朱鶴齡曰：太白云「前門長揖後門關」，公詩云「當面輸心背面笑」，與此同慨。	卷9，頁8b
杜甫〈奉同郭給事湯東靈湫作〉	潘鴻曰：太白詩「蟾蜍蝕圓影，大明夜已殘」一段，亦此詩之意。	卷9，頁22a
杜甫〈奉先劉少府新畫山水障歌〉	與李白〈同族弟燭照山水畫壁歌〉，用意正同而各極其妙。	卷9，頁28a
杜甫〈乾元中寓居同谷縣作歌七首〉	李鷹曰：太白〈遠別離〉、〈蜀道難〉，與子美〈同谷七歌〉，風騷極致，不在屈、宋之下。	卷11，頁4a
杜甫〈戲為雙松圖歌〉	與太白〈觀粉圖山水〉諸篇並駕齊驅。	卷11，頁10b
杜甫〈寄韓諫議〉	浦起龍曰：源本楚騷，亦近太白。	卷11，頁24b
杜甫〈寄高三十五書記〉	嚴羽云：少陵詩法如孫吳，太白詩法如李廣。	卷13，頁14b
杜甫〈贈花卿〉	仇兆鰲曰：風華流麗，頓挫抑揚，雖太白、少伯無以過之。	卷15，頁16b
杜甫〈旅夜書懷〉	孤舟夜泊，著語乃極雄傑，當由真力彌滿耳。李白「山隨平野」一聯，語意暗合，不分上下，亦見大家才力天然相似。	卷16，頁27b
杜甫〈子規〉	申涵光曰：頷聯爽豁如彈丸脫手，此太白雋語。	卷16，頁30b
杜甫〈江南逢李龜年〉	黃生曰：（此詩）即使龍標、供奉操筆亦無以過。	卷18，頁20a
韓愈〈嗟哉董生行〉	俞瑒曰：古詩長短句，盛於太白，如〈蜀道難〉、〈遠別離〉等篇，實為公所取法者。	卷29，頁7a
蘇軾〈中秋月〉三首	首作雖以郊寒自況，嘯歌裏回，其風流則頡頏乎太白矣。	卷35，頁37b

蘇軾〈豆粥〉	起伏開闔，氣偉采奇，青蓮無以過。	卷37，頁35b
蘇軾〈碧落洞〉	苕溪漁隱叢話曰：題碧落洞詩云「小語輒響答，空山白雲驚」，此語全類李太白。	卷40，頁25a
蘇軾〈贈嶺上老人〉	高朗，得青蓮之一體。	卷41，頁32a
陸游〈塞上曲〉	不徒作悲涼語，氣體絕似太白。	卷43，頁5a
陸游〈紫谿驛〉	此作運化工部，下篇又用太白，皆極鑪錘之妙。	卷44，頁19b
陸游〈三江舟中大醉〉	擬以太白，便覺去人不遠。	卷45，頁1b
陸游〈古別離〉	不獨摩浣花之壘，亦兼入青蓮之室。	卷46，頁2b

附錄二：《唐宋詩醇》引杜甫評論其他詩家內容

詩家作品	引杜甫內容	出處
李白〈古風〉59之「胡關饒風沙」	此詩極言邊塞之慘，中間直入時事，字字沈痛，當與杜甫〈前出塞〉參看。	卷1，頁12a
李白〈古風〉59之「天津三月時」	杜甫〈麗人行〉其刺國忠也，微而婉；此則直而顯，自是異曲同工。	卷1，頁14a
李白〈古風〉59之「羽檄如流星」	此等詩殊有關繫，體近風雅，與杜甫〈兵車行〉、〈出塞〉等作工力悉敵，不可軒輊。	卷1，頁18b
李白〈蜀道難〉	蕭士贇曰：「君」字非泛然而言，猶杜甫〈北征〉「恐君有遺失」及「君誠中興主」之義，所謂君者，明皇也。	卷2，頁4b
李白〈贈新平少年〉	鍾惺曰：屈體二句，可與老杜〈嚴僕射〉詩「開口取將相，小心事友生」並看。	卷5，頁16b

李白〈贈別從甥高五〉	「自笑我非夫」一段……沈鬱頓挫，意近杜陵。	卷5，頁19b
李白〈渡荊門送別〉	項聯與杜甫之「星垂平野闊，月湧大江流」句法相類，亦氣勢均敵。	卷6，頁23a
李白〈秋日與張少府楚城韋公藏書高齋作〉	氣體極似杜甫「飛星過水白，落月動沙虛」，句法相似，亦稱雙璧。	卷8，頁12a
白居易〈文柏牀〉	即杜甫〈古栢行〉之意而反用之。	卷19，頁8a
白居易〈重賦〉	杜甫〈石壕吏〉之嗣音也。	卷19，頁9b
白居易〈答桐花〉	意本之杜甫入蜀〈鳳凰臺〉一章。	卷19，頁19a
白居易〈新豐折臂翁〉	大意亦本之杜甫〈兵車行〉、前後〈出塞〉等篇……可謂詩史。	卷20，頁7a
白居易〈西涼伎〉	「涼州陷來四十年」四句，與前相映，筆力排奡，仿彿似杜。	卷20，頁18a
白居易〈采詩官〉	諸篇全倣杜甫〈新安〉、〈石壕〉、〈垂老〉、〈無家〉等作……其不及杜者，只筆力之縱橫，格調之變化耳。	卷20，頁29a
白居易〈自蜀江至洞庭湖口有感而作〉	其源亦從杜甫〈劍門〉一篇脫胎。	卷21，頁17a
白居易〈寄微之〉三首	似古樂府、似蘇、李〈河梁詩〉，似杜甫〈夢李白〉二章。	卷21，頁20b
白居易〈畫竹歌〉	波瀾意度，直逼子美堂奧，與香山平日面貌不類，蓋有意規倣子美題畫諸作而為之者。	卷22，頁5b
白居易〈琵琶引〉	杜甫〈觀公孫大娘弟子舞劍器行〉，與此篇同為千秋絕調。	卷22，頁18b
白居易〈醉後狂言酬贈蕭殷二協律〉	即杜甫「廣廈千萬間」意而暢言之。	卷22，頁20a

白居易〈代書詩一百韻寄微之〉	居易集中百韻詩凡三篇，杜甫排暈沈鬱，局陣變化，其才氣筆力，自非居易所及。	卷22，頁23b
白居易〈歲晚旅望〉	與杜甫〈閣夜〉詩極相似。	卷23，頁9a
白居易〈東南行一百韻〉	較（白居易）〈代書百韻〉更勝，杜甫而下，罕與為儷。	卷23，頁12b
白居易〈西樓〉	神似杜甫。	卷23，頁16a
白居易〈夜送孟司功〉	一氣旋折，全以神行，不知是情是景，筆墨之痕俱化，五律中此種境界，開自老杜。	卷23，頁22b
白居易〈喜張十八博士除水部員外郎〉	章法亦本杜甫，不襲其貌而得其神，故佳。	卷24，頁12b
白居易〈舟中晚起〉	命意深厚，直與杜甫同調。	卷24，頁15b
白居易〈小童薛陽陶吹觱栗歌〉	全是摹老杜〈觀舞劍器行〉而變化出之。	卷24，頁25a
白居易〈河亭晴望〉	氣味近老杜。	卷25，頁27b
白居易〈將至東都先寄令狐留守〉	詩境忽來還自得……杜甫「詩成覺有神」亦是此意。	卷25，頁33b
白居易〈寄獻北都留守裴令公〉	高華雅贍，杜甫嗣音。惜結句未免弩末。	卷26，頁14a
韓愈〈歸彭城〉	剗肝瀝血句，從少陵〈鳳凰臺〉詩化出。	卷28，頁11b
韓愈〈苦寒〉	結意與少陵「吾廬獨破受凍死亦足」正同。	卷30，頁5a
韓愈〈盧郎中雲夫寄示送盤谷子詩兩章歌以和之〉	漁隱叢話曰：退之尋常詩，自謂不逮李、杜，至於「昔尋李愿向盤谷」一篇，獨不減子美。	卷30，頁22a

韓愈〈晉公破賊回重拜台司以詩示幕中賓客愈奉和〉	嚴重蒼渾，直逼杜陵。	卷31，頁20b
蘇軾〈石鼓歌〉	筆力馳驟中，章法乃極嚴謹，真足嗣響少陵。	卷32，頁20b
蘇軾〈真興寺閣〉	可與老杜「七星在北戶，河漢聲西流」相匹敵。	卷32，頁26a
蘇軾〈次韻張安道讀杜詩〉	初讀之，但覺鋪敘排比，詞氣不減少陵耳，詳味其詞，乃見下筆矜慎之至。	卷32，頁36b
蘇軾〈歐陽少師令賦所蓄石屏〉	長句磊砢，筆力如虯松盤屈，真可匹敵杜陵。	卷32，頁39b
蘇軾〈游徑山〉	躡杜陵之高蹤，導渭南之先路。	卷33，頁17b
蘇軾〈同王勝之遊蔣山〉	江遠一聯，差肩杜老。	卷37，頁34a
蘇軾〈溪陰堂〉	高齋詩話曰：（本詩）蓋用老杜詩意也。	卷38，頁8b
蘇軾〈書王定國所藏煙江疊嶂圖〉	許顗詩話曰：畫山水詩，少陵數首無人可繼者，惟東坡〈煙江疊嶂圖〉一首差近之。	卷39，頁2a
蘇軾〈次韻秦少章和錢蒙仲〉	「鑑裡」句，即是老杜「春水船如天上坐」之意。	卷39，頁4b
蘇軾〈舟行至清遠縣見顧秀才極談惠州風物之美〉	八句屬對，律詩正格，筆力積健為雄，頡頏杜老。	卷40，頁26b
陸游〈送曾學士赴行在〉	前篇學宛陵，此遂並近工部，道義相勗，辭意俱古。	卷42，頁3b
陸游〈送七兄赴揚州帥幕〉	（急雪打窗心共碎）但覺忠憤填胸，不復論其造句之警，此子美嫡嗣，他人不能到也。	卷42，頁6b

陸游〈沙頭〉	雄渾悲壯，直摩浣花之壘。	卷42，頁14b
陸游〈東津〉	深情老筆，視少陵二作，雖未敢旗鼓中原，亦當雁行。	卷42，頁26b
陸游〈遊三井觀〉	因畫生慨，妙得子美家法，筆力樸堅，亦復相近。	卷43，頁13a
陸游〈登劍南西川門感懷〉	盧世㴶曰：此首極似杜陵，讀者自辨之。	卷43，頁29b
陸游〈秋晚登城北門〉	神似少陵。	卷44，頁2b
陸游〈曳策〉	觸緒即來，自是此翁忠悃，與杜陵無二。	卷44，頁3b
陸游〈紫谿驛〉	此作運化工部，下篇又用太白，皆極鑪錘之妙。	卷44，頁19b
陸游〈村舍〉	有俯仰千古之感，句法亦逼老杜。	卷45，頁3b
陸游〈夜燈千峰樹〉	潘問奇曰：不徒區區景物間也，比少陵庶幾一飯不忘之誼云。	卷45，頁14a
陸游〈古別離〉	不獨摩浣花之壘，兼入青蓮之室。	卷46，頁2b
陸游〈聞雁〉	意入風騷，格逼漢魏，與杜陵相當，真乃不復多讓。	卷46，頁10a
陸游〈山行〉	不失子美家法。	卷47，頁15a
陸游〈懷舊〉	此老情事頗近子美，其意中亦欲與浣花老叟相視而笑。	卷47，頁17b
陸游〈寄隱士〉	較少陵押「形」字更新。	卷47，頁20b

第六章　明、清之唐詩選本對杜甫與白居易詩選評比較

前　言

　　有唐詩家篇什最富者，首推有「廣大教化主」[1]稱號的白居易。然而，受到「老嫗能解」[2]及「元輕白俗」[3]的評價影響，白居

1　白居易現存詩歌數目，據謝思煒：《白居易詩集校注》（北京：中華書局，2006 年）統計，有 2804 首，是唐代詩家現存詩歌數目最多者。而「廣大教化主」之號，出自唐人張為〈詩人主客圖〉，詳見〔宋〕計有功：《唐詩紀事》（臺北：木鐸出版社，1982 年）卷 38〈張為〉條下，頁 575。

2　白居易詩「老嫗能解」的評價，參見宋人惠洪：《冷齋夜話》，《故宮珍本叢刊》（海口：海南出版社，2001 年）第 474 冊，書中載云：「白樂天每作詩，問曰『解否』？嫗曰『解』，則錄之；不解，則易之。」卷 1，頁 11。

3　「元輕白俗」一詞，出自蘇軾〈祭柳子玉文〉：「元輕白俗，郊寒島瘦。」，文見《蘇東坡全集》（臺北：河洛圖書出版社，1975 年）前集卷 35，頁 412。

易在宋代以降的詩話多為負面評價；⁴在明人唐詩選本的入選量也不高。⁵直到清代，基於對明人宗唐抑宋、詩必盛唐等詩學觀念的反省與批判，不僅開始出現推尊中晚唐的詩歌選本，如陸次雲（-1679-）《晚唐詩善鳴集》、顧有孝（1619-1689）《唐詩英華》、杜詔（1666-1736）《中晚唐詩叩彈集》、查克弘（?-?）與凌紹乾（?-?）合選《晚唐詩鈔》等，連帶的對中晚唐詩家的評價也有更多元的觀點，白居易即是其中之一。

　　大陸學者尚永亮將白居易詩在清代前中期的接受分為：「清初對典雅、神韻的追求與對淺俗的否定」、「清前期評家對白詩接受

4　〔宋〕許顗：《彥周詩話》，何文煥輯：《歷代詩話》（北京：中華書局，2001 年），引東坡「元輕白俗」之言，以為「此語具眼」，對於「子盛稱白樂天、孟東野詩，又愛元微之詩，而取此語，何也？」的詰問，許顗的回答是：「論道當嚴，取人當恕。此八字，東坡論道之語也。」頁 384。儘管許顗與蘇軾都喜愛白居易詩，但仍以負面的「俗」來評價白詩。其他如〔南宋〕張戒：《歲寒堂詩話》，《歷代詩話續編》（北京：中華書局，1983 年），謂白居易詩「情意失之太詳，景物失之太露，遂成淺近，略無餘蘊，此其所短處。」卷上，頁 457。金人王若虛：《滹南詩話》，《歷代詩話續編》（北京：中華書局，1983 年）云：「郊寒白俗，詩人類鄙薄之。」卷 1，頁 512。由王若虛「類鄙薄」之言，更可印證白詩在宋、金時期以負面評價居多。〔明〕王世貞：《藝苑巵言》，《歷代詩話續編》（北京：中華書局，1983 年）甚且主張「元輕白俗」之說為「定論」，並告誡初學詩者：「詩道未成，慎勿輕看《長慶集》。」卷 4，頁 1012。

5　明、清唐詩選本選錄白居易詩的情形，可參見王宏林：〈論沈德潛對白居易的評價〉，《河南教育學院學報》（哲學社會科學版），2006 年第 5 期，頁 52-55。尚永亮、洪迎華：〈明清詩壇論爭與元和詩歌選錄〉，《社會科學》（2010 年 09 月）一文表列明、清 13 種唐詩選本白居易詩選錄情形，表格數字見該文頁 156。

方向的扭轉」、「《御選唐宋詩醇》對白詩的價值評判及其影響」、「清中期接受白詩的多元態勢和持續走高的評價」四個階段[6]變化，其中尤以《御選唐宋詩醇》（以下簡稱《唐宋詩醇》）對白居易評價的影響最大，不僅讓白居易和李白、杜甫、韓愈並列為唐代四大家，有「千古定評」[7]之稱，甚且改變沈德潛（1673-1769）原本「崇杜抑白」的態度；康熙年間王士禎（1634-1711）「抑杜及白」的觀點，陸續有趙翼（1727-1814）、袁枚（1716-1797）、翁方綱（1733-1818）等乾隆時期詩人予以反駁、修正。[8]然而，不論是「杜白並稱」或「崇杜抑白」，甚至是「抑杜及白」，這些涉及白居易的詩歌選評的議題，都與杜甫息息相關。因此，若能就明、清時期對杜甫與白居易詩的選評內容進行比較研究，不僅更能具體掌握杜、白兩家詩特色，也能延伸探究明、清兩代對杜甫、白居易的詩學議題。

　　學界目前對於白居易詩的歷代接受變化，固然已有相當成果，但尚未有就明、清兩代選評杜、白兩家詩的情形進行比較研究者，本章故而擬就明、清時期的主要唐詩選本選錄杜、白兩家詩的三種情形（崇杜抑白、抑杜及白、杜白並稱），進行比較分析。三種情形中以何者為主流？明、清時期的唐詩選本對杜、白詩的選評有何差異？

6　尚永亮：〈從淺俗之否定到多元之闡釋——清前中期白居易詩接受的階段性變化及其要因〉，《復旦學報》社科版，2010 年第 5 期，頁 29-39。

7　〔清〕梁章鉅：《退庵隨筆》，《清詩話續編》第 3 冊（臺北：藝文印書館，1985 年），頁 1977。

8　趙翼、袁枚、翁方綱對王士禎抑杜及白的反駁與修正內容，詳細可參見尚永亮文：〈從淺俗之否定到多元之闡釋——清前中期白居易詩接受的階段性變化及其要因〉，頁 35-39。

也是本章擬探討的重點。

第一節　明、清之唐詩選本對杜、白兩家詩選評概況

　　歸納明、清時期的唐詩選本對杜、白兩家詩的選評，依對兩家高下抑揚的情況區分，主要有：崇杜抑白、抑杜及白與杜白並稱三種。按理說，在上述三種情形之外，應該另有「崇白抑杜」的情形，但自蘇軾提出「元輕白俗」之說後，白詩「淺俗」的形象久已深入人心，與杜甫在詩史上廣泛的影響力及崇高的聲譽[9]實不可同日而語，因此，儘管歷代不乏有貶抑杜甫之人，[10]但刻意貶低杜甫以稱揚白居易的詩作價值，或是選詩時刻意降低杜詩以抬高白詩，並能在當時引發討論，造成廣大迴響或影響者，筆者尚未得見。本

---

[9]　〔清〕仇兆鰲：《杜詩詳註》（北京：中華書局，1999 年）卷前〈杜詩凡例〉之「杜詩褒貶」條下，概述了歷代詩家推崇師法杜詩的情形：「自元微之作序銘，盛稱其所作，謂自詩人以來，未有如子美者。故王介甫選四家詩，獨以杜居第一；秦少游則推為孔子大成；鄭尚明則推為周公制作；黃魯直則推為詩中之史；羅景綸則推為詩中之經；楊誠齋則推為詩中之聖；王元美則推為詩中之神。」頁 23。

[10]　歷代詩家貶抑杜者，仇兆鰲：《杜詩詳註》之〈杜詩凡例〉「杜詩褒貶」條下所舉的例證有：「宋代楊大年不服杜，詆為村夫子」、「（明）嘉、隆間突有王慎中、鄭繼之、郭子章諸人，嚴駁杜詩，幾令身無完膚。」而明代楊慎（用修）對杜詩則抑揚參半。這些人在仇兆鰲眼中，不是「所見者淺」（楊大年），便是「少陵蟊賊」（嘉隆諸子），楊慎的抑揚參半，也是「非深知少陵者」，皆不足以深論，故刪而不存，詳見頁 23。

文故而未將「崇白抑杜」的情形納入考量。

　　為能具體理解杜甫、白居易兩家詩在明、清時期唐詩選本中的選錄情形，以下擬先以表格數據呈現，並作為分析比較的基礎。

表一：明代之唐詩選本選錄杜甫、白居易詩

選者	高棅	李攀龍	唐汝詢	鍾惺譚元春	曹學佺	陸時雍	周珽
選本	唐詩品彙	古今詩刪之唐詩選*11	唐詩解	唐詩歸	石倉歷代詩選*	唐詩鏡	刪補唐詩選脈箋釋會通評林
杜	**298**	**93**	**162**	**314**	**240**	**372**	**173**
白	36	1	8	7	209	194	12

表二：清代之詩唐詩選本選錄杜甫、白居易詩

選者	王夫之	黃生	顧有孝	王士禛	康熙御定	王堯衢	乾隆御定	沈德潛	劉文蔚	孫洙	陳沆	王闓運
選本	唐詩評選	唐詩摘鈔	唐詩英華*	古詩選*	御選唐詩*	唐詩合解	唐宋詩醇	唐詩別裁集	唐詩合選*	唐詩三百首*	詩比興箋	手批唐詩選
杜	91	30	103	68	80	67	722	255	85	39	43	273
白	3	5	30	0	40	13	363	60	2	6	0	40

表列明代七種、清代十二種的唐詩選本[12]中，無一例外皆是選杜詩

11　表格中加註*者，表示該書有選無評，未附加選者的詩評內容。

12　表列唐詩選本以同時選錄杜、白兩家詩為主，故而杜詔《中晚唐詩叩彈集》、陸次雲《晚唐詩善鳴集》、查克弘與凌紹乾合選《晚唐詩鈔》，因時代所限未選錄杜詩，遂不在考量之列。

多於白詩的情形，其中李攀龍（1514-1570）、鍾惺（1574-1624）譚元春（1586-1637）、王夫之（1619-1692）、王士禛、劉文蔚（1778-1846）、陳沆（1785-1826）諸家所選杜、白詩的數量差距，甚至高達數十倍，明、清選家「崇杜抑白」的傾向具體可見。

　　數據資料之外，若將選家的詩評內容一併納入考量，將可發現王夫之與王士禛對杜、白兩家詩的選錄，數量上雖然也是「杜多於白」（王士禛甚至未選錄白詩），但兩人的相關詩話或詩評內容論及杜、白詩時，多有負面意見或持貶抑態度，堪稱是「抑杜及白」之屬。而乾隆御定的《唐宋詩醇》，謂白居易詩「其源亦出於杜甫」、「變杜甫之雄渾蒼勁而為流麗安詳，不襲其面貌而得其神味者也。」[13]賦予白居易詩有與杜詩並稱的價值。影響所及，沈德潛在乾隆 28 年（1763）修訂的《唐詩別裁集》中，將白詩選錄數量由初訂本的 4 首提升到 60 首，對白居易的詩評，也由「淺易」等負面語彙，改為「近情」、「雅音」等正面評語，實可視為「杜白並稱」的選本代表。

　　有待釐清分辨的是，明人曹學佺（1574-1646）《石倉歷代詩選》與陸時雍（?-?）《唐詩鏡》，集中所選白居易詩雖為數可觀，但曹學佺的《石倉歷代詩選》並未附加詩評，較難理解其對所選詩作的看法，選本中的白詩的數量也仍在杜詩之下；陸時雍《唐詩鏡》則是時見以「淺」[14]評論白詩，雖然詩評中的「淺」語多與

13　〔清〕乾隆御定，梁詩正等奉敕：《御選唐宋詩醇》，《景印文淵閣四庫全書》，集部第 1448 冊（臺北：臺灣商務印書館，1986 年）卷 19，頁 1a-b。

14　〔明〕陸時雍：《唐詩鏡》，《景印文淵閣四庫全書》集部第 638 冊（臺北：臺灣商務印書館，1986 年）卷 42〈白居易〉小傳云：「樂天詩淺，

「真情」聯結，算不上是負面詩評，但就選本中的質（詩評要點）與量（選詩數目）而言，白詩在《唐詩鏡》中仍屈於杜甫之下，尚不足與杜詩相提並論。基於以上因素考量，故而將曹、陸兩家的選本歸類於「崇杜抑白」之屬。以下依序探討前述之三種情形。

第二節　明、清兩代唐詩選本之 「崇杜抑白」

晚明許學夷（1563-1633）《詩源辯體》曾云：「樂天五言古最多，而諸家選錄者少，蓋以其語太率易而時近於俗，故修詞者病之耳。」[15]其後並就杜、白兩家的五言古表現差異提出如下看法：

> 或問：「子言樂天五言古敘事詳明，以文為詩，今觀杜子美〈新婚別〉、〈垂老別〉、〈無家別〉等，亦皆敘事，何獨謂樂天以文為詩乎？」曰：「子美敘事，紆迴轉折，有餘不盡，正未易及；若樂天，寸步不遺，猶恐失之，乃文章傳記之體。試以二詩並觀，迥然自別矣。」[16]

淺能真；語多近達，佳處不在句內。」頁 1b；評〈冬日早起閒詠〉云：「三、四語淺而旨。」卷 42，頁 6a；評〈寒食野望吟〉云：「淺淺語自慘澹。」卷 43，頁 10b；評〈春老〉云：「愈淺愈真。」卷 45，頁 14b；評〈春詞〉云：「每覺淺處藏情。」卷 45，頁 15a。

[15] 〔明〕許學夷：《詩源辯體》（北京：人民出版社，1998 年）卷 28 第 6則，頁 273。

[16] 同上註，頁 271。

引文「寸步不遺，猶恐失之」的論點，乃援引蘇轍論杜、白兩家工
拙所謂：「白樂天詩詞甚工，然拙於紀事，寸步不移，猶恐失之，
此所以望老杜之藩垣而不及也。」[17]可見「崇杜抑白」之說，不限
於一時一人，早已成為詩家評論杜、白兩家高下的歷時性觀點，而
「俗」也儼然成為白居易詩作的定評，如明人王世貞（1526-1590）
即表明：「元輕白俗……此是定論。」並告誡初學詩者：「詩道未
成，慎勿輕看《長慶集》。」[18]以上白詩「率易近俗」與「崇杜抑
白」的論點，也可由明、清眾多唐詩選本取得印證，試觀以下諸家
所言：

> 鍾惺、譚元春合選《唐詩歸》：（鍾云）元、白淺俚處，皆
> 不足為病，正惡其**太直**耳。詩貴言其所欲言，非直之謂
> 也，直則不必為詩矣。[19]

> 王堯衢（-1728-）《唐詩合解》：白香山詩，坦夷平直，輒問
> 老嫗，能解其佳處。泠然清響，韻致甚逸，然覺唐音之**散
> 漫**矣。[20]

---

[17] 引自〔宋〕魏慶之：《詩人玉屑》（臺北：臺灣商務印書館，1983
年），卷14，頁253。

[18] 王世貞：《藝苑卮言》卷4，頁1012。

[19] 〔明〕鍾惺、譚元春合選：《唐詩歸》，《四庫全書存目叢書》，集部第
338冊（臺南：莊嚴文化事業有限公司，1997年），卷28，頁10a。

[20] 〔清〕王堯衢：《唐詩合解箋注》（保定：河北大學出版社，2000年）
評白居易〈官舍內新開小池〉，卷2，頁76。

　　王闓運（1833-1916）《手批唐詩選》：白詩五言皆**有韻無味之文**，此所選者，盡取近古雅者，非白本色。*21*

　　以上諸家論白詩，或言「太直」，或言「平直」，或稱之為「有韻無味之文」，都是對白詩表現技法所持的負面評價。

　　扣除「有選無評」的唐詩選本（標註＊者），其他選本對白居易的詩評多僅有寥寥數筆，表列明、清時期的唐詩選本中，對白詩有較多評語，並對杜、白兩家詩高下有具體評斷的，當推明初高棅（1350-1423）選評的《唐詩品彙》。

　　高氏在選本中，依時代、詩體與詩家身分，將唐詩區分為九格，分別是：正始、正宗、大家、名家、羽翼、接武、正變、餘響、旁流。觀其選詩〈凡例〉，可知高氏區分詩家的準則為：「大略以初唐為正始，盛唐為正宗、大家、名家、羽翼，中唐為接武，晚唐為正變、餘響，方外異人等詩為旁流，間有一二成家特立與時異者，則不以世次拘之，如陳子昂與李白列在正（宗），劉長卿、錢起、韋、柳與高、岑諸人同在名家者是也。」*22*由以下杜、白兩家詩各體詩在選本中的品序觀之：

21　〔清〕王闓運：《手批唐詩選》（上海：上海古籍出版社，1989 年）白居易五古〈廢琴〉詩眉批，卷 2，頁 47b。

22　〔明〕高棅：《唐詩品彙》，《景印文淵閣四庫全書》集部第 567 冊（臺北，臺灣商務印書館，1986 年）卷前之〈唐詩品彙凡例〉第 3 則，頁 2a。

表三：杜甫、白居易詩在《唐詩品彙》的分體品序

	五古	七古	五絕	七絕	五律	五排	七律
杜甫	大家	大家	羽翼	羽翼	大家	大家	大家
白居易	餘響	餘響	接武	接武	接武	從缺	接武

杜甫除了五、七絕被列入「羽翼」之外，其餘都被高棅納入專為杜甫量身打造的「大家」之列；在評論杜甫各種詩體的成就時，高棅更是極力展現杜甫所以為「大家」之本色，觀卷前〈敘目〉對杜甫各種詩體的評價：

> 論五古：（引元稹之言）子美蓋所謂上薄風雅，下該沈、宋；言奪蘇、李，氣吞曹、劉；掩顏、謝之孤高，雜徐、庾之流麗。盡得古人之體勢而兼昔人之所獨專矣。（頁6a）

> 論五古長篇：其鋪陳終始，排比聲韻，大或千言，次猶數百，辭意曲折，隊仗森嚴。人皆雕飾乎語言，我則直露其肺腑；人皆專犯乎諱忌，我則回護其褒貶。此少陵之所長也。（頁19a）

> 論七古：（引王安石所言）杜子美之悲歡窮泰，發斂抑揚，疾徐縱橫，無施不可……此子美所以**光掩前人，後來無繼**也。（頁22a）

> 論五律：**杜公律法變化尤高，難以句摘**……。（頁49a）

論五排：排律之盛，至少陵極矣，**諸家皆不及**。諸家得其一概，少陵獨得其兼善者。如〈上韋左相〉、〈贈哥舒翰〉、〈謁先主廟〉等篇。其出入始終，排比聲韻，發斂抑揚，疾徐縱橫，無所施而不可也。（頁59a）

論杜甫長篇排律：唐初作者絕少，開元後杜少陵**獨步當世**，渾涵汪洋，千彙萬狀，至百韻千言，氣不少衰。（頁65a）

論杜甫七律：少陵七言律法**獨異諸家**，而篇什亦盛，如〈秋興〉等作，前輩謂其大體渾雄富麗，小家數不可髣髴耳。（頁67b）

引文重點，不外乎強調杜甫有他人所不能及的特點，其中援引元稹「盡得古人之體勢而兼昔人之所獨專」與王安石「光掩前人，後來無繼」之言，以見其對杜詩的推崇，並非一己之私好，而是歷代諸家所共見。

　　與杜甫相較，白居易各體詩作在《唐詩品彙》的品級，除五言排律未被選錄之外，其他詩體不是被列入「接武」，便是劃入「餘響」之屬。儘管等級高下與高棅「初、盛、中、晚」的四唐詩觀有關，但並不是沒有跨越時代的特例，如〈凡例〉所言之劉長卿、錢起、韋應物、柳宗元等中唐詩人，便被高棅破例提升到盛唐的「名家」等級，但白居易顯然不在高棅的特例名單之中。再者，由上列表格可知，白居易的五、七言古體詩均被高棅打入唐詩最底層的「餘響」，但白居易的傳世名作，如〈長恨歌〉、〈琵琶行〉等長

篇敘事詩，或是〈新豐折臂翁〉、〈賣炭翁〉、〈杜陵叟〉、〈上陽白髮人〉等具有諷喻色彩的新樂府詩，均為七言古體，這些詩作均未受高棅青睞選入《唐詩品彙》之中。

　　詩評部分，歸納高棅以下對白居易的相關評論：

> 論白居易七古：（元和以後，能者各開戶牖），若盧之險怪，孟之寒苦，**白之庸俗**，溫之美麗，雖卓然成家，無得多矣。（〈敘目〉，頁27b）

> 論白居易七古：（引《西清詩話》）樂天詩，自擅天然，貴在**近俗**，恨如蘇小，雖美，**終帶風塵**耳。（卷36，頁13a）

> 論白居易歌行長篇：樂天每有作，令老嫗能解則錄之，故**格調扁而不高**。然道情敘事，悲歡窮泰，如寫出人胸臆中語，亦古歌謠之遺意也。（〈敘目〉，頁29b）

> 論白居易五古：（引蘇東坡言）樂天善長篇，但**格製不高，局於淺切**，又不能變風操，故讀而易厭矣。（卷21，頁5a）

此外，高棅論及元和之際詩家時，也主張：「元、白序事，務在分明。與夫李賀、盧全之鬼怪，孟郊、賈島之饑寒，此晚唐之變也。」[23]將元、白序事分明的特點，與李賀、盧全的鬼怪，孟郊、賈島的饑寒相提並論，結合引文中「庸俗」、「近俗」、「格調扁

---

[23]　《唐詩品彙》卷前〈唐詩品彙總敘〉，頁1b-2a。

而不高」、「格製不高，局於淺切」等言，當不難理解高棅對白居
易的負面貶抑態度，對比高棅對杜詩的高度推崇，《唐詩品彙》的
選量與評語，具體呈現了「崇杜抑白」的論點，堪稱是明、清兩代
唐詩選本「崇杜抑白」的首倡與主唱了。

第三節　明、清兩代唐詩選本之
「抑杜及白」

　　所謂「抑杜及白」，由於杜、白兩家在鋪陳排比、體物詳盡的
表現手法上有相通之處，因而詩家在貶抑杜甫這類的詩作時，往往
連帶波及白居易，明清之際的王夫之與清初王士禎即屬此類。

　　筆者曾整理、歸納王夫之在詩歌選本中對杜詩的態度，留意
到：王夫之《唐詩評選》中對杜詩的選錄數量雖然高居唐代詩家首
位，但在相關詩論中，卻經常出現貶杜[24]之詞，甚且有「風雅罪
魁，非杜其誰邪？」[25]之言。筆者在爬梳、析理後發現：「王夫之
《唐詩評選》對杜詩的評論，除了對少部分的詩作略帶貶意，其餘
多為正面評價；其對杜詩的負面評價，則集中在《古詩評選》與
《明詩評選》論述詩家『學杜』的相關議題上。」[26]至於杜詩有哪

---

[24]　王夫之對杜甫的貶抑之詞，參見陳美朱：〈尊杜與貶杜——論陸時雍與王
　　夫之的杜詩選評〉，《成大中文學報》第 37 期（2012 年 06 月），頁 81-
　　106。

[25]　〔清〕王夫之著，陳新校點：《明詩評選》（北京：文化藝術出版社，
　　1997 年）卷 5 評徐渭〈嚴先生祠〉，頁 243。

[26]　參見筆者〈尊杜與貶杜——論陸時雍與王夫之的杜詩選評〉乙文，頁
　　93。

些不可學的部分？約可概括為：以詩為史、以議論為詩與詩作近情
入俗這三點。由於「以議論為詩」並非白詩本色，故杜、白長篇敘
事詩的共通處在於「以詩為史」及「近情入俗」，以下擬就這兩點
來析理王夫之「抑杜及白」的內容。

　　先就「以詩為史」的部分來看。王夫之在《明詩評選》中，對
於時人學杜甫與元、白「以詩為史」的表現手法頗多訾議：

> 學杜以為詩史者，乃脫脫《宋史》材耳。杜且不足學，奚況
> 元、白？[27]

> 長篇為仿元、白者敗盡。挨日頂月，指三說五，謂之詩史，
> 其實盲詞而已。[28]

王夫之認為，詩、史各有所長，詩宜即事生情，即語繪狀；史宜於
敘事敘語，從實著筆。詩作若夾雜史法，「則相感不在永言和聲之
中，詩道廢矣。」[29]其並舉杜甫〈石壕吏〉為例，謂本詩「每於刻
畫處猶以逼寫見真，終覺於史有餘，於詩不足」，因而以「詩史」
譽杜，猶如「見駝則恨馬背之不腫」，[30]混淆了詩與史不同體裁的
特色。引文「杜且不足學，奚況元、白？」之言，可說是王夫之
「抑杜及白」的代表性論點。

27　《明詩評選》卷 2 評徐渭〈沈叔子解番刀為贈〉，頁 62。

28　《明詩評選》卷 2 評祝允明〈董烈婦行〉，頁 47。

29　《古詩評選》卷 4〈古詩四首〉之一，頁 139。

30　同上註。

在詩作「近情入俗」部分，面對「學究幕客，案頭胸中，皆有杜詩一部」、「人人可詩，人人可杜」、「數行之間，鵝鴨充斥；三首之內，紫米喧闐」[31]的學杜現象，王夫之遂大聲疾呼：「競言杜，不復有杜」[32]、「姑勿言杜可也」。[33]由於這類詩作，「識量不出針線蔬筍，數米量鹽；抽豐告貸之中，古今哀樂，了不相關；即令揣度言之，亦粵人詠雪，但言白冷而已。」[34]非但情志不足，氣量不弘，在表現手法上，或者如盲婦唱詞般千言不休，或如塾師游客般闊論高談，令人氣悶難耐，王夫之故而目之為「惡詩」。[35]印證其對時人學習杜、白這類長篇詩作的批評：

> 意本一貫，文似不屬，斯以見神行之妙。彼學杜、學元、白者，正如蚓蟥之行，一聳脊一步；又如蝸之在壁，身欲去而粘不脫。苟有心目，悶欲遽絕。[36]

31　以上一、二則引文，見《唐詩評選》卷 1 評杜甫〈乾元中寓居同谷縣作歌七首〉，頁 31；第三則見《明詩評選》卷 6 評楊基〈客中寒食有感〉，頁 280。

32　《唐詩評選》卷 1 評杜甫〈乾元中寓居同谷縣作歌七首〉，頁 31。

33　《明詩評選》卷 6 評楊基〈客中寒食有感〉，頁 280。

34　《薑齋詩話》第 45 則，《清詩話》（臺北：西南書局，1979 年），頁 18-19。

35　同上註。

36　《明詩評選》卷 2 評顧夢圭〈雷雪行〉，頁 51。本則內容之外，同卷評朱陽仲〈楊花篇〉云：「元、白傲人以鋪序，不知鋪序之清順易，穿點之清順難也。」（頁 56），可見王夫之不喜杜、白平鋪直敘、上下屬文相連的手法，推崇穿插點染的行文技巧，斯能有「意本一貫，文似不屬」的效果。

> 雖有次序，而不落元、白，故無損於風韻。成化以降，姑蘇
> 一種惡詩，如盲婦所唱琵琶弦子詞，挨日頂月，謔誼不禁，
> 長至千言不休，歌行儓賤，於斯極矣。[37]

> 作長行（按：指長篇歌行）者，捨白則杜，而歌行掃地矣。[38]

相較於謔誼不禁、千言不休的「儓賤」之作，王夫之更推崇的是
「序事簡，點染稱，聲情淒亮，命句渾成，時詩習氣破除盡矣。」
[39]的詩作，故常見其以「不似杜子美〈王宰〉、〈曹霸〉諸篇有痕
也」、[40]「勻淨，不入長慶」、[41]「聲情不屬長慶」、[42]「敘議詩
不損風韻，以元、白形之，乃知其妙」[43]作為讚譽之詞。

　　由此可見，若由《唐詩評選》選錄杜詩為數最多，以及所選
杜、白兩家詩高達 91：3 的差距來看，王夫之自可歸於「崇杜抑
白」之類；但若由《明詩評選》及《薑齋詩話》中對明人學杜惡習
的訾議與批評，連帶波及貶抑元、白而言，王夫之實又具有「抑杜
及白」的屬性，箇中複雜的情形，清初王士禛與之有相通之處。

　　觀王士禛《古詩選》中，五言古詩不錄杜甫、白居易，七言古

37　《明詩評選》卷 2 評孫蕡〈南京行〉，頁 42。

38　《明詩評選》卷 2 評顧開雍〈遊天台歌〉，頁 71。

39　《明詩評選》卷 2 評顧開雍〈天目話歸同方稚華俞再李〉，頁 69。

40　《明詩評選》卷 2 評徐渭〈楊妃春睡圖〉，頁 60。按：引文之〈王
　　宰〉、〈曹霸〉諸篇，為杜甫〈戲題王宰畫山水圖歌〉及〈丹青引贈曹將
　　軍霸〉及〈韋諷錄事宅觀曹將軍畫馬圖〉。

41　《明詩評選》卷 2 評屠隆〈長安明月篇〉，頁 53。

42　《明詩評選》卷 2 評顧開雍〈柳生歌〉，頁 70。

43　《明詩評選》卷 2 評湯顯祖〈邊市歌〉，頁 65。

詩不錄白居易，兼且杜、白兩家意主諷勸的詩作，時有意盡語俗之失，因而《帶經堂詩話》屢見王士禎對杜甫[44]及白居易的貶抑之詞。趙執信（1662-1744）故云：「阮翁酷不喜少陵，特不敢顯攻之，每舉楊大年村夫子之目以語客，又薄樂天而深惡羅昭諫。」[45]袁枚《隨園詩話》也有類似的看法，其云：「唐之李、杜、韓、白，俱非阮亭所喜，因其名太高，未便詆毀。於少陵亦時有微詞，況元、白乎？」[46]趙、袁兩人都認為王士禎雖「不喜」杜詩，卻不敢顯攻之，但對於向來有「俗」評的白居易則屢加貶抑。印證王士禎《論詩絕句三十二首》第十首嘲諷白居易所言：「廣大居然太傅宜，沙中金屑苦難披。詩名流傳雞林遠，獨愧文章替左司。」[47]詩中謂白居易詩如沙中金屑，價值不高，與《帶經堂詩話》云：「樂天詩，可選者少，不可選者多，存其可者亦難。」、「元、白二集，瑕瑜錯陳，持擇須慎，初學人尤不可觀之。」[48]有相通之處；而王士禎《論詩絕句》「獨愧文章替左司」之言，藉由拉抬韋應物

44　王士禎對杜甫的負面評價，詳細可參見徐國能《清代詩論與杜詩批評》（臺北：里仁書局，2009 年）第二章第三節第二小節之「王士禎的杜詩指瑕」，頁 97-102。

45　〔清〕趙執信：《談龍錄》第 16 則，《清詩話》（臺北：西南書局，1979 年），頁 277。

46　〔清〕袁枚：《隨園詩話》（北京：人民文學出版社，1982 年），卷 3，頁 80。

47　〔清〕王士禎著，張健箋注：《王士禎論詩絕句三十二首箋證》（臺北：文史哲出版社，1994 年），頁 106。

48　〔清〕王士禎：《帶經堂詩話》（北京：人民文學出版社，1998 年）卷 1〈品藻類〉第 18 則，頁 43；卷 2〈摘瑕類〉第 3 則，頁 55。

以貶低白居易，又與其論韋、白兩家「詩格相去何啻萬里」[49]的說法同一旨趣。

　　細究王士禛之所以「抑杜及白」，其再傳弟子翁方綱曾解釋道：「吾窺先生之意，固不得不以李、杜為詩家正軌，而其沈思獨往者，則獨在沖和淡遠一派。」[50]沈德潛〈重訂唐詩別裁集序〉也認為，王士禛選《唐賢三昧集》，乃取晚唐司空圖「不著一字，盡得風流」之說，與南宋嚴羽「羚羊挂角，無跡可求」之意，追求詩歌的味外味與蘊藉含蓄之美，因而「於少陵所云鯨魚碧海，韓昌黎所云巨刃摩天者，或未之及。」[51]換言之，王士禛所以對杜、白詩多有貶抑之詞，與其神韻詩說偏嗜沖和淡遠之美，對杜、白兩家鋪陳排比、體物詳盡的詩作自然難以契合。因此，儘管王士禛在《古詩選》之〈七言詩凡例〉中，高度讚揚杜甫七言詩的成就，如云：「詩至工部，集古今之大成，百代而下無異詞者，七言大篇，尤為前所未有，後所莫及。」、「杜七言，千古標準，自錢、劉、元、白以來，無能步趨者。」並自言其所選錄的七言長句，「大旨以杜為宗」，[52]所選杜詩也高居選本中的七古諸家之冠，但這是基於「五言著議論不得，用才氣馳騁不得；七言則須波瀾壯闊，頓挫激

---

49 〔清〕王士禛：《帶經堂集》（上海：上海古籍出版社，2010 年）卷 67〈寄宋牧仲中丞二首〉之二，頁 637。

50 〔清〕翁方綱：《七言詩三昧舉隅》之〈丹青引〉後評，《清詩話》（臺北：西南書局，1979 年），頁 257。

51 〔清〕沈德潛：《唐詩別裁集》重訂本（香港：中華書局，1977 年）卷前序文。

52 〔清〕王士禛：《古詩選》七言詩選部分，卷前所附〈七言詩凡例〉，《四部備要》本（臺北：中華書局，1981 年），三則引文分見頁 1b，2a，3b。

昂，大開大闔。」[53]的詩歌辨體觀使然，若著眼於神韻詩學「筆墨之外，自具性情；登覽之餘，別深寄託。」[54]的審美要旨，宜乎王士禛在相關詩話中，對杜、白兩家多有訾議之辭了。

第四節　明、清兩代唐詩選本之「杜白並稱」

如前所言，明、清的唐詩選本不論是「揚杜抑白」或「抑杜及白」，對白居易詩的貶抑都不離「淺俗」之意，連帶使得白詩在眾多唐詩選本的選量寥寥，甚至掛零，難以望杜甫之項背。在白詩長期被貶抑的情況下，乾隆御定的《唐宋詩醇》刻意提高白居易詩的品位，使之與杜甫相提並稱，在明、清眾多「抑白」的唐詩選本中可謂與眾不同，別有見地。

關於《唐宋詩醇》的編選理念與選詩要旨，本書已有專章論述，此處暫且不贅。大體來說，由於梁詩正（1697-1763）等負責編選本書的詞臣，為貫徹乾隆以「忠孝言詩」[55]的觀點，在選評唐、宋六大詩家（李白、杜甫、白居易、韓愈、蘇軾、陸游）時，採取以「忠愛」為選評要旨，以杜甫為六家核心的作法。印證書中「李、杜並

53　〔清〕王士禛：《師友詩傳續錄》，《清詩話》（臺北：西南書局，1979年），頁127。

54　〔清〕王士禛：《漁洋詩話》，收入《清詩話》，卷上第98則，頁159。

55　乾隆〈沈德潛選國詩別裁集序〉云：「詩者何？忠孝而已耳。離忠孝而言詩，吾不知其為詩也。」序文見〔清〕愛新覺羅·弘曆：《御製文初集》，《清代詩文集彙編》第330冊（上海：上海古籍出版社，2010年），卷12，頁10。

稱」的理論基礎，在於李白與杜甫同樣具有忠愛[56]本質；白居易也是基於詩中多「詩情剴切，忠愛藹然，極有關係之作。」[57]與「根柢六義之旨而不失溫厚和平之意，變杜甫之雄渾蒼勁而為流麗安詳，不襲其面貌而得其神味者。」[58]的理由，故而得以和杜甫在選本中相提並稱。

　　《唐宋詩醇》對白居易的選評，就該書卷 19〈白居易小傳〉所云：「茲集之選，芟其體之重複，詞之淺易者，約存若干首，全集佳篇，殆盡於此。」可見詞臣確實有透過選詩以重塑白居易形象之意。鑑於白居易詩長期以來有「淺俗」之目，為了提高白詩足以和杜甫並稱的地位，梁詩正等詞臣所採取的策略主要有三：

　　其一，直指白居易某詩本於杜甫某詩，或逕謂其「神似杜甫」、「杜甫嗣音」，[59]甚至有移用杜詩之「沈鬱頓挫」以評白詩[60]者，落實白詩「源出杜甫」的論點。統計《唐宋詩醇》援引杜甫以評白居易詩的資料計有 22 則，[61]是選本中「援杜評詩」次數最

56　《唐宋詩醇》卷 1〈李白小傳〉云李、杜兩家：「寓目時政，疾心朝廷，凡禍亂之萌，善敗之實，靡不託之歌謠，反覆慨歎，以致其忠愛之志，其根於性情而篤於君上者，按而稽之，固無不同矣。」頁 2a。

57　《唐宋詩醇》卷 19，頁 4a。

58　《唐宋詩醇》卷 19〈白居易小傳〉，頁 1b。

59　引文與相關詩評內容，參見筆者〈《唐宋詩醇》與《唐詩別裁集》之「李杜並稱」比較〉之〈附錄二〉「《唐宋詩醇》引杜甫評論其他詩家內容」。

60　《唐宋詩醇》卷 22 評〈長恨歌〉云：「居易詩詞特妙，情文相生，沈鬱頓挫，哀艷之中，具有諷刺。」頁 8b。

61　22 則引文內容，詳細可參見筆者〈《唐宋詩醇》與《唐詩別裁集》之「李杜並稱」比較〉乙文「附錄二：《唐宋詩醇》引杜甫評論其他詩家內容」，《成大中文學報》第 45 期（2014 年 6 月），頁 282-283。

高[62]的詩家。透過這些詩評內容，不僅強化了杜、白兩家的關聯性，也建構了「杜白並稱」的理論基礎。

其二，屢用「深」、「雅」、「厚」、「遠」、「有風致」、「曲折」、「蘊藉」、「一唱三嘆」、「纏綿」[63]等迥異於白詩歷來「淺浴」的評語，並且時見「或謂樂天淺易，豈其然乎？」、「不以理太周而辭繁為嫌也」、「說得極纖悉極平淡，乃具真實本領。」、「或議其俚俗瑣碎，然不可及處正在此。」、「既不笨拙，又不纖巧，此變盛唐之格調而自出機杼者也。」[64]之類的評語，既扭轉白詩「淺俗」的負面形象，也賦予白詩的「淺俗」有正面意義與價值。

其三，稱許白居易的生平出處大節，並為白居易的負面事蹟辨駁。在〈白居易小傳〉中，詞臣謂白居易「豈徒以詩傳哉」？詩歌之外，白居易的生平出處大節更堪為士人典範。如〈初除主客郎中知制誥與王十一李七元九三舍人中書同宿話舊感懷〉詩後評：「居易非沾沾於祿位者，故曰『聚散窮通不自知』，蓋其安命素矣。」[65]〈喜雨〉詩後評，則由「千日澆灌功，不如一脈霂」等句，以見

---

[62] 《唐宋詩醇》援引杜甫以評論其他詩家的內容，見前註引文「表二」，其中引杜以評李白計有 8 則，韓愈有 4 則，蘇軾有 10 則，陸游有 16 則，相形之下，白居易的 22 則，可謂高居選本之冠。

[63] 詩評內容，詳細請參見本章之〈附錄：《唐宋詩醇》以「深雅」相關詞語評白居易詩一覽表〉。統計表格中的評語，涉及「深」者有 20 筆，「雅」6 筆，「厚」5 筆，涉及「曲折、峭折、層折」之意者計有 6 筆，「遠」有 3 筆，「蘊藉」有 4 筆，「一唱三嘆」有 3 筆，「纏綿」有 4 筆，有「風致」之意者有 2 筆。

[64] 詩評內容與出處，同見上註附錄表格。

[65] 《唐宋詩醇》卷 24，頁 8a。

白居易「濟人利物之心無時或忘」。[66]以下三則詩評,更儼然將白居易形塑為「仕宦典範」:

> 〈別州民〉後評:後四句,經濟政績具見其中,慈惠之意,藹然言表,必如此留心民事,方許詩酒遨遊。彼長日惟消一局棋者,那得借口風流也。(卷25,頁19b)

> 〈呈吳中諸客〉後評:一結即「先憂後樂」意,乃知居易實具經世之才。……「救煩無若靜,補拙莫如勤」十字,凡**為守令者,當錄置座右**。(卷25,頁24b-25a)

> 〈池上篇〉後評:「識分知足」四字,是樂天一生得力處,真實受用在此。序中未及,詩中特為清出,**可為奢汰踰分、營營無厭者痛下針砭**。(卷26,頁25a)

引文內容不僅是梁詩正等詞臣對白居易的詩評,更可視為乾隆朝的官場守則,樹立了白居易留心民事、先憂後樂、識分知足的正面形象。此外,在〈白居易小傳〉中,也可看出詞臣極力洗刷白居易負面傳聞的痕跡。傳文中,對杜牧譏嘲白詩「纖艷淫媟,非莊人雅士所為」,詞臣以「夫居易之莊雅孰與牧?牧詩乃纖艷淫媟之尤者。」進行反擊;對《冷齋夜話》記載「白詩老嫗能解則錄之」的故實,也以「附會之說,不足深辯」來回應;文中甚至引用與白居易素相牴牾的李德裕「每屏白詩不觀」,以免「覽之恐回吾心」的

典故，以見白居易詩，「雖怨家仇人不能少毀而掩蔽之者也。」[67]
乾隆詞臣藉由以上「形塑正面人格、反駁負面傳聞」的方式，使白
居易能融入《唐宋詩醇》以「忠孝」言詩，以杜詩為核心的理論系
統，成為唐、宋六大詩家的成員之一，用心可謂良苦。

　　《唐宋詩醇》將白居易列為唐、宋六大詩家後，在清代引起不
少迴響，如乾隆年間趙翼《甌北詩話》前六卷所論唐、宋六位詩
家，白居易也名列其中；嘉慶年間梁章鉅（1775-1849）《退庵隨
筆》甚且謂《唐宋詩醇》列白居易為唐、宋六家，乃「千古定
評」。[68]但受《唐宋詩醇》影響最大的，莫過於沈德潛在重訂《唐
詩別裁集》時，對白詩選評態度的改變。

　　沈德潛在康熙 56 年（1717）出版的《唐詩別裁集》初訂本[69]
中，僅選錄白居易七絕 4 首；成書於雍正 9 年（1731）的《說詩晬
語》，也僅有三則與白居易相關的評論，對白居易的七律與五言長
律，仍目之為「淺易」、「流易」，[70]可見沈德潛早期對白居易詩
的看法趨於負面。但在乾隆 28 年（1763）重新修訂的《唐詩別裁

67　《唐宋詩醇》卷 19 卷前〈白居易小傳〉，頁 1a-2a。

68　參見《退庵隨筆》，《清詩話續編》，頁 1977。

69　《唐詩別裁集》初訂本並未大量出版，本文參考的版本為康熙 56 年碧梧
　　書屋藏版，臺北故宮博物院善本古籍庫館藏。

70　〔清〕沈德潛：《說詩晬語》，《清詩話》（臺北：西南書局，1979
　　年），認為白居易與劉禹錫雖有《倡和集》而得以並稱後世，但在「七
　　律」詩體的表現上，「白之淺易，未可同日語也。」卷上第 115 則，頁
　　489；「長律」方面，沈德潛在高揚杜甫五言長律「瑰奇鴻麗，一變故
　　方，後此無能為役」後，轉而批評元、白長律之作：「滔滔百韻，俱能工
　　穩，但流易有餘，鎔裁未足，每為淺率家效顰。」卷上第 120 則，頁
　　490。

集》中，白詩選錄數量由初訂本的 4 首提升到 60 首，是選本中選詩量最多的第五位詩家，卷前的序文也稱揚道：「白傅諷諭，有補世道人心」；卷三〈白居易小傳〉中，更將白居易與杜甫並稱，以為：「樂天忠君愛國，遇事託諷，與少陵相同，特以平易近人，變少陵之沈雄渾厚，不襲其貌而得其神也。」明顯可見沈德潛對白居易詩選評態度的轉變。重訂本中甚至有近 30 首的白居易詩評，絕大部分都是抄錄或改寫自《御選唐宋詩醇》。[71]至於《說詩晬語》原本謂白詩有「淺易」之失，與劉禹錫「未可同日語也」，在重訂本中也改口為：「劉以風格勝，白以近情勝，各自成家，不相肖也。」[72]認為白、劉兩家各有所長，對白詩的評價已不可同日而語。此外，為了改變「元輕白俗」的既定評價，沈德潛在重訂本中，還特意將白居易與元稹作切割，主張：

> 白樂天（與元稹）同對策，同倡和，詩稱元白體，其實（元）遠不逮白。白修直中皆雅音，元意拙語纖，又流於澀。東坡品為「元輕白俗」，非定論也。（卷8，頁 14a）

透過以上種種方式，白居易在《唐詩別裁集》重訂本中，不僅擺脫「淺易」的形象，還因為與杜甫並稱，讓白詩在重訂本中有了質與量的提升。

相形之下，杜甫在《唐詩別裁集》重訂本，僅較初訂本增加

71　重訂本詩評內容抄錄改寫《唐宋詩醇》者，參見王宏林：〈論沈德潛對白居易的評價〉，頁 54。

72　《唐詩別裁集》卷 15，頁 3a「劉禹錫」條下。

10 首。由以下表格數據可見，沈德潛在重訂《唐詩別裁集》時，杜甫各種詩體增加最多的是七律，其他詩體都僅有小幅增減，但杜詩在初訂本與重訂本中的評語，以及杜甫的五古、七古、五律、七律的選量，同樣均高居選本首位。可見沈德潛重訂《唐詩別裁集》時，對杜詩的推崇態度不變，但對白居易的態度則由原本的貶抑改為肯定，並大幅提高白詩的入選量。

表四：《唐詩別裁集》初訂本與重訂本選錄杜甫、白居易詩比較

	五古	七古	五律	七律	五排	五絕	七絕	合計
初訂本選杜詩	51	62	62	43	20	4	3	245
重訂本選杜詩	53	58	63	57	18	3	3	255
初訂本選白詩	0	0	0	0	0	0	4	4
重訂本選白詩	17	13	4	18	2	0	6	60

　　范建明〈關於《唐詩別裁集》的修訂及其理由——「重訂本」與「初刻本」的比較〉[73]一文中，對於沈德潛重訂《唐詩別裁集》所以深受《唐宋詩醇》的影響，認為是沈德潛進呈《清詩別裁集》受到乾隆訓斥後，隨即在短短的一年八個月中完成《唐詩別裁集》的修訂和刻版。換言之，沈德潛重訂《唐詩別裁集》，應是為了迎

---

[73] 范建明：〈關於《唐詩別裁集》的修訂及其理由——「重訂本」與「初刻本」的比較〉，《逢甲人文社會學報》（2012 年 12 月），頁 57-74。

合乾隆「以忠孝言詩」之上意；其由「崇杜抑白」轉為「杜白並稱」的立場，也有配合《唐宋詩醇》選詩要旨的痕跡，凡此種種，使得《唐詩別裁集》成為清代在《唐宋詩醇》之外，另一部具有「杜白並稱」色彩的唐詩選本。

第五節　明、清之唐詩選本評選杜、白詩比較

在論述了明、清兩代唐詩選本對杜、白兩家詩的選評情形後，以下擬探討論的問題是：明、清兩代對杜、白兩家詩的選評有何不同？三種選評情形中，又以何者為主流？

在上述「崇杜抑白」、「抑杜及白」與「杜白並稱」的三種選評情形中，前二者在明、清的唐詩選本中皆不乏其人，唯有「杜白並稱」才是清代選本特有的現象。如前所言，明代儘管有大量選錄白詩的唐詩選本，如曹學佺《石倉歷代詩選》（209 首）與陸時雍《唐詩鏡》（194 首），但曹學佺的選本係有選無評，而陸時雍對白居詩評也不離「淺」語之旨，真正從選詩的「質」與「量」上提升白詩品位以與杜甫並稱的，是乾隆御定的《唐宋詩醇》，連帶影響沈德潛在乾隆年間修訂《唐詩別裁集》時對白詩的選評態度。筆者利用《中國基本古籍庫》的電子資料，以「杜甫白居易」為關鍵詞進行檢索，計得 11 筆資料，其中 10 筆皆出自清人論著；而以「少陵香山」為關鍵詞進行檢索，計有 25 筆資料，其中 23 筆[74]為清人

---

[74] 檢索所得 25 筆資料中，僅有標示明崇禎刻本之《范勛卿詩文集》，以及王世貞《弇州山人四部續稿》為明人著述，其餘皆為清人論著。

著述，更可見「杜白並稱」的確是清代異於前朝的特殊詩學現象。

　　然而，若論明、清之唐詩選本選評杜、白詩的三種情形以何者為主流？以歷時性的觀點而言，並非《唐宋詩醇》所力倡的「杜白並稱」，而是多數選本共同傾向的「崇杜抑白」。

　　檢視本章第一節所附的「表一」與「表二」的選本名單，明代所列七種選本中，除王夫之《唐詩評選》可歸入「抑杜及白」以外，其他皆屬「崇杜抑白」之類。表列清代十種唐詩選本中，扣除康熙年間王士禎《古詩選》為「抑杜及白」之屬，以及標榜「杜白並稱」的乾隆御定《唐宋詩醇》及受其影響的沈德潛《唐詩別裁集》重訂本，其他七種唐詩選本，都有「崇杜抑白」的傾向。故就表列選本陣容而言，實以「崇杜抑白」傾向者居大多數。

　　此外，細究「抑杜及白」的王夫之與王夫禎對杜、白兩家詩的選評，雖然兩家時見對杜詩的負面評論，但不可否認的是，王夫之《唐詩評選》與王士禎《古詩選》之七古部分，所選杜詩都高居選本首位。且整體審視王夫之《唐詩評選》的詩評內容，筆者曾為文指出：「《唐詩評選》選杜最多，乃基於『如何才是杜詩本色』、『學杜者當問津於何種杜詩』的指導立場。」[75]因而杜詩在《唐詩評選》的評語仍以正面為主。王士禎《古詩選》亦然。儘管王士禎的神韻詩論偏於沖和淡遠之美，但《古詩選》既以「辨體」為選詩考量，在五古重含蓄渾厚、七古重波瀾壯闊的前提下，選本中的五古不錄杜詩，七古則以杜詩為典範，可見王士禎對杜詩並非完全抹煞，而是擇其所長，棄其所短；相形之下，白詩在《古詩選》中全

---

[75]　參見筆者〈尊杜與貶杜——論陸時雍與王夫之的杜詩選評〉乙文，頁99。

部掛零。可見王夫之與王士禎儘管有「抑杜及白」的傾向，但兩家的「抑杜」是有條件的，且兩家在「抑杜」之餘，對杜詩某些詩體或表現技法的成就，仍是持肯定態度的。白詩則不然，不論是選詩數量或詩評內容，在王夫之與王士禎的選本中都是被貶抑的。換言之，王夫之與王士禎的「抑杜」之中仍有「崇杜」成分，但兩家「抑白」的立場卻是一以貫之，始終如一的。

再就清代特有的「杜白並稱」來檢視其影響層面。值得留意的是，表二所列的四種在《唐宋詩醇》刊印[76]之後成書的唐詩選本，分別是成書於乾隆 28 年（1763）的孫洙（1711-1778）《唐詩三百首》、成書於乾隆 52 年（1787）的劉文蔚（1778-1846）《唐詩合選》[77]、成書於咸豐 4 年（1854）的陳沆（1785-1826）《詩比興箋》[78]與成書於光緒年間的王闓運（1833-1916）《手批唐詩選》。[79]這四部唐詩選所選錄的杜、白兩家詩數量，都呈現「杜詩遠多於白詩」的情形。儘管《唐宋詩醇》選杜、白兩家詩（杜 722 首：白 363 首），同樣是「杜多於白」，但杜、白兩家在《唐宋詩醇》的選詩數量比例約為 2：1，差距不大。相形之下，成書於《唐宋詩醇》之後的四部唐詩選本，即使以選白詩數量較為可觀的王闓運《手批唐詩選》而

---

[76] 景印文淵閣四庫全書版之《唐宋詩醇》，卷前附有乾隆 15 年（1750）親撰的序文，據此可推知該書最早編定刊行年代。

[77] 孫琴安：《唐詩選本提要》（上海：上海書店出版社，2005 年）所載，本書有齊召南寫於乾隆 52 年（1787）的序文，據此概推本書出版時間，頁 383。

[78] 〔清〕陳沆：《詩比興箋》（臺北：鼎文書局，1979 年）卷前附有魏源寫於咸豐 4 年的序文。

[79] 孫琴安：《唐詩選本提要》謂王闓運《唐詩選》有兩種刊本，分別刊於光緒丙子（1876）仲冬與光緒丙戌（1886）孟夏，頁 443。

言，杜、白兩家在選本中的比例約為 7：1（杜 273：白 40），遠遠高出《唐宋詩醇》的 2：1；其他如孫洙《唐詩三百首》選白詩 6 首，劉文蔚《唐詩合選》僅選 2 首，陳沆《詩比興箋》選錄唐代十二位詩家作品，《唐宋詩醇》所選的唐人四大家，李、杜、韓三家均名列其中，獨缺白居易，可知白居易並不在陳沆「詩作具有比興之義」的詩家名單之中。因此，單就孫洙、劉文蔚、陳沆及王闓運四家選杜、白詩的數量而言，實難以看出《唐宋詩醇》力倡「杜白並稱」的影響力。

再檢視四部選本選錄的白詩詩題與相關詩評，扣除陳沆未選白詩，孫洙與劉文蔚都是有選無評，僅王闓運《手批唐詩選》偶有對白詩的眉批。但誠如王闓運所言：「白詩五言皆有韻無味之文，此所選者，盡取近古雅者，非白本色。」[80]坦言所選以「近古雅」的白詩為主，但又認為「古雅」並非白詩本色；復觀其所選白詩，如〈白牡丹〉、〈浦中夜泊〉、〈贈內〉、〈春詞〉、〈采蓮曲〉、〈空閨怨〉、〈聽夜箏有感〉、〈楊柳枝詞〉、〈曲江獨行〉等詩，「大抵勸世文、盲女詞，以風動人為用，反得風之意也。」[81]著眼的是白詩勸世化俗、淺俗易解的詩作，而非如《唐宋詩醇》所稱揚的「樂天忠君愛國，遇事託諷」之作，據此可具體理解兩者選詩傾向的與差異。從而不免令人質疑：梁章鉅《退庵隨筆》謂《唐宋詩醇》列白居易為唐、宋六家為「千古定評」[82]之說，並非的論。

80　〔清〕王闓運：《手批唐詩選》之白居易五古〈廢琴〉詩眉批，卷 2，頁 47b。

81　〔清〕王闓運：《手批唐詩選》之白居易〈白牡丹〉詩眉批，卷 13，頁 46b。

82　〔清〕梁章鉅：《退庵隨筆》，《清詩話續編》，頁 1977。

　　筆者檢索《中國基本古籍庫》電子資料發現，以「少陵香山」為關鍵詞檢索「民國」時期資料，毫無所得；以「杜甫白居易」為詞進行檢索，僅見閔爾昌（1872-1948）《碑傳集補》資料 1 筆；檢索「杜白」也僅有徐世昌（1855-1939）《晚晴簃詩匯》資料 2 筆。對照大陸學者陳伯海主編《唐詩論評類編》[83]卷前目錄所立「流派並稱」，其中臚列了唐代詩家高達七十種並稱名目，卻未見有「杜白」一項。凡此種種，皆可見《唐宋詩醇》以「杜白並稱」在清代後期至民國以來的式微現象。所以然者，大陸學者尚永亮指出：「隨著時間的推移和審美思潮的變化，《御選唐宋詩醇》所具有的權威效應已開始減弱，而宋詩派、同光體在晚清的異軍突起，也使得人們將關注目標更多地集中在宋詩及與宋詩關聯更緊密的杜甫、韓愈身上，白詩不僅遭遇冷落，而且在某些重道德標準甚於藝術標準的詩評家那裡，除諷諭詩之外的白詩再次受到嚴厲的批評。」[84]由「杜白並稱」在清中葉之後的式微現象，益可見詩家並稱能廣為世人接受，是需要長期積累造就而成，端靠政治的權威效應，或能影響一時，卻無法長久維持、深入人心的。

結　語

　　本章依序探討了明、清時期唐詩選本對杜甫、白居易詩選評的

---

[83]　陳伯海主編：《唐詩論評類編》（濟南：山東教育出版社，1992 年），卷前目錄「流派並稱論」一項，頁 4-6。

[84]　尚永亮：〈從淺俗之否定到多元之闡釋──清前中期白居易詩接受的階段性變化及其要因〉，《復旦學報》（社科版），2010 年第 5 期，頁 39。

三種情形，分別是：崇杜抑白、抑杜及白與杜白並稱。檢視表列的
十七種唐詩選本名單，可見「崇杜抑白」是多數唐詩選本的傾向，
背後涉及的是對杜、白兩家優劣工拙的看法；而「抑杜及白」的選
評傾向，則關乎選家對於詩壇學杜現象的反省，與對杜、白兩家鋪
陳排比表現手法的意見；「杜白並稱」部分，乃由杜、白兩家詩作
皆有忠愛的情志，來淡化白詩「淺俗」的既定概念。

　　以上三種杜、白詩的選評情況中，「杜白並稱」可說是清代獨
有的特殊詩學現象，但「杜白並稱」背後，明顯具有政治教化的作
用性，雖能在乾嘉之際影響一時，卻難以歷久不衰，深入人心。因
此，基於「崇杜抑白」的唐詩選本數量居明、清時期的大多數，
「抑杜及白」者對杜詩仍有推崇的成分，以及「杜白並稱」在清中
葉以後逐漸式微，難有共鳴，可見明、清的唐詩選本對杜、白兩家
詩的選評，仍應以「崇杜抑白」為主流趨勢，而杜詩在明、清兩代
唐詩選本的優越性與領先地位，亦可從中具體得見。

附錄：《唐宋詩醇》以「深雅」相關詞語評白居易詩一覽表

詩題	詩評	出處
觀刈麥	貧婦一段，悲憫更深。	卷 19，頁 5a
傷友	拓開一層，寄慨益深。	卷 19，頁 11a
不致仕	朝露貪名利二句入之淵明集中，幾無以辨，或謂樂天淺易，豈其然乎？	卷 19，頁 11b
和陽城驛	借題發揮，正合〈緇衣〉好賢之旨，不以理太周而辭繁為嫌也。	卷 19，頁 17b
答桐花	纏綿濃至，一唱三嘆。	卷 19，頁 19a
七德舞	鋪陳詳贍，詞旨莊雅，琅琅可誦。	卷 20，頁 2b
牡丹芳	峭折有波瀾。	卷 20，頁 20b
杜陵叟	一結慨然思深。	卷 20，頁 22b
隋堤柳	俯仰情深。	卷 20，頁 27b
閒居	蕭疏蘊藉。	卷 21，頁 4a
長慶二年七月自中書舍人出守杭州路次藍溪作	致有曲折。	卷 21，頁 15b
初與元九別後忽夢見之……	一意百折，往復纏綿，極平極曲，愈淺愈深。	卷 21，頁 18b
溪中早春	一結言外有情，悠然不盡。	卷 21，頁 19b
渭村雨歸	意致簡遠。	卷 21，頁 19b
寄王質夫	格調頗近建安，一結有風致。	卷 21，頁 23a
東坡種花二首	說得極纖悉極平淡，乃具真實本領。	卷 21，頁 24b
長恨歌	情文相生，沉鬱頓挫，哀艷之中具有諷刺。	卷 22，頁 8b
琵琶引並序	比興相緯，寄托遙深。	卷 22，頁 18b
同李十一醉憶元九	意淺情深。	卷 23，頁 2a
八月十五日夜聞崔大員外翰林獨直……	絢爛之極，乃造平淡，此詩家漸老漸熟之境，非淺學所可貌為也。	卷 23，頁 3b

村夜	一味真樸，不假妝點，自具蒼老之致。	卷23，頁4a
王昭君	深厚。	卷23，頁4b
題盧秘書夏日新栽竹	既不笨拙，又不纖巧，此變盛唐之格調而自出機杼者也。	卷23，頁5b
欲與元八卜鄰先有是贈	句句細貼，一層深一層。	卷23，頁6a
燕子樓三首	一唱三嘆，餘音繞樑，似此風調，雖起王昌齡、李白輩為之，何以復加？	卷23，頁7b
舟中讀元九詩	二十八字中無限層折。	卷23，頁8b
初到江州寄翰林張李杜三學士	極風雅，其情深也。	卷23，頁13b
題元八溪居	通首娟靜。	卷23，頁14b
送客春遊嶺南二十韻	送遠詩如此，用意乃為深厚。	卷23，頁20b
聞楊十二新拜省郎遙以詩賀	穩稱中自饒風致。	卷23，頁24a
別種東坡花樹兩絕	深情達語。	卷24，頁6b
憶江柳	一氣直下，節促而意長。	卷24，頁7b
初除主客郎中知制誥	深厚蘊藉，細玩自知。	卷24，頁8a
新昌新居書事四十韻	或議其俚俗瑣碎，然不可及處正在此。	卷24，頁11b
勤政樓西老柳	不著一字，盡得風流。	卷24，頁12a
舟中晚起	命意深厚，直與杜甫同調。	卷24，頁15b
郡齋暇日辱常州陳郎中使君早春晚坐水西館書事十六韻見寄……	曲折有致。	卷24，頁18a
霓裳羽衣歌	情致纏綿往復，極一唱三嘆之妙。	卷24，頁23a
小童薛陽陶吹觱栗歌	筆力峭勁，詞意奇警	卷24，頁25a
代鶴	比意深遠。	卷25，頁6a
立秋夕有懷夢得	琢句清雅似王維	卷25，頁6b
裴侍中晉公以集賢林亭即事詩二十六韻見贈	洋洋大篇，一氣呵成，又復莊重得體，真絕大手筆。	卷25，頁10b

病中多雨逢寒食	頸聯何其蘊藉。	卷 25，頁 26a
春詞	艷體，妙於蘊藉。	卷 25，頁 29b
送敏中歸鄜寧幕	沈著深摯，惻惻動人。	卷 25，頁 29b
烏夜啼	一結托興尤深。	卷 25，頁 30b
晚桃花	比意深婉。	卷 25，頁 34a
西風	蕭疏淡遠。	卷 26，頁 2a
題岐王舊山池石壁	氣味自厚。	卷 26，頁 2a
酬李二十侍郎	意致纏綿，深人無淺語。	卷 26，頁 4a
送考功崔郎中赴闕	規戒深摯。	卷 26，頁 5a
楊柳枝詞八首	風格不減盛唐。	卷 26，頁 6b
韋七自太子賓客再除秘書監以長句賀而餞之	曲折盡意，雍容大雅。	卷 26，頁 8b
寄獻北都留守裴令公	高華雅贍，杜甫嗣音	卷 26，頁 14a
看夢得題答李侍郎詩	戲語雅趣。	卷 26，頁 14a
喜入新年自詠	筆力健舉。	卷 26，頁 21b

第七章 明、清之唐詩選本對杜甫〈秋興〉八首選評比較

前　言

　　〈秋興〉八首是杜甫於唐代宗大曆元年（766）流寓夔州時所作。整組詩由外在淒緊蕭瑟的秋景，引發內在的身世之感與故國之思。八詩內容要旨，清初俞瑒（?-?）曾概括道：「身居巫峽，心憶京華，為八詩大旨。曰巫峽、曰夔府、曰瞿塘、曰江樓、滄江、關塞，皆言身之所處；曰故國、曰故園、曰京華、長安、蓬萊、昆明、曲江、紫閣，皆言心之所思，此八詩中線索。」[1]詩中除了寄託杜甫感時憂國之念，八詩首尾相貫、前後映照的表現技巧，也是本詩歷來所為人關注之處。清初陳廷敬（1638-1712）指出：「〈秋興〉八首，命意鍊句之妙，自不待言。即以章法論，分之如駭雞之

1　〔清〕楊倫：《杜詩鏡銓》（上海：上海古籍出版社，1998 年）卷 13　〈秋興〉題下評，頁 643。

犀，四面皆見；合之如常山之陣，首尾互應。」[2]也因此，八詩不僅在明、清時期有「絕調」、「神品」[3]之譽，甚至成為詩家眼中的杜甫七律代表作。印證清初黃生（1622-?）評道：「杜公七律，當以〈秋興〉為裘領，乃公一生心神結聚之所作也。八首之中，難為軒輊。」[4]沈德潛（1673-1769）《唐詩別裁集》亦有：「杜老生平，具見於此」[5]的評論；清代佚名《杜詩言志》也指出〈秋興〉八首在杜甫七律中的重要意義：「唐人七律，以老杜為最；而老杜七律，又以此八首為最者。以其生平之所鬱結，與其遭際，暨其傷感，一時薈萃，形為慷慨悲歌，遂為千古之絕調。」[6]

　　上述「〈秋興〉八首為杜甫七律之最，而杜甫七律又是唐人之最」的論點，葉嘉瑩先生〈論杜甫七律之演進及其承先啟後之成就〉一文有詳細解說。其由詩體演進的角度，指出各種詩體「到杜甫的時候，可以說大致都已早臻於成熟之境地」、「惟獨對於七言

2　〔清〕仇兆鰲：《杜詩詳註》（北京：中華書局，1999 年）卷 17〈秋興〉八首總評引陳廷敬之言，頁 1499。

3　明遺民詩家李因篤曾推崇〈秋興〉八首云：「春容富麗，朴老渾雄，自唐迄今，竟為絕調。」、「感時憂國，詩之寄興在此，而能超議論之劫，故為神品。」詳見〔清〕劉濬：《杜詩集評》（臺北：大通書局，1974 年）卷 11，頁 34。

4　〔清〕黃生：《杜工部詩說》，諸偉奇主編《黃生全集》第 4 冊（合肥：安徽大學出版社，2009 年）卷 8，頁 325。

5　〔清〕沈德潛：《唐詩別裁集》（重訂本）（香港：中華書局，1977 年）卷 14，頁 2b。

6　〔清〕佚名：《杜詩言志》，《續修四庫全書》第 1750 冊（上海：上海古籍出版社，1995 年）卷 14，頁 27a。

律詩一體，則杜甫之成就，乃全出於一己之開拓與建立。」[7]文中並指出，在杜甫之前的七律，內容不外乎酬應贈答；技巧方面，嚴守矩矱者流於卑瑣庸俗，意境超越者，又往往破毀格律而不顧，但杜甫七律卻能在內容與技巧上突破前人的限制，使得七言律詩的發展臻於極致。其將杜甫七律的演進概分成四個時期，〈秋興〉八首完成於杜甫七律成就最高的第四期。與杜甫這時期創作的連章詩相較，如〈赴草堂寄嚴鄭公〉五首、〈諸將〉五首、〈詠懷古跡〉五首，〈秋興〉八首之間「一本發為萬殊，萬殊復歸於一本」[8]的層次呼應變化，實為他詩所不能及，超越杜甫同時期的連章七律佳作，故而千古絕調之譽，實非浪得虛名。

　　然而，〈秋興〉八首在唐、宋時期並未受到選家重視，唐、宋詩家對八詩的連章結構也未有清楚認識。直到明、清時期，在詩家好擬作〈秋興〉[9]與杜詩評點箋註大量增加[10]後，對〈秋興〉八首

7　葉嘉瑩：《杜甫〈秋興〉八首集說》（臺北：桂冠圖書股份有限公司，1994 年）卷前序文，頁 8。

8　葉嘉瑩《杜甫〈秋興〉八首集說》論〈秋興〉八詩之所以能超越其他連章七律云：「以上所舉諸詩，其章法之層次呼應變化，雖亦頗極連章七律之妙，然而要皆不得與〈秋興〉八章之自一本發為萬殊，又復總萬殊歸於一本者相提並論也。蓋以〈赴草堂〉之作但為一本，而並不能化為萬殊；〈諸將〉及〈詠懷古跡〉二作，則分為萬殊，而並不總歸於一本。其能自一本化為萬殊，而萬殊又復歸於一本者，惟〈秋興〉八章足以當之耳。」頁 121。

9　〔明〕王良臣：《詩評密諦》，《四庫未收書輯刊》第 7 輯第 30 冊（北京：北京出版社，2000 年）云：「杜甫〈秋興〉八首，膾炙千古，我明屬和者甚多。」卷 4，頁 8a；〔明〕郎瑛：《七修類稿》，《續修四庫全書》第 1123 冊（上海：上海古籍出版社，2002 年）卷 32 詩文類〈和杜秋興〉云：「子美〈秋興〉八首，誠冠絕古今之句，世言和者，只不自知

的內容與章法的體會也才日益深刻，使得〈秋興〉八首的評價水漲船高，但選評八詩的難題也隨之浮現：若將代表杜甫七律最高成就的〈秋興〉八首全部選錄，雖能體現八詩章法連貫的特色，卻不免擠壓其他詩作的入選空間；若僅選錄部分，則難以體現八詩章法連貫之妙；倘若八詩完全棄選，又不免有「無目」之譏。去取之間，實頗費思量。學界目前對〈秋興〉八首的研究，仍多集中於八詩的要旨與章法，本文擬透過明、清時期的唐詩選本，爬梳兩代對〈秋興〉八首的「選」、「評」要點，透過比較分析，以理解〈秋興〉八首在明、清時期的接受演變，而明、清選家對〈秋興〉八首的選錄情形，也可作為現今學界編選唐詩選本時的借鏡與參考。

而徒取效顰之誚。」頁 9a。〔明〕梅鼎祚：《鹿裘石室集》，《四庫禁燬書叢刊》集部第 58 冊（北京：北京出版社，2000 年）卷 43〈長安秋逸引〉亦言：「〈秋興〉八首，肇自少陵，近代李獻吉（夢陽）以後踵效之。」頁 3b。〔清〕戴名世：《南山集》，《續修四庫全書》第 1419 冊（上海：上海古籍出版社，2002 年）卷 2〈李縣圃唱和詩序〉也有：「子美之〈秋興〉八首，尤為人所傳誦。其依仿而為之者，亦不少也。而吾以為不得子美之所以為子美，雖依仿而為之，非子美也。」之言，頁 10b-11a。

10　孫琴安：《中國評點文學史》（上海：上海社會科學院出版社，1999 年）指出，宋代雖有號稱「千家」註杜的龐大陣容，但真正為杜詩作評點的也只有劉辰翁一家；元代雖有范梈批選的《杜工部詩千家注》，其實也只批選了三百多首杜詩，見該書第六章，頁 304。明代嘉靖後，杜詩的選評箋註開始大量增加，據仇兆鰲《杜詩詳註》卷前〈凡例〉之「歷代註杜」條下所載，計有邵寶等十三家的杜詩評註本，在「近人註本」條下，也列舉清初錢謙益、朱鶴齡等二十家的著述，可見杜詩在明、清時期箋註評點之盛況。

第一節　〈秋興〉八首在明代之前的唐詩選本選評概況

如前所云，〈秋興〉八首在明、清時期，雖然膾炙人口、屬和者甚眾，但現存唐人所選的唐詩選本，如殷璠（?-?）《河岳英靈集》、芮挺章（?-?）《國秀集》、高仲武（?-?）《中興間氣集》均未選錄杜詩，遑論〈秋興〉八首。晚唐韋莊（836-910）《又玄集》選錄杜詩 7 首，是杜詩在唐人的唐詩選本入選量最多者，分別為：〈西郊〉、〈春望〉、〈禹廟〉、〈山寺〉、〈遣興〉、〈送韓十四東歸覲省〉、〈南鄰〉，[11]同樣未見〈秋興〉八首。據此可知杜詩在唐人所選的唐詩選本中被冷落[12]的情形。

由於宋人選唐詩以絕句[13]為主，〈秋興〉八首自然不在選錄之列。元人方回（1227-1305）《瀛奎律髓》雖有選錄〈秋興〉，卻是八首取一，僅收「聞道長安似奕棋」一首，並將之列入「忠憤」[14]類。此外，宋人林越（?-?）《少陵詩格》，元代傅若金（1303-1342）《詩法正論》及元代託名杜舉所傳、楊載（1271-1323）所述的《詩

11　〔唐〕韋莊：《又玄集》，《域外漢集珍本文庫》第一輯集部第 3 冊（重慶：西南師範大學出版社，2008 年）卷上，頁 1a-2a。

12　關於杜詩在唐代被忽略的情況與原因，可參考吳河清：〈今存「唐人選唐詩」為何忽略杜甫詩探源〉，《河南大學學報》（社科版），2007 年第 4 期，頁 42-46。

13　孫琴安：《唐詩選本提要》（上海：上海書店，2005 年）卷前序文論及古代唐詩選本的四次高潮，第一次高潮即為南宋時期，因洪邁向宋孝宗進呈《萬首唐人絕句》得到重賞後，各種唐人絕句選本紛紛問世，頁 6-7。

14　〔元〕方回選評，李慶甲集評校點：《瀛奎律髓彙評》（上海：上海古籍出版社，2011 年）卷 32，頁 1360。

法源流》[15]等詩格著作，雖將〈秋興〉八首收錄書中，卻獨立分析每一首詩的篇法、句法，對於〈秋興〉八首連章詩的結構性，並未有清楚認識。至於宋、元時期的杜詩全集箋註本，如郭知達（?-?）《九家集註杜詩》、元人高楚芳（?-?）編輯、南宋劉辰翁（1232-1297）評點的《集千家註批點杜工部詩集》、南宋蔡夢弼（?-?）《杜工部草堂詩箋》，也是獨立箋釋每一首詩的典故、句意，並未特別關注八詩一貫的結構特色。故知〈秋興〉八首在後世雖有「絕調」、「神品」之類稱譽，但八詩在唐、宋、元之際，並未受到應有的重視與深入的詮釋。

第二節　明、清之唐詩選本選錄〈秋興〉八首概況

現存明、清時期的唐詩選本，最早將〈秋興〉八首全數選錄的，首推明初高棅（1350-1423）《唐詩品彙》。該書卷前〈敘目〉表明其選錄杜甫七律之要：「少陵七言律法獨異諸家，而篇什亦盛。如〈秋興〉等作，前輩謂其大體渾雄富麗，小家數不可仿彿

15　〔清〕永瑢等著：《四庫全書總目》（臺北：臺灣商務印書館，1983年）卷 197〈詩法源流三卷〉條下及〈少陵詩格一卷〉條下，條列書中的各種詩格名稱，而〈秋興〉八首在《少陵詩格》中依次為接項格、交股格、開合格、雙蹄格、續後格、首尾互換格、首尾相同格、單蹄格，頁4395。〔元〕傅若金：《詩法正論》，《中國詩話珍本叢書》第三冊（北京：北京圖書館出版社，2004 年），書中同樣將〈秋興〉八首分列八種詩格，名目亦與《少陵詩格》相近。

耳。今擇其三十七首為大家。」[16]高棅在唐代詩家當中，特別將杜甫獨列為「大家」，並選杜甫七律 37 首，高居唐人之冠。然而，高棅《唐詩品彙》雖然「終明之世，館閣以此書為宗」，[17]但高棅將〈秋興〉八首全數選錄的方式，卻未必成為明代唐詩選本的主流。綜觀以下明代流傳較普及的唐詩選本對〈秋興〉八首選錄的情形：

表一：明代唐詩選本選錄〈秋興〉八首情形

選家與選本名稱	八首皆選	八首皆棄	八首僅選部分	〈詠懷古跡〉與〈諸將〉選錄情形
高棅《唐詩品彙》	⊙			〈詠〉選 2 〈諸〉選 0
李攀龍《古今詩刪》之唐詩選			玉露凋傷楓樹林 蓬萊宮闕對南山 昆明池水漢時功	〈詠〉選 0 〈諸〉選 0
唐汝詢《唐詩解》	⊙			〈詠〉選 2 〈諸〉選 0
鍾惺、譚元春《唐詩歸》			昆明池水漢時功	〈詠〉選 1 〈諸〉選 0
曹學佺《石倉歷代詩選》			玉露凋傷楓樹林 千家山郭靜朝暉	〈詠〉選 3 〈諸〉選 0
陸時雍《唐詩鏡》		⊙		〈詠〉選 0 〈諸〉選 0

---

[16] 〔明〕高棅：《唐詩品彙》，《景印文淵閣四庫全書》集部第 567 冊（臺北：臺灣商務印書館，1983 年）卷前〈敘目〉，頁 67b。

[17] 《唐詩品彙》卷前所附四庫館臣之〈提要〉，文中引用《明史·文苑傳》所載，以見本書對明代詩壇的影響力，頁 3a-b。

周珽《刪補唐詩選脉箋釋會通評林》		玉露凋傷楓樹林 夔府孤城落日斜 蓬萊宮闕對南山 瞿塘峽口曲江頭 昆明池水漢時功 昆吾御宿自逶迤	〈詠〉選0 〈諸〉選0

　　表列七部唐詩選本，〈秋興〉八首全選的，僅有高棅《唐詩品彙》
與唐汝詢《唐詩解》。局部選錄者，則有李攀龍（1514-1570）《古
今詩刪》之《唐詩選》、鍾惺（1574-1625）與譚元春（1586-1637）合
選的《唐詩歸》，以及明末曹學佺（1574-1646）《石倉歷代詩
選》、周珽（1567-1647）《刪補唐詩選脉箋釋會通評林》。據此可
見〈秋興〉八首採「局部選錄」才是明代唐詩選本主流。至於八詩
全部棄而不選者，則有陸時雍（?-?）《唐詩鏡》，其將八詩全數打
入「附錄」之中，並未選入正本，堪稱是表列明代唐詩選本的特
例。

　　由於〈諸將〉、〈詠懷古跡〉與〈秋興〉同為連章七律，同樣
完成於杜甫七律最高成就的去蜀入夔時期，所以經常被詩家相提並
論，視為杜甫連章七律的傑作，**18**是以表格中另立一欄，透過選本

18　〔清〕盧世㴶：《尊水園集略》，《續修四庫全書》第 1392 冊（上海：
　　上海古籍出版社，1995 年）卷 6《讀杜私言》云：「杜詩〈諸將〉五首、
　　〈詠懷古跡〉五首，此乃七言律命脉根柢。……人知有〈秋興〉八首，不
　　知尚有此十首，則杜詩之所以為杜詩，行之不著，習矣不察者，其埋沒亦
　　不少矣。」頁 436。〔清〕趙翼：《甌北詩話》，《清詩話續編》第 2 冊
　　（臺北：藝文印書館，1985 年）卷 2 云：「今觀夔州後詩，惟〈秋興〉
　　八首及〈詠懷古跡〉五首，細意熨貼，一唱三嘆，意味悠長。」頁

中選錄〈諸家〉及〈詠懷古跡〉的情形，以考察選家對杜甫連章七律的重視程度。由表列數據可見，即使是將〈秋興〉八首全選的《唐詩品彙》與《唐詩解》，也僅選錄〈詠懷古跡〉二首而已，其他選本同樣選錄寥寥，〈諸將〉更是乏人問津，未有選家青睞。

　　與明代相較，〈秋興〉八首全選反倒是清代唐詩選本的主流。由以下表列的十一種唐詩選本來看：

表二：清代唐詩選本選錄〈秋興〉八首情形

選家與選本名稱	八首皆選	八首皆棄	八首僅選部分	〈詠懷古跡〉與〈諸將〉選錄情形
王夫之《唐詩評選》	⊙			〈詠〉選2　〈諸〉選0
黃生《唐詩摘鈔》		⊙		〈詠〉選0　〈諸〉選0
顧有孝《唐詩英華》	⊙			〈詠〉選5　〈諸〉選5
康熙《御選唐詩》			蓬萊宮闕對南山	〈詠〉選0　〈諸〉選0
王堯衢《唐詩合解》	⊙			〈詠〉選1　〈諸〉選0

1155：〔清〕冒春榮：《葚原說詩》，《清詩話續編》第2冊（臺北：藝文印書館，1985年）卷之2云：「老杜以宏才卓識，盛氣大力勝之。讀〈秋興〉八首、〈詠懷古跡〉、〈諸將〉五首，不廢議論，不棄藻繢，籠蓋宇宙，鏗戞鈞韶，而縱橫出沒中，復含蘊藉微遠之致，月為大成，非虛語也。」頁1596。沈德潛：《唐詩別裁集》卷13總論杜甫七律成就，以為王維雖有正宗之號，「然遇杜〈秋興〉、〈諸將〉、〈詠懷古跡〉等篇，恐瞠乎其後。」同樣將三組連章七律相提並論，頁16a。

乾隆《唐宋詩醇》	⊙			〈詠〉選 5 〈諸〉選 5
沈德潛《唐詩別裁集》	⊙			〈詠〉選 5 〈諸〉選 5
姚鼐《今體詩鈔》	⊙			〈詠〉選 4 〈諸〉選 5
劉文蔚《唐詩合選》	⊙			〈詠〉選 2 〈諸〉選 2
孫洙《唐詩三百首》		⊙		〈詠〉選 5 〈諸〉選 0
王闓運《手批唐詩選》	⊙			〈詠〉選 0 〈諸〉選 1

　　表格中，王夫之（1619-1692）《唐詩評選》、顧有孝（1619-1689）《唐詩英華》、乾隆御選《唐宋詩醇》、沈德潛《唐詩別裁集》、姚鼐（1731-1815）《今體詩鈔》、王堯衢（-1728-）《唐詩合解》、劉文蔚（1778-1846）《唐詩合選》及王闓運（1833-1916）《手批唐詩選》共計八種唐詩選本，皆採八首全選的策略。

　　八首全選之外，康熙御定的《御選唐詩》則是八首選一，黃生《唐詩摘鈔》與孫洙（1711-1778）《唐詩三百首》均將八首棄選，是清代唐詩選本的特例與少數。令人不解的是，康熙《御選唐詩》何以僅選「蓬萊宮闕對南山」一首？〈秋興〉八首在明、清局部選錄〈秋興〉的唐詩選本中，以哪一首入選錄最高？再者，黃生《杜工部詩說》曾標舉〈秋興〉八首為杜甫七律裒領，是杜甫一生心神結聚所作，何以《唐詩摘鈔》卻將八詩全數棄選？而孫洙《唐詩三百首》如果是考量「精選」唐詩的因素，所以不選一題數首的連章

詩作，何以又選錄杜甫〈詠懷古跡〉五首？為能深入釐清這些疑問，以下擬就〈秋興〉八首在明、清之唐詩選本的三種選錄情形：「八首皆選」、「八首皆不選」與「八首局部選錄」，分別就各自持論的理由加以整理，再就上述問題進行爬梳，期能據以勾勒明、清時期對八詩接受的演變軌跡。

第三節　明、清之唐詩選本選錄
〈秋興〉八首的三種情形

一、〈秋興〉八首全數選錄者

在討論明、清有哪些唐詩選本對〈秋興〉八首採全數選錄之前，有必要先釐清的問題是：〈秋興〉八首必須完整選錄的理由是什麼？

以八詩的章法結構而論。清初錢謙益（1582-1664）箋注此八首連章組詩時，極力讚揚八詩之間重重鉤攝的特色，其云：「此詩一事疊為八章，章雖有八，重重鉤攝，有無量樓閣門在。」[19]其說稍嫌抽象，葉嘉瑩先生以下的說解內容，應有助於掌握其要旨：

> 羈縻夔府值秋日而念長安，斯為八詩之骨幹，所謂一本者也。
> 而八詩中或以夔府為主而遙念長安，或以長安為主而映帶夔
> 府，至於長安之所感，則小至一身之今昔，大至國家之盛

---

[19]　〔清〕錢謙益：《杜工部集箋注》，《四庫禁燬書叢刊》集部第 40 冊（北京：北京出版社，2000 年）卷 15，頁 2a。

衰，誠所謂百感交集，所懷萬端者也，而復於此百感萬端之
中，或明寫，或暗點，處處不忘對夔府秋日之呼應，此豈非
萬殊一本，一本萬殊者乎。*20*

由於八詩有首尾相貫、前後呼應的結構性，明、清詩家所以主張
〈秋興〉八首須全數選錄，實多著眼於此。如明清之際王嗣奭
（1566-1648）《杜臆》云：「〈秋興〉八章，第一首起興，而後七
首俱發中懷，或承上，或起下，或互相發，或遙相應，總是一篇文
字。拆去一章不得，單選一章不得。」*21*清初屈復（1668-1745）《唐
詩成法》也客觀指出：「此詩諸家稱說，大相懸絕。有謂妙絕古今
者，有謂全無好處者。愚謂若首首分論，不惟唐一代不為絕傳，即
在本集亦非至極；若八首作一首讀，其變幻縱橫，沈鬱頓挫，一氣
貫注，章法、句法，妙不可言。」*22*換言之，八首所以必須全部選
錄，是基於八詩為完整不可分割的主體，必須合讀始能得見八詩
「一本萬殊、萬殊一本」之妙，若割裂選取局部，不僅喪失八首連
貫呼應的章法特色，部分詩作也因抽離整體而大為失色。

　　檢視明、清採取〈秋興〉八首全選的唐詩選本，明代有兩部，
清代則有八部。但在八首全選的選本中，又可細分為：對〈詠懷古
跡〉、〈諸將〉其他連章七律也全數選錄，或是僅選錄部分者。前
者展現了選家對杜甫連章七律的重視，後者則在杜甫連章七律中，

20　葉嘉瑩：《杜甫〈秋興〉八首集說》，頁 121。
21　〔清〕王嗣奭：《杜臆》（臺北：中華書局，1986 年）卷之八，頁 277。
22　引自陳伯海主編：《唐詩彙評》（杭州：浙江教育出版社，1995 年）
　　〈秋興〉八首總評，頁 1228。

單獨突出〈秋興〉八首的結構完整性。以上選本中，由於顧有孝、
王堯衢、姚鼐、劉文蔚四家選本均有選無評，唯明代的高棅、唐汝
詢，清代的王夫之、沈德潛、乾隆御定及王闓運的選本附有評語，
可據以推知諸家的選錄用意。

　　先論明代兩部將〈秋興〉八首全數選錄的唐詩選本——高棅
《唐詩品彙》與唐汝詢《唐詩解》。由高棅在選本卷前〈敘目〉謂
杜甫「七言律法獨異諸家」，並特別引用劉辰翁評〈秋興〉云：
「前輩謂其大體渾雄富麗，小家數不可彷彿耳。」[23]似乎有兼重
〈秋興〉八詩的章法與內容之意，但對照選本詩評內容，十則詩評
皆援引自劉辰翁的〈秋興〉批點，[24]由於劉辰翁的批點多獨立箋釋
各詩典故、句意，並未留意八詩章法一貫的結構，是以高棅雖在卷
前〈敘目〉謂杜甫七言律法「獨異」諸家，卻未透過〈秋興〉八首
的章法來闡釋杜甫「律法獨異」之處。至於唐汝詢的《唐詩解》，
觀其〈秋興〉八詩首章評解內容：「秋興者，值秋而作也。前三章
感秋而嘆事，後五章感事而悲秋。首章蓋總序時景而傷羈旅也。」
[25]似乎兼及八詩章法，但觀其各章說解，皆以串講詩意[26]為主，並

23　〔清〕高棅《唐詩品彙》卷前〈敘目〉，頁67b。

24　劉辰翁批點八詩內容，參見〔元〕高楚芳編《集千家註批點補遺杜詩集》
　　（臺北：大通書局，1974年）卷15，頁1262-1268。

25　〔明〕唐汝詢著，王振漢點校：《唐詩解》（保定：河北大學出版社，
　　2001年）卷40，頁1077。

26　如《唐詩解》於〈秋興〉八首其一前四句「玉露凋傷楓樹林，巫山巫峽氣
　　蕭森。江間波浪兼天湧，塞上風雲接地陰。」評解云：「白露既零，楓林
　　凋落，山峽之間凜然氣肅，浪湧雲陰，極852其愁慘矣。」（頁1077）；八
　　首其二前四句「夔府孤城落日斜，每依北斗望京華。聽猿實下三聲淚，奉
　　使虛隨八月槎。」評解云：「登城晚眺，時念京華，未嘗不依北斗而望，

未特別關注八詩彼此映帶呼應的章法。因此，高棅與唐汝詢的唐詩選本雖將〈秋興〉八首全數選錄，但對詩作的章法結構與情志內容，並未有特別的闡釋及發明。

　　清代將〈秋興〉八首全數選錄並附有詩評的四部唐詩選本，其中清初王夫之《唐詩評選》與晚清王闓運《手批唐詩選》，多闡發八詩的章法結構；乾隆御選《唐宋詩醇》與沈德潛《唐詩別裁集》，則是章法與內容兼而論之。

　　王夫之《唐詩評選》自言其所以將八詩全數選錄，理由是：「八首如正變七音，旋相為宮而自成一章，或為割裂，則神體盡失矣。」[27]其後分章評論各詩，也多闡釋各詩的章法結構，如謂八首之二：「斡旋善巧，尾聯故用活句，以留不盡。」八首之三則點出本詩與下一首的共通處：「皆以脫露顯本色風神，自非世間物。」八首之四又以末句（故國平居有所思）「連下四首，作為提綱，章法奇絕。」八首之五則「無起無轉，無敘無收，平點生色。」評八首之六云：「揉碎亂點，掉尾孤行以顯之。如萬紫乘風，回飆一合。」評八首之七云：「尾聯藏鋒，極密中有神力，人不可測。」第八首則是「一直蕩下」，可說是八詩中「最為佳境」、「不忝乃祖」。[28]王夫之以上所論〈秋興〉八首的章法要點，雖略嫌瑣碎、抽象，其中卻寓有八詩不可割裂選錄的深意。

　　晚清王闓運《手批唐詩選》是另一部重視八詩章法的選本。觀

其〈秋興〉八首之一眉批：「八首初不錄，以後多連章格，存備推輪。」[29]顯然以〈秋興〉八首作為杜甫連章七律代表，是以選本僅錄〈諸將〉五首之一，〈詠懷古跡〉五首則全部棄選，突出了〈秋興〉八首在杜甫連章七律的代表意義。王闓運所以有「八首初不錄」的想法，由八首之四「直北關山金鼓振，征西車馬羽書馳」二句眉批所云：「接亦無轉換」；八首之五眉批，則謂中間四句「全無意義，情景但砌字面。」[30]八首之六也有「結率又不貫」的批評，八首之七則是「亦砌字面」。可見若分章評論，八詩實有不少疵累，難愜人意，但王闓運最終仍是八詩合選，應是基於「分章有疵，合讀見妙」的選詩理念，與前述屈復《唐詩成法》謂八詩拆開單看一首，實非杜詩佳作；但合作一首讀，則妙不可言，兩說實有相通之處。

　　章法結構之外，〈秋興〉八首所寄寓的故國之思，也是詩家選評的重點。明人張綖（1487-1543）《杜詩通》以下所論，頗得後人認同，其云：

　　〈秋興〉八首，皆雄渾豐麗，沈著痛快，其有感於長安者，但極摹其盛，而所感自寓於中。徐而味之，則凡懷鄉戀闕之情，慨往傷今之意，與夫外夷亂華，小人病國，風俗之非舊，盛衰之相尋，所謂不勝其悲者，固已不出乎意言之表矣。卓哉一家之言，夐然百世之上。此杜子所以為詩人之宗

29　〔清〕王闓運：《手批唐詩選》（上海：上海古籍出版社，1989 年）卷12，頁 1179。

30　同上註，頁 1180-1182。

仰也。*31*

以上引文，分別為清人仇兆鰲（1638-1717）《杜詩詳註》、楊倫
（1747-1803）《杜詩鏡詮》與乾隆御選《唐宋詩醇》*32*所援引。此
外，《唐宋詩醇》在總評〈秋興〉八首時，更極力篇稱許八詩：

> 根源二〈雅〉，繼跡〈騷〉、〈辯〉。思極深而不晦，情極
> 哀而不傷，九曲迴腸，三疊怨調，諷之足以感蕩心靈，直使
> 九天之雲下垂，四海之水皆立，其所自云，足以喻矣。又況
> 拳拳忠愛，發乎至情，有溢於語言文字之表者哉？*33*

思深不晦、情哀不傷、拳拳忠愛、發乎至情等言，與《唐宋詩醇》
選詩「以求合乎溫柔敦厚之遺則」*34*，以及乾隆〈杜子美詩序〉主
張：「言詩者必以杜氏子美為準的」、「其於忠君愛國，如饑之

---

31 〔明〕張綖：《杜詩通》，《四庫全書存目叢書》集部第 4 冊（臺南：莊
嚴文化事業有限公司，1997 年）卷 14，頁 9a-b。

32 仇兆鰲：《杜詩詳註》卷 17〈秋興〉八首總評、乾隆御選《唐宋詩醇》
卷 17〈秋興〉八首後評，皆有引述以上內容；楊倫《杜詩鏡銓》卷 13
〈秋興〉八首後評也有援引，但誤標為「王阮亭」（王士禛）所言。

33 〔清〕乾隆御定，梁詩正等奉敕：《御選唐宋詩醇》，《景印文淵閣四庫
全書》集部第 1448 冊（臺北：臺灣商務印書館，1986 年）卷 17，頁 18a-
b。

34 〔清〕乾隆御定，梁詩正等奉敕：《御選唐宋詩醇》乾隆 25 年重刊本
（臺北：中華書局，1971 年），卷前收錄江蘇巡撫陳弘謀奏請重刊文，
文中強調重刊的目的是：「俾海內學詩之人，群奉一編，知所趨向，涵濡
諷詠之餘，漸窺詩學根柢，含英咀華，以求合乎溫柔敦厚之遺則。」

食、渴之飲，須臾離而不能」[35]的論詩要旨是相通的，無怪乎《唐宋詩醇》要將〈秋興〉八首全數選錄了。

　　清代另一部著眼於〈秋興〉八首之情志者，為沈德潛《唐詩別裁集》。書中也援引張綖「懷鄉戀闕，慨往傷今」之言作為〈秋興〉八首要旨，而在分章評論八詩時，也特別點明八詩的情感核心——故國之思，如何在八詩之間貫串呼應，如評八首之一，點出詩中的「故園心」與第四首的「故國思」遙遙相應；評八首之二，以詩中第二句的「望京華」為八章之旨；評八首之八，則云：「此章追敘交遊，一結並收拾八章。所謂故園心、望京華者，一付之苦吟悵望而已。」[36]儘管沈德潛並未如《唐宋詩醇》般，刻意強調八詩寓有「拳拳忠愛、發乎至情」，但由詩評所著眼的「故園心」、「故國思」及「望京華」所感，何嘗不是對杜甫忠愛之志的闡發？

　　值得一提的是，《唐詩英華》、《唐宋詩醇》與《唐詩別裁集》這三部選本，不僅〈秋興〉八首全數選錄，連與〈秋興〉八首相提並論的〈詠懷古跡〉五首及〈諸將〉五首，也全數選錄。由於這三組連章七律共有 18 首，若全數選錄，不僅大幅提高選錄杜甫七律的比例，也將連帶擠壓其他詩家七律的選錄空間。因此，明、清時期的唐詩選本，將杜甫這 18 首連章七律同時選錄者，畢竟是少數。深入檢視《唐詩英華》、《唐宋詩醇》與《唐詩別裁集》選錄杜詩的情形，其中《唐詩英華》專選唐人七律，在現存杜甫 151首七律中，《唐詩英華》選錄高達 103 首，約為杜甫七律總數的三

35　〔清〕愛新覺羅・弘曆：《樂善堂全集》，《清代詩文集彙編》第 331 冊（上海：上海古籍出版社，2010 年），卷 7，頁 5b-6a。

36　引文見沈德潛：《唐詩別裁集》（重訂本）卷 14，頁 1a-2b。

分之二；《唐宋詩醇》共選唐、宋六位詩家（李白、杜甫、白居易、韓愈、蘇軾、陸游）2665 首詩，杜甫入選 722 首，為選本總數的四分之一強，幾為杜甫詩集 1458 首[37]的半數。《唐詩別裁集》重訂本選唐詩共 1928 首，杜詩 255 首高居選本首位，其中杜甫七律入選 57首，高居唐人第一。可見將杜甫 18 首連章七律全數選錄，固然能展現選家對杜甫連章七律的重視與肯定，但相對的，也必須有足以容納選錄巨額杜詩的分量，這對於選詩在三百首至五百首的唐詩「精選」本來說，自然是難以跟進、比照辦理了。

要之，表列〈秋興〉八首全選之唐詩選本，或者著眼於八詩章法連貫的結構，或者關注八詩懷鄉戀闕、弔古傷今之情，都以八詩為完整不可分割的整體。此外，比較〈秋興〉、〈諸將〉與〈詠懷古跡〉的選錄情形，儘管清代有將三組連章七律全部選錄的選本，但為了避免擠壓其他詩作的入選空間，選家通常採取的策略是：〈秋興〉八首全選，但〈諸將〉五首與〈詠懷古跡〉五首則局部選錄或不選，從中益可見〈秋興〉八首在杜甫連章七律中出類拔萃的地位。

二、〈秋興〉八首全數棄選者

與〈秋興〉八首全數選錄方式相反的，是將八首全部棄選。表列明、清之唐詩選本屬於此類的，明代有陸時雍《唐詩鏡》，清代則有黃生《唐詩摘鈔》及孫洙《唐詩三百首》。然而，三者雖然同採「八首全部棄選」的態度，但棄選的理由卻有不同，以下將分別

37　杜詩總數，據清人仇兆鰲：《杜詩詳註》統計所得，為 1439 首，若據清人浦起龍《讀杜心解》所收杜詩統計，則有 1458 首。

探討。

　　觀陸時雍《唐詩鏡》將〈秋興〉八首棄選，改列入「七律附錄」的理由是：

> 〈秋興〉八首，語氣鄭重，非其至佳之作。人有謂正愛其重，自來風雅騷歌，未見有重者。38

其後並批評八詩用字瑕疵，如謂「塞上風雲接地陰」一句「『地』字下來不得」；「孤舟一繫故園心」的「一」字牽強；「聽猿實下三聲淚」一句，以杜甫因猿三叫斷腸遂下三聲淚，並無新意；「奉使虛隨八月槎」一句，則謂杜甫時非奉使；至於「請看石上藤蘿月，已映洲前蘆荻花」二句的藤蘿月、蘆荻花，可去其一；而「關塞極天唯鳥道，江湖滿地一漁翁」，句亦有疵。39字句瑕疵之外，由《唐詩鏡》將〈閣夜〉、〈詠懷古跡〉、〈諸將〉等杜甫七律名作也剔除於正本之中，改納入附錄之列，〈詠懷古跡〉與〈諸將〉甚至只附一首，聊備一格而已。至於晚明胡應麟（1551-1602）曾推崇為「通章章法、句法、字法，前無昔人，後無來學」、「自當為古今七言律第一，不必為唐人七言律第一」40的〈登高〉一詩，陸時雍雖選入正本，卻批評詩中「無邊落木蕭蕭下，不盡長江滾滾

38　〔明〕陸時雍：《唐詩鏡》，《景印文淵閣四庫全書》集部第 638 冊（臺北：臺灣商務印書館，1983 年）卷 26，頁 23b。

39　《唐詩鏡》卷 26 七律附錄批評〈秋興〉八首用字瑕疵，但「關塞極天唯鳥道，江湖滿地一漁翁」二句何以「句亦有疵」，陸時雍並未多作說明。

40　〔明〕胡應麟：《詩藪》，《續修四庫全書》第 1696 冊（上海：上海古籍出版社，1995 年）內編卷 5，頁 17a-b。

來」二句之無邊、不盡，有「語贅」之疵，「落」、「下」二字又有重複[41]之嫌。而南宋葉夢得（1077-1148）《石林詩話》推崇為七律「氣象雄渾，句中有力，紆徐不失言外之意」[42]的〈登樓〉與〈閣夜〉，在陸時雍眼中，同樣有「空頭，且帶俚氣」與「意盡無餘」之失。[43]

推論陸時雍所以對以上詩家極力推崇的杜甫七律名作持負面意見，與陸時雍選詩強調「中和之則」，故而不喜「氣太重，意太深，聲太宏，色太屬」[44]之類的詩作有關。在陸時雍眼中，「凡說豪、說霸、說高、說大、說奇、說怪，皆非本色，皆來人憎。」[45]其所推崇的杜甫「大家樣」七律，為〈吹笛〉、〈見螢火〉與〈院中晚晴懷西郭茅舍〉[46]這類語意渾然、用巧不見的詩作。宜乎「語氣鄭重」、「人皆謂深」[47]的〈秋興〉八首，並未能獲得陸時雍的

---

[41] 《唐詩鏡》卷 26，頁 20b。

[42] 仇兆鰲：《杜詩詳註》卷 13〈登樓〉後評引，頁 1132。

[43] 二詩評語，分見《唐詩鏡》卷 26〈登樓〉後評，頁 13a；卷 26 七律附錄評〈閣夜〉，頁 22b。

[44] 陸時雍以「中和之則」論詩，詳見《古詩鏡》，《景印文淵閣四庫全書》集部第 637 冊（臺北：臺灣商務印書館，1983 年），卷前所附〈詩鏡總論〉云：「杜少陵〈懷李白〉五古，其曲中之悽調乎？苦意摹情，過於悲而失雅。〈石壕吏〉、〈垂老別〉諸篇，窮工造景，逼於險而不括，二者皆非中和之則。」頁 17b。〈詩鏡總論〉並以「氣太重，意太深，聲太宏，色太屬」為詩作之病，頁 15b。關於陸時雍選詩要旨，詳細可參考本書〈尊杜與貶杜──陸時雍與王夫之的杜詩選評比較〉一章。

[45] 《唐詩鏡》卷 26〈登樓〉後評，頁 13a。

[46] 三詩評語，參見《唐詩鏡》卷 26，頁 21b〈吹笛〉；頁 22a〈見螢火〉；頁 6a〈院中晚晴懷西郭茅舍〉。

[47] 《唐詩鏡》卷 26 評〈秋興〉八首，有「語氣鄭重」之言，頁 23b；卷 29

青睞，以致八首僅以附錄處置，而未收入正本之列了。

　　至於黃生的《唐詩摘鈔》與孫洙《唐詩三百首》，就選詩體例及數量而言，《唐詩摘鈔》僅選近體詩（五律、五絕、七律、七絕）計420 首；《唐詩三百首》則是古、近體合選計 310 首，兩部皆為選詩數量在五百首以下的精選本。以時代而言，《唐詩摘鈔》以近體為主，故選中、晚唐詩較初、盛唐[48]為多；《唐詩三百首》由選本的前三名詩家，分別是杜甫 39 首，李白 29 首，王維 29 首，幾乎佔全書選量的三分之一，可見該書以盛唐為主而兼及初、中、晚三唐。兩部選本的預期讀者，由黃生〈唐詩摘鈔序〉自言編選動機，乃「有友問詩」、「欲學詩」，在「務約、務精、務顯易」[49]的原則下選評而成；《唐詩三百首》依孫洙編選原序所謂：「專就唐詩中膾炙人口之作，擇其尤要者，每體得數十首，共三百餘首，錄成一編為家塾課本，俾童而習之，白首亦莫能廢。」[50]可知本書亦為家塾課童所用，與《唐詩摘鈔》同屬利於初學者習詩的唐詩精選本。

　　理解了《唐詩摘鈔》與《唐詩三百首》的選本要點後，緊接著要討論的是：何以兩部同為初學者所設的唐詩精選本，對〈秋興〉

評劉長卿七律〈題靈祐和尚故居〉，也藉題發揮，以為：「詩家深淺，大半與難易相掩。『幾日浮生哭故人』，視之若淺而實非也，乃易耳。若杜少陵〈秋興〉等詩，人皆謂深矣。」頁 14b。

[48] 〔清〕黃生：《唐詩摘鈔》，諸偉奇主編：《黃生全集》第 4 冊（合肥：安徽大學出版社，2009 年）卷前附黃生〈唐詩摘鈔序〉，自言該書「以唐人之近體先之」、「故中晚視初盛為多」，頁 7。

[49] 同上註。

[50] 〔清〕孫洙輯，陳婉俊補注：《唐詩三百首補注》（北京：中國書店，1991 年）卷前附〈蘅塘退士原序〉。

八首都選擇棄而不取？

　　先就黃生而論，《唐詩摘鈔》固然棄選〈秋興〉八首，但由黃生專門選評杜詩的《杜工部詩說》來看，〈秋興〉八首不僅被選入書中較優的七言律甲集，黃生並標舉〈秋興〉八首為杜甫七律裘領，是杜甫一生心神結聚所作，相較於〈詠懷古跡〉五首選三、〈諸將〉五首選二，且僅被選入較次的乙集，更可見黃生對〈秋興〉八首的重視，是遠高於杜甫其他連章七律的。據此推論《唐詩摘鈔》所以不選〈秋興〉八首，應與選本性質有關。亦即八詩的章法結構與內容深意，並不適合作為初學者入門之用。印證沈德潛《唐詩別裁集》謂杜甫〈秋興〉、〈諸將〉、〈詠懷古跡〉等連章七律，連「風格最高，復饒遠韻」的王維都不免瞠乎其後，但也正因如此，所以「學杜者，不應從此種入。」[51]結合黃生《杜工部詩鈔》對〈秋興〉八首的高度推崇，以及《唐詩摘鈔》「務約、務精、務顯易」的選詩原則，可見黃生所以不選〈秋興〉八首，並非以八詩字句有疵，而是有見於八詩體大思深、經營密緻，故而未選入為初學者所設的《唐詩摘鈔》之中。

　　然而，孫洙《唐詩三百首》與《唐詩摘鈔》既然都是為初學者編選的唐詩精選本，孫洙不選〈秋興〉八首，應該也是基於八詩並不適合初學者的緣故。但啟人疑竇的是：同樣是唐詩精選本，黃生《唐詩摘鈔》不僅棄選〈秋興〉八首，甚至同為連章七律的〈諸將〉五首與〈詠懷古跡〉五首也都不收，何以孫洙《唐詩三百首》卻獨鍾〈詠懷古跡〉五首，佔所選 13 首杜甫七律近三成比例，也是表列明、清的唐詩選本中，唯一選〈詠懷古跡〉卻棄選〈秋興〉

---

51 沈德潛：《唐詩別裁集》卷 13 總論杜甫七律，頁 16a。

的選本，背後的原因又是什麼？

　　大陸學者賀嚴論《唐詩三百首》時指出，從選篇來看，《唐詩三百首》選詩 310 首，其中與《唐詩別裁集》重複者高達 219 首，故知其去取標準深受沈德潛影響。但由《唐詩三百首》選入李商隱被《唐詩別裁集》所摒棄的〈錦瑟〉及〈無題〉六首，可見其「與沈德潛政治功利性優先的選詩原則相區別，而更加突出了詩歌的情感感染力。」[52]再由選本未錄杜甫〈三吏〉、〈三別〉、〈北征〉、〈自京赴奉先縣詠懷五百字〉等具有詩史性質的名作，卻大量選入杜甫表現親情、友情的詩篇，如〈月夜〉、〈贈衛八處士〉、〈奉濟驛重送嚴公四韻〉、〈別房太尉墓〉等；以及書中選入白居易〈長恨歌〉、〈琵琶行〉，元稹〈遣悲懷三首〉之類情深意摯、淒婉感人的抒情佳作，卻不選元、白「惟歌生民病」的新樂府詩，賀嚴故而推論孫洙的選詩傾向是：「不避瑣屑，注重日常普通人情，即使是有關政局國事的，也優先擇其以個人遭遇、情感透視家國黍離悲思的平實之作。」[53]印證孫洙自言選錄杜詩要旨：

　　　錄少陵詩律，止就其綱常倫紀間，至性至情流露之語，可以感發而興起者，使學者得其性情之正，庶幾養正之義云。[54]

既然《唐詩三百首》所選杜詩，著重的是詩中「至性至情流露之

---

[52] 賀嚴：《清代唐詩選本研究》（北京：人民出版社，2007 年），第二章論清代入門普及性選本與《唐詩三百首》，頁 81-84。

[53] 同上註，頁 85。

[54] 陳婉俊：《唐詩三百首補注》卷 5〈月夜憶舍弟〉附孫洙原刻旁批，頁 10b。

語」，具有使人感發興起的作用，據此以觀〈秋興〉、〈詠懷古跡〉與〈諸將〉三組連章七律的主題內容，〈秋興〉之懷鄉戀闕，弔古傷今，與〈諸將〉之議論時事，望武臣報國，無不與唐代政局、時事緊密相關；相形之下，〈詠懷古跡〉乃借古跡以詠懷，五詩分涉庾信、宋玉、王昭君、劉備與孔明等五位與蜀地相關的古人事蹟，詩中涉及的政治性與時事性，顯然要比〈秋興〉與〈諸將〉來得淡薄。再以詩作的情志感染力來看，五首之一起二句「支離東北風塵際，飄泊西南天地間」，可視為杜甫飄泊客蜀的生平自敘，五首之二末聯「最是楚宮俱泯滅，舟人指點到今疑」，孫洙旁批云：「一往情深」、「意在言外」；五首之三詠昭君生歸異域、死葬胡沙，孫洙於末二聯旁批亦云：「肖與否，未可知；歸與否，未可必。惟琵琶一曲，千載流傳，得悉其怨恨耳。」五首之五中二聯：「三分割據紆籌策，萬古雲霄一羽毛。伯仲之間見伊呂，指揮若定失蕭曹。」孫洙亦有「其時事已不可為，其人則高不可及」[55]之批語。可見這五首詩雖不乏議論史事，卻能於議論之外，別具有使人感發興起的作用。

故知《唐詩三百首》所以不選〈秋興〉八首，並非如陸時雍《唐詩鏡》對〈秋興〉八首多有訾議；也有別於黃生《唐詩摘鈔》之「務約、務精、務顯易」與偏重中晚唐的選詩原則，孫洙所以在杜甫連章七律中，獨鍾〈詠懷古跡〉五首，當是其重視杜詩的情志感染力，淡化詩歌的政治性與時事性之後的抉擇。

55　同上註，卷6〈詠懷古跡〉五首分首旁批，頁12a-14b。

三、〈秋興〉八首局部選錄者

　　表列明、清之唐詩選本，對〈秋興〉八首採取局部選錄的，明代有李攀龍《古今詩刪》之《唐詩選》，鍾惺、譚元春合選的《唐詩歸》、曹學佺《石倉歷代詩選》、周珽《刪補唐詩選脉箋釋會通評林》計四部選本，清代則僅有康熙御定之《御選唐詩》。

　　深入探究局部選錄〈秋興〉八詩的理由，由於上述五部選本，僅鍾、譚與周珽附有評語，可推知其選詩旨趣，其他三部選本皆有選無評，較難理解其妙。然而，〈秋興〉八首選錄局部詩作，此舉即寓有「八詩為可割裂或單獨選錄」的理念；再者，八首局部選錄，實亦基於「八詩並非全為佳作，故擇優選錄」的立場。上述論點，可由鍾、譚與周珽的選本詩評加以印證。

　　晚明鍾、譚編選《唐詩歸》，選詩以「別趣奇理」[56]為尚，為了顯示其「不與人同」的獨到眼光，一方面大量黜落世人廣為傳誦的名篇佳作；另一方面，則選出「人皆不知」、「人反不稱」、「人偏不收」卻足以代表詩家新形象的詩作。透過「刪」、「選」的兩面手法，顛覆唐代詩家為世人所習知的形象，賦予詩家在選本中有了新形象、新面目。[57]〈秋興〉八首既然是杜甫膾炙人口的七律，當然也是鍾、譚改造杜詩形象時的著力所在。

　　《唐詩歸》於〈秋興〉八首僅選「昆明池水漢時功」一首，鍾

---

[56]　〔明〕鍾惺、譚元春合編：《唐詩歸》，《四庫全書存目》集部第 338 冊（臺南：莊嚴文化事業有限公司，1997 年）卷 16 王季友詩總評，頁 21a。

[57]　鍾、譚如何改變唐代詩家既有形象，詳細可參見本書〈《唐詩歸》與《唐詩別裁集》之杜詩選評比較〉論《唐詩歸》的選詩要旨部分。

惺對此有長篇說解：

> 〈秋興〉，偶然八首耳，非必於八也。今人動擬〈秋興〉已
> 非矣，況捨其所為秋興而專取盈於八首乎？胸中有八首，便
> 無復秋興矣。杜至處不在〈秋興〉，〈秋興〉至處亦非以八
> 首也。今取此一首，餘七首不錄，說見詩砭，予與譚子分謗
> 焉。[58]

在鍾惺看來，〈秋興〉八首不過是杜甫「偶然」之作，八首之間並
沒有一本萬殊、一貫相承的結構，所以八詩並非杜詩「至處」，其
並連帶批評時人好擬〈秋興〉且刻意湊足八首的惡習。譚元春也呼
應其說，指出：「此（〈覃山人隱居〉）老杜真本事，何不即如此作
律，乃為〈秋興〉、〈諸將〉之作，徒費氣力，煩識者一番周旋
耶？」[59]主張以〈覃山人隱居〉取代〈秋興〉作為杜甫「真本事」
的代表作。問題是：既然鍾、譚對〈秋興〉多有負評，何以對〈秋
興〉八首仍取一黜七，而非全數棄選？由引文「今人動擬〈秋
興〉」，並對專取一首後願與譚元春「分謗」之言，以及鍾惺〈再
報蔡敬夫〉所謂：「李之〈清平調〉、杜之〈秋興〉八首等作，多
置孫山外，實有一段極核、極平之論，足以服其心處，絕無好異相
短之習。」[60]可見〈秋興〉八首早已被視為杜甫代表作，晚明詩家
並多有擬作唱和者。鍾惺儘管不以〈秋興〉八首為杜詩至處，卻也

58　《唐詩歸》卷 22，頁 8a。
59　《唐詩歸》卷 22，頁 11b。
60　〔明〕鍾惺：《隱秀軒集》（上海：上海古籍出版社，1992 年），頁 471。

不敢輕忽這組詩作的分量，因而再三為其八首取一的選法辯解。至於八首中選取「昆明池水漢時功」一首，理由是「此詩不但取其雄壯，而取其深寂。」並於「露冷蓮房墜粉紅」句下夾批：「中四語誦之，心魂謖謖。」[61]亦即八詩並非一無可取，仍有合乎「深心高調、老氣幽情，此七言律真詩」[62]的選錄標準，因此八首取一，黜落其餘。

再就周珽《刪補唐詩選脉箋釋會通評林》選錄〈秋興〉的情形來看。儘管周珽於〈秋興〉八首選六，選錄數量遠大於鍾、譚的八首取一，但鍾、譚前述「〈秋興〉偶然八首」、「杜至處不在〈秋興〉，〈秋興〉至處亦非以八首」的論點，以及「昆明池水漢時功」的夾批內容，周珽在選本眉批中全數援引，[63]可見周珽所以局部選錄〈秋興〉，與鍾、譚「〈秋興〉偶然八首」的看法相通，並未將八首視為不可分割的整體。然而，由周珽眉批〈秋興〉所謂：「天鈞異奏，人間絕響」、「精篤快思，異情自溢」，以及引用南宋劉辰翁（1232-1297）稱揚〈秋興〉八首：「大體沈雄富麗，哀傷無限，意在言外，故自不厭。小家數乃不可彷彿耳。」與晚明陳繼儒（號眉公，1558-1639）對八詩的推崇之詞：「雲霞滿空，回翔萬狀，天風吹海，怒濤飛湧。」[64]足見周珽對〈秋興〉大體上還是持

61　《唐詩歸》卷 22，頁 7b-8a。

62　《唐詩歸》卷 22〈覃山人隱居〉，頁 11a。

63　〔明〕周珽：《刪補唐詩選脉箋釋會通評林》，《四庫全書存目叢書補編》第 26 冊（濟南：齊魯書社，2001 年），盛唐七律下卷，頁 21b-23a。

64　同上註引書，〈玉露凋傷楓樹林〉周珽眉批，頁 17a；〈夔府孤城落日斜〉周珽眉批，頁 18a；周珽引用劉辰翁、陳繼儒眉批，見〈昆吾御宿自逶迤〉眉批，頁 23a。

肯定態度，故而八首取六，異於鍾、譚以八詩並非杜律至處，僅取一首的選錄方式。因此，即使鍾、譚與周珽局部選錄〈秋興〉八首，同有割裂八詩之嫌，但由鍾、譚擇優選錄僅有一首，周珽卻高達六首的差異來看，兩者對〈秋興〉的評價，還是有正負、高下的落差在。

　　至於〈秋興〉八首在局部選錄時，以哪些詩作的入選率較高？表列明代唐詩選本中，可見以「玉露凋傷楓樹林」及「昆明池水漢時功」二首最熱門。相較於元人方回《瀛奎律髓》於〈秋興〉八詩僅取「聞道長安似奕棋」一首，清初馮舒（1593-1645）不免有疑：「歷看選家，自南宋以來，萬曆以上，不知何以只選此首？」[65]馮舒的疑問，目前已有學者針對本詩的內容與結構予以解答，[66]但從中可知南宋至明代萬曆年間，選家於〈秋興〉八首局部選錄的偏好對象，已異於明代後期唐詩選本所青睞者。而明代後期詩家何以偏好選錄「玉露凋傷楓樹林」及「昆明池水漢時功」二首？觀與李攀龍同主復古詩論的王世貞（1526-1590）在論及「唐人壓卷七律」的議題時，也將「玉露凋傷」及「昆明池水」二詩列入參考名單，理由是：

　　　老杜集中，吾甚愛「風急天高」一章，結亦微弱；「玉露凋

65　〔元〕方回選評，李慶甲集評校點：《瀛奎律髓彙評》，卷 32，頁
　　1361。

66　韓兆琦：《唐詩選注匯評》（太原：北岳文藝出版社，1998 年）引孫琴
　　安《唐人七律詩精評》：「此詩（聞道長安似奕棋）雖係議論，卻在〈諸
　　將〉之上，且下六句皆詳說起二句，意思完備，能自成章，故宜為嘉靖前
　　諸家所選。」頁 433。

傷」、「老去悲秋」，首尾勻稱，而斤兩不足；「昆明池水」，穠麗況切，惜多平調，金石之聲微乖耳。然竟當於四章求之。[67]

二詩雖然各自有「斤兩不足」與「金石之聲微乖」的缺點，但仍不失為七律的學習典範。爾後同主復古詩論的胡應麟《詩藪》[68]與許學夷（?-?）《詩源辯體》，[69]都對王世貞上述論點有所回應，也都著墨於「玉露凋傷」及「昆明池水」二詩。至於鍾惺《唐詩歸》專取「昆明池水漢時功」一詩，並云「此詩不但取其雄壯，而取其深寂」，[70]其所謂「雄壯」者，應是杜甫追溯池景偉麗壯觀之「織女機絲虛夜月，石鯨鱗甲動秋風」二句，為明代復古詩論者推賞本詩[71]的重點；但鍾惺所賞愛的，卻是寫池景蒼涼零落的「波漂菰米沈雲黑、露冷蓮房墜粉紅」二句。可見即使選錄同一首詩作，鍾惺與

67　〔明〕王世貞：《藝苑卮言》，丁福保輯：《歷代詩話續編》中冊（北京：中華書局，1983 年），頁 1008。

68　胡應麟：《詩藪》內編卷 5，論及杜甫七律之篇中化境者，舉「昆明池水」、「風急天高」、「老去悲秋」及「霜黃碧梧」四詩為代表；論及杜甫七律何者足為「七律第一」時，則取「風急天高」及「昆明池水」二章比較，詳見頁 11b-12a；17b-18a。

69　〔明〕許學夷：《詩源辯體》（北京：人民文學出版社，1998 年），卷 19 第 22 則，對於王世貞所提杜律四章何者可為「唐人七律第一」有加以評述，見頁 217-218。

70　《唐詩歸》卷 22，頁 8a。

71　胡應麟《詩藪》內編卷 5 論七律「字中化境」，與杜甫七言律「壯而瘦勁者」，即舉此二句為詩例，頁 11b-12a；頁 18b。許學夷《詩源辯體》在回應王世貞以四首杜甫七言律作為「唐人七律第一」的議題時，也以「織女機絲虛夜月，石鯨鱗甲動秋風」二句為「昆明池水」一詩核心。

復古詩論者的偏重點仍然有別。

　　綜合以上諸家所論，可知明人於〈秋興〉所以偏好選錄「玉露凋傷楓樹林」及「昆明池水漢時功」二首，與明代「唐人七律第一」[72]的詩學論爭有關。至於李攀龍所選的另一首「蓬萊宮闕對南山」，儘管詩中頷聯「西望瑤池降王母，東來紫氣滿函關」，與李攀龍好用「黃金、紫氣、青山、萬里」的「于鱗體」[73]有相通之處，但由於本詩下六句，俱用一虛字二實字於句尾，如「降王母」、「滿函關」、「開宮扇」、「識聖顏」、「驚歲晚」、「點朝班」，六句句法相似，未免有「上尾疊足」[74]之病，此或為本詩雖被李攀龍選錄，卻未能列入「唐人七律壓卷」的熱門名單之故。

　　表列清代的唐詩選本中，僅有《御選唐詩》單獨選錄「蓬萊宮闕對南山」一首，也是清代唯一局部選錄〈秋興〉八首的選本。本詩為杜甫追憶入朝覲君之事，詩中前六句極言宮殿之巍峨軒敞與朝省之莊嚴偉麗，清初盧世㴑故有「上四（句）用宮殿字太多，五、六似早朝詩語。」[75]之疑，若非題為〈秋興〉，實可歸入宮闕省朝之類的主題。結合本詩的內容與《御選唐詩》集中多選錄唐代君臣

72　關於明代詩家對「唐人七律第一」的論爭，詳細可參考陳國球：《明代復古派唐詩論研究》（北京：北京大學出版社，2007 年），第二章〈明代復古派論唐代七言律詩〉，頁 65-105。

73　胡應麟：《詩藪》續編卷 2 條列李攀龍（字于鱗）七律經常援引的唐人詩句，並謂：「今人但見『黃金』、『紫氣』、『青山』、『萬里』，則以（為）『于鱗體』，不熟唐詩故耳。」頁 3a-b。

74　本詩用字缺失，參見仇兆鰲：《杜詩詳註》卷 17〈秋興〉八首其五後評，頁 1493。

75　仇兆鰲：《杜詩詳註》卷 17〈秋興〉八首其五後評引用盧世㴑（字德水）之言，頁 1492。

唱和、宴遊應詔之作，明顯有偏好「宴遊酬贈」的選詩傾向，[76]因而《御選唐詩》於〈秋興〉八首獨鍾本詩，可謂其來有自。

要之，表列明、清唐詩選本局部選錄〈秋興〉八首者，明代有四本，清代則僅有一本，由「明 4/7、清 1/11」的數據推論，可知明代選家較常以割裂選錄的心態來看待〈秋興〉八首，其中「玉露凋傷楓樹林」及「昆明池水漢時功」二首，因被列入「唐人七律壓卷」的討論名單，成為〈秋興〉八首在明代入選率較高的詩作。到了清代，隨著評點箋註杜詩的陣容日益龐大，遠邁前代，〈秋興〉八首的內容與結構也逐漸為世人理解重視，單選一首或局部選錄〈秋興〉的唐詩選本，遂成為清代唐詩選本的特例。印證清初馮班（1602-1671）對《瀛奎律髓》僅取〈秋興〉「聞道長安似奕棋」一首，不禁驚呼：「何以只選一首？好大膽！」紀昀（1724-1805）也有：「八首取一，便減多少神采。此等去取，可謂庸妄至極。」[77]的批評，田同之（-1720-）《西圃詩說》亦云：「〈秋興〉八首，章各有意，妙難言馨，似非後人所可增減者。而鍾、譚直斥之，盧德水《杜詩胥鈔》輒刪去二首，毛西河唐律選，又刪去三首，殊難測其意旨。」[78]在在顯示清人對於〈秋興〉八首局部選錄的不解與排斥，展現出清人異於元、明詩家的選詩態度。

76　關於《御選唐詩》的選詩傾向，可參見本書〈清代《御選唐詩》與《唐宋詩醇》的選詩傾向及李杜詩形象比較〉一章。

77　兩人評語，參見〔元〕方回選評，李慶甲集評校點：《瀛奎律髓彙評》，卷 32〈秋興〉集評內容，頁 1361。

78　〔清〕田同之：《西圃詩說》，《清詩話續編》第 1 冊（臺北：藝文印書館，1985 年），頁 753。

第四節　〈秋興〉八首
在明、清時期的選評差異

在逐項分析明、清唐詩選本對〈秋興〉八首的三種選錄情形後，為能完整勾勒〈秋興〉八首在明、清兩代的發展軌跡，以下擬就〈秋興〉「八首全選」、「八首棄選」與「局部選錄」的三種情形，結合諸家選錄〈詠懷古跡〉五首與〈諸將〉五首的情形，分成：

	〈秋興〉八首	〈詠懷古跡〉五首〈諸將〉五首	對應選本	選本所屬時代	
				明	清
1	全選	全選	《唐詩英華》《唐宋詩醇》《唐詩別裁集》	0	3
2	全選	局部	《唐詩品彙》《唐詩解》《唐詩評選》《唐詩合解》《今體詩鈔》《唐詩合選》《手批唐詩選》	2	5
3	全棄	全棄	《唐詩鏡》《唐詩摘鈔》	1	1
4	全棄	局部	《唐詩三百首》	0	1
5	局部	全棄	《古今詩刪》《刪補唐詩選脈箋釋會通評林》《御選唐詩》	2	1
6	局部	局部	《唐詩歸》《石倉歷代詩選》	2	0

以上六種選錄情形，以一、二兩種最能體現選家對〈秋興〉八首連章結構的重視。由於第一種於〈秋興〉八首之外，連〈詠懷古跡〉

五首與〈諸將〉五首也一併選錄，更可見選家對杜甫連章七律的重視。反之，最不重視八詩章法結構者，並非八首全部棄選，而是將八首採局部選錄者。因為就八首全部棄選的角度來看，或者如陸時雍《唐詩鏡》般，以八詩字句有疵而全數置於附錄，未納入正本；或者如《唐詩摘鈔》與《唐詩三百首》，因選本數量有限，遂割愛此一題八首的連章七律，但無論如何，八詩還是被視為完整而不可分割的主體。局部選錄則不然。以第五種選錄方式來看，「棄選〈詠懷古跡〉與〈諸將〉，僅局部選錄〈秋興〉」的作法，儘管有漠視〈秋興〉八首章法結構之嫌，但將杜甫三組連章七律全採局部選錄的第六種方式，則是割裂杜甫連章七律，牽涉層面最廣。換言之，以上所列的六種選錄方式，以第一種最能肯定杜甫連章七律成就，第六種則反之；第二種最重視〈秋興〉八首的連章結構，第五種則反之；三、四兩種情形則屬特例，須依選本性質個案討論。

　　對照表一的選本資料來看，明代七種唐詩選本中，第一種最重視杜甫連章七律的選錄方式，可謂絕無僅有；第二種重視〈秋興〉八首連章性結構的選本，則有《唐詩品彙》及《唐詩解》兩部。但兩書著重於申講句意，並未特別闡釋詩作情志與章法連貫性。相形之下，八首皆棄的選本則有《唐詩鏡》，理由是〈秋興〉八首並非杜律至佳之作。至於第五種割裂〈秋興〉八詩結構的選本有《唐詩歸》與《石倉歷代詩選》，而第六種涉及割裂杜甫連章七律的選本則有《古今詩刪》與《刪補唐詩選脉箋釋會通評林》。整體而言，表列明人的七種唐詩選本，以割裂連章結構的局部選錄居多；而將〈秋興〉八詩全選者，則未特別就八詩的章法結構與內容深入闡釋；八詩全棄者，又是基於負面評價使然，凡此種種，顯見明人對杜甫連章七律的開創性成就，並未予以高度肯定，對〈秋興〉八首

的連章結構與情志內容，也未有深入的理解。

　　反觀表列清代十一種唐詩選本，八詩全選者高達八種，其中
《唐詩英華》、《唐宋詩醇》與《唐詩別裁集》，屬於第一種選錄
方式，將三組杜甫連章七律統統選錄，除了《唐詩英華》有選無評
外，《唐詩別裁集》與《唐宋詩醇》的詩評內容，都特別關注八詩
彼此呼應連貫的章法與拳拳忠愛的情志，連帶肯定杜甫連章七律有
他人所莫能及的成就。至於三組連章七律僅完整選錄〈秋興〉八首
者，則有王夫之、姚鼐、王堯衢、劉文蔚及王闓運諸家的選本，居
清代選本的大多數。而將八詩全棄者，有黃生《唐詩摘鈔》與孫洙
《唐詩三百首》。其所以捨棄不選，應與這兩部選本係為初學者所
設的唐詩精選本，而非如陸時雍《唐詩鏡》出於負評所致。至於最
不重視〈秋興〉連章結構的局部選錄者，僅有《御選唐詩》一種。
由此可見，表列清代唐詩選本中，將〈秋興〉八首全部棄選或局部
選錄者，屬於少數或特例，將〈秋興〉八首全選並著重闡釋八詩的
章法與情志者，才是清代唐詩選本的主流趨勢。

　　以上所述明、清時期唐詩選本選錄〈秋興〉八首的趨勢，可
見：明人好局部選錄，清人多將八首全選；明人對八詩的評價正負
不一，清人則多持高度肯定的態度。有趣的是，儘管明、清詩家對
〈秋興〉八首的選評有上述差別，但對於〈秋興〉不應擬作的看法
倒頗為一致。如晚明鍾惺曾謂〈秋興〉八首並非杜甫至處，並批評
時人好擬〈秋興〉之不當，在於「捨其所為秋興而專取盈於八
首」，何況「胸中有八首，便無復秋興矣。」[79]清初王之績（1663-
1703）也呼應其說，以為：「今人多擬杜少陵〈秋興〉八首，鍾退

---

[79]　《唐詩歸》卷 22，頁 8a。

庵謂胸中若有八首，則無秋興矣。此皆卓見快論也。……予謂古人之文原不必酷擬，況又拘於其數而為之，益可笑矣。」[80]類似的論點，也見於黃生《杜工部詩說》。黃生將「後人動擬杜之八首」的作法，譬之為「捧心里婦」，並認為：「秋之為興，豈無病而呻、不醉而囈者所能知其故，所能得其師也哉！」[81]可見無杜甫的才情與筆力，卻刻意模仿秋興詩題，並執著於八首之數，宜乎有效顰之譏，為詩評家所不取了。

結　語

〈秋興〉八首為杜甫膾炙人口七律連章詩作，但在明代之前的選本都頗受冷落，直到明、清才逐漸受選家青睞。本章由明代七種、清代十一種較為普及的唐詩選本中，就「八首全選」、「八首棄選」及「局部選錄」的情形，分析不同選錄情形的意義，並歸納明、清之唐詩選本對八詩的選錄趨勢演變，從中得出：明人好局部選錄，清人多將八首全選；明人對八詩的評價正負不一，清人則多持高度譽揚的態度。此一演變背後的意義，不僅是清人對〈秋興〉八首有深入的體會與詮釋，也是杜詩（尤其是杜甫七律）在清代被廣泛接受的指標，並可作為清代杜詩學發展遠邁前人的論證依據。

在爬梳明、清選錄〈秋興〉八首的三種情形時，經常可見「同中有異」的狀況。例如同樣是「八首全選」的選本，明代的《唐詩

80　〔清〕王之績：《鐵立文起》，《續修四庫全書》集部第 1714 冊（上海：上海古籍出版社，2002 年）前編卷 12 附論，頁 5a。

81　〔清〕黃生：《杜工部詩說》卷 8，頁 332。

品彙》與《唐詩解》論八詩的章法與內容，多援引前人之說或串解
詩意，並未多作闡釋。但清代的《唐宋詩醇》與《唐詩別裁集》，
不僅對八詩連貫的章法與忠愛的情志多所著墨，還連帶將〈詠懷古
跡〉五首與〈諸將〉五首全部選錄，展現對杜甫連章七律的高度肯
定。再以將〈秋興〉八首全部棄而不收的情況來看，陸時雍《唐詩
鏡》係基於八詩字句多有瑕疵，而將〈秋興〉八首剔除於正本之
列，僅以七律附錄處理。黃生《唐詩摘鈔》則是因選本數量有限
（420 首），加以選錄偏於中、晚唐，因而不選〈秋興〉、〈詠懷古
跡〉與〈諸將〉等杜甫連章七律之作。孫洙《唐詩三百首》雖也屬
於唐詩精選本，但因其選詩以盛唐為主，且著眼於詩作的感染力，
並不喜歡政治性與時事性色彩太濃的作品，因而以〈詠懷古跡〉五
首取代〈秋興〉八首。至於「局部選錄」者，其「擇優」選錄背
後，也往往寄寓各家不同的選詩理念。可見即使是同一組詩作，在
時代風尚與選本理念差異情況下，還是會有不同的樣貌呈現的。

　　值得一提的是，明代萬曆之前的唐詩選本，以單獨選錄「聞道
長安似奕棋」一首居多，明代後期則偏好選錄「玉露凋傷楓樹林」
及「昆明池水漢時功」二首，清人在「八詩為一體不可割裂」的前
提下，以全數選錄者居多。對比今人的唐詩選本，由於坊間流行的
是選詩數量一百至三百首左右的精選本，在精選唐詩的前提下，
〈秋興〉以「八首取一」的情況居多，其中又以第一首「玉露凋傷
楓樹林」最受青睞。參考北京中華書局 2011 年出版的《唐詩排行
榜》，書中就 100 首唐詩名篇的關注度與影響力進行排名，〈秋
興〉八首僅「玉露凋傷楓樹林」一首入選，位居第 84 名，該書編
輯指出：「從古代選本和評點情況來看，八首詩的確不相上下。但
是 20 世紀以來，選家獨獨推重第一首，不僅它的入選率遠遠超過

其他七首，在文學史上的地位也堪與〈登高〉、〈登樓〉等詩相比。」[82]儘管目前盛行出版百首的唐詩精選本，讀者也偏好速成的閱讀模式，因而如清人一般，將〈秋興〉八首全數選錄的盛況已難再現，但選家在部分選錄〈秋興〉八首或單選其一時，不妨於賞析詩作或延伸閱讀時，引領讀者認識這組連章七律的章法與情志之妙，或能在「割裂章法」（單選）與「湮沒不存」（棄選）的兩難之間，取得平衡。

---

[82]　王兆鵬、邵大為、張靜、唐元合著：《唐詩排行榜》（北京：中華書局，2011 年），頁 246。

第八章　結　論

　　本書以明、清時期的唐詩選本所選錄的杜詩為研究對象，藉由比較研究的方式，具體呈現杜詩在明、清時期的接受演變。

　　大陸學者孫琴安《唐詩選本提要》指出，歷代唐詩選本共有四次高潮，第一次為南宋孝宗時期，第二次明代嘉靖、萬曆年間，第三、四次則是清代康熙與乾隆年間。基於南宋孝宗時期的選本以選錄唐人絕句為主，而絕句又是杜甫詩集中質（後世評價）、量（創作數量）較低的詩體，本書故而以明、清時期的唐詩選本作為主要研究對象。在明、清眾多的唐詩選本中，又以兩部選本之間具有「比較意義」者，作為本書研究選本的擇取要件，亦即能透過比較而釐清某些詩學疑義，或者從中歸納出某些詩學現象者。

　　本書主要內容共分六章，前四章乃就明、清時期的兩部唐詩選本，進行共時性或歷時性比較，分別是：第二章比較晚明陸時雍《唐詩鏡》及王夫之《唐詩評選》之「尊杜」與「貶杜」現象；第三章為晚明鍾惺、譚元春合選的《唐詩歸》，與盛清沈德潛之《唐詩別裁集》之杜詩選評比較；第四章為清代康熙朝頒布的《御選唐詩》，與乾隆朝詞臣所選的《唐宋詩醇》，分別就其選詩傾向與選本中的李、杜詩形象作比較；第五章集中於唐詩選本的第四次高潮，亦即清代乾隆時期的《唐宋詩醇》與《唐詩別裁集》，就兩部選本共同的選詩要旨——「李杜並稱」為論述核心，探討兩者相互

影響作用的情形。第六與第七章分別以「杜甫與白居易詩的選評比較」及「〈秋興〉八首的選評比較」為論述議題，藉以考察明、清諸多唐詩選本對杜詩選評的歷時性變化。

由歷時性的角度而言，清代的唐詩選本對杜詩的重視，顯然要比明代的唐詩選本來得高；而清代乾隆時期對杜詩的選評，不論是「質」（評語）與量（數量），都遠邁前人，堪稱盛況空前。以上論點，可由本書各章所論述的「選」、「評」內容作進一步驗證。

以「選」而言，杜詩常因選詩理念的差異，而以不同的面貌出現在各家的選本之中。舉例而言，晚明鍾惺、譚元春合選的《唐詩歸》，偏好選錄杜甫家常瑣細之事與詠物小題之作，杜甫因而成了以家常事、帳簿語見長的瑣瑣凡夫。晚明陸時雍《唐詩鏡》與王夫之《唐詩評選》，在選詩以「中和之則」及「以平為貴」的理念作用下，偏好選錄具有「平美」特色的杜詩，形塑出杜詩蘊藉平和的樣貌。康熙的《御選唐詩》偏好選錄杜甫〈數陪李梓州泛江有女樂在諸舫戲為艷曲〉、〈嚴鄭公宅同詠竹得香字〉、〈城西陂汎舟〉、〈宇文晁尚書之甥崔彧司業之孫尚書之子重汎鄭監前湖〉這類「宴遊酬贈」主題的詩作，有別於乾隆時期的《唐宋詩醇》及《唐詩別裁集》所偏好選錄的〈哀江頭〉、〈洗兵馬〉、〈北征〉、〈三吏〉、〈三別〉等杜甫忠愛憂國的典雅大章。以上諸家所選錄的杜詩，既然是各家選詩理念的具體呈現，也各自由不同的角度來勾勒杜詩樣貌，所謂見仁見智，實難以軒輊。然而，若以何者最能展現杜詩細大不捐、兼容並蓄的「大家」境界而論，自當屬乾隆時期的《唐宋詩醇》與《唐詩別裁集》。細究兩部詩選所選錄的杜甫詩題，既有關乎杜甫詩史特色與忠愛之情的詩作，也不廢杜甫的詠物小題諸詩。在詩體方面，不僅兼顧杜甫的各種詩體（除了

杜甫詩集僅存 8 首的七言排律之外），還由詩歌辨體的角度，特別突出杜甫在七古與七律方面的開創性成就。此外，由本書第七章就明、清時期唐詩選本對杜甫〈秋興〉八首的選錄比較，可見《唐宋詩醇》與《唐詩別裁集》不僅對八詩連貫性的章法與忠愛的情志多所著墨，還連帶將〈詠懷古跡〉五首與〈諸將〉五首一併選錄，展現對杜甫連章七律的高度肯定。因此，由選錄之詩體全面化、詩題多元化的角度來看，乾隆時期的《唐宋詩醇》與《唐詩別裁集》，堪稱是明、清兩代最具有「揚杜」色彩的唐詩選本。

以「評」的角度而言，近代學者周采泉《杜集書錄》一書，曾就明季才人之筆與清代名家批杜的差異加以辨析，指出明季才人之筆，每好於詩題上標「神品」、「妙品」、「能品」等評騭，或者直斥杜詩為俚俗、為惡道，[1]流風所及，「清初批杜家亦往往喜歡任意塗抹杜詩，王士禎亦復如此，均不足取法。」[2]清代康熙以

1　筆者曾統計〔明〕郭正域批點，崇禎年間烏程閔齊伋刊本《批點杜工部七言律》（臺北：大通書局，1974 年）之杜詩批點內容，其中「清空一氣如話」重複出現 17 次，「善敘事」亦出現 17 次，「撰句」則出現 14 次，甚至有相連詩作使用相同批語者，如〈賓至〉、〈江村〉二詩，在書中前後相次，批語同樣是「清空一氣如話」（頁 49）；〈奉酬嚴公寄題野亭之作〉、〈嚴中丞仲夏枉駕草堂兼攜酒饌得寒字〉、〈秋盡〉、〈吹笛〉、〈野望〉，為書中前後相連的五首詩作，眉批也都是「善敘事」（頁 60-62）。除了評語屢見重複之外，書中更常見「肥濁」（頁 37）、「淺了」（頁 53）、「無味」（頁 55）、「蠢而嫩」（頁 56）、「意鄙興盡」（頁 82）、「嫩氣」（頁 118）這類輕率與貶抑杜詩的批語，在清代普遍以杜為尊的風氣下，這類的評語是令人難以想像的。

2　參見周采泉《杜集書錄》（上海：上海古籍出版社，1986 年），卷九論方苞〈批杜詩〉按語，頁 545。此外，同卷〈傅青主手批杜詩〉條後按語，對於明季「才人」批杜之輕率亦有所指責，見頁 523。

後，杜學日昌，批杜者日趨嚴謹用功，明季才人輕率批點杜詩的態度遂不復見矣。上述論點，在明、清兩代唐詩選本的杜詩評語中，亦可得到驗證。

以本書第二章所論陸時雍《唐詩鏡》及王夫之《唐詩評選》，儘管兩書所選杜詩數量高居唐代詩家首位，但兩部選本中，卻經常可見貶抑杜詩的論點，其中犖犖大者，莫過於陸時雍所謂：「心托少陵之藩而欲追風雅之奧，豈可得哉？」或者如王夫之「風雅罪魁，非杜其誰邪？」之言。此外，本書第六章論及明、清之唐詩選本對杜甫與白居易詩選評的三種情形，其中「抑杜及白」者，也以清初王夫之《唐詩評選》及王士禎《古詩選》為代表，雖然兩家貶抑杜詩的理由有所不同，但對杜詩褒貶不一的態度並無二致。相形之下，乾隆時期的《唐宋詩醇》與《唐詩別裁集》，由於「崇尚杜詩」是兩部選本的核心價值，杜詩遂成為選本中援引論述其他詩家成就的典範，連帶的，杜詩的「忠愛」情志與在各類詩體的開創性成就，也在兩部選本中獲得高度肯定與弘揚，甚至連杜甫創作質、量偏低的絕句，也以「才力橫絕，偶為短韻，不免有蟠屈之象。正如騏驥驊騮，一日千里，捕鼠則不如狸狌，不足為甫病也。」[3]予以回護。對照上述明季或清初才人輕率貶抑杜詩的論點，更可清楚得見兩部選本「揚杜」的傾向。

在選本的歷時性與共時性的比較之外，透過杜詩與唐代其他詩家的選評情形進行比較，亦可見杜詩在明、清時期唐詩選本中的超越性地位。

以本書各章所討論的唐詩選本而論，除了康熙《御選唐詩》因

3　《御選唐宋詩醇》卷 19〈絕句〉後評，頁 20b。

偏好選錄「宴遊酬贈」的主題，因而集中選錄的唐代詩家，以李白
126 首居冠，杜甫 80 首居次，其他不論是晚明鍾、譚合選的《唐
詩歸》與陸時雍《唐詩鏡》，清初王夫之《唐詩評選》，以及乾隆
朝的《唐宋詩醇》及《唐詩別裁集》，杜詩的選錄數量，都高居選
本中的唐代詩家首位。此外，本書第五章就《唐宋詩醇》與《唐詩
別裁集》之李、杜詩「質」（詩作評語）與「量」（選詩數量）加以比
較後，明顯可見：「李、杜並稱」固然是《唐宋詩醇》與《唐詩別
裁集》的編選要旨，但「崇尚杜詩」才是兩部選本的真正核心。第
六章更以明代七部、清代十二部唐詩選本之「崇杜抑白」、「抑杜
及白」與「杜白並稱」的三種選錄情形作整理、歸納。三者中，實
以「崇杜抑白」為明、清多數唐詩選本的共同傾向。進一步探究
「抑杜及白」者的論點，可見選家在「抑杜」之餘，對杜詩仍有推
崇的成分，但對白居易詩的貶抑態度則是一以貫之；至於主張「杜
白並稱」者，也並非將杜甫與白居易等同並觀，而是以杜詩為核心
來涵納白居易，亦即以杜詩為大國而以白詩為附庸。透過以上論
述，應能具體理解杜詩在明、清之唐詩選本中，遠邁唐代詩家，高
居首位的詩學意義。

　　此外，透過不同唐詩選本進行比較研究，除能藉以考察杜詩的
共時性或歷時性發展，其實另有文本對照補充的作用，尤其是在選
詩體例不同的情況下，更能發揮比較研究的效益。以《御選唐詩》
及《唐宋詩醇》為例，儘管這兩部詩歌選本，均具有「御選」性
質，也都標榜「溫柔敦厚」的詩教觀，但由於選詩對象不同（《御
選唐詩》涵蓋唐代詩家，《唐宋詩醇》僅選錄唐、宋六位詩家），選本體例不
同（《御選唐詩》分體選詩，有選無評，《唐宋詩醇》則不分詩體，附有詩
評），在在形成比較研究時的困難與障礙。基於《御選唐詩》有選

無評，僅能由選詩內容理解選家理念；《唐宋詩醇》恰好相反，所選杜詩 722 首，已近杜詩全集 1458 首的五成比例，可見該書所重在於詩「評」而非詩「選」。因此，比對《御選唐詩》與《唐宋詩醇》交集與未交集的選詩內容，不但能突顯彼此的選詩傾向，且《唐宋詩醇》的詩評內容，也能補充《御選唐詩》「無評」的不足。再以《唐宋詩醇》與《唐詩別裁集》為例，前者選詩對象限於唐、宋六大詩家，並且因人分卷，未特別區分詩歌體類；後者則涵蓋有唐一代詩家，並按各類詩體分卷編排。以上選本體例差異，雖然不利於進行選本的量化分析，但由於《唐宋詩醇》援引《唐詩別裁集》初訂本共 46 則說詩內容，而沈德潛在重訂《唐詩別裁集》時，也因呼應乾隆「以忠孝論詩」的觀點，大幅提升了白居易在選本中「質」與「量」，並強化李、杜詩的「忠愛」成份，兩部選本彼此作用、相互影響的情形，從中具體可見。

　　關於本書的研究方法，由於選本研究涵蓋「詩評內容」、「選錄詩題」與「選詩數量」這三部分，其中詩評與詩題的差異，本書多藉由表格內容或文字論述呈現。如第二章〈表一〉所列陸時雍《唐詩鏡》對杜詩的正、負評價要點，與〈表二〉王夫之《唐詩評選》對杜詩的評價，可清楚得見兩家選本「選杜最多」背後的差異，在於：陸時雍選杜最多，實有取杜詩作為其「中和之則」詩論的正、反例證；而王夫之選杜最多，則具有「如何才是真杜詩」、「如何才能真學杜」的指導意義。又如第五章文末之〈附錄一〉：《唐宋詩醇》引李白評論其他詩家內容，以及〈附錄二〉：《唐宋詩醇》引杜甫評論其他詩家內容，比較表格內容的「質」與「量」後可見：《唐宋詩醇》援引杜甫以評論其他詩家的內容，高達 60 則之多，但以李白為標準評論其他詩家的內容，則僅有 20 則；且

援引李白的詩論用語，多為「近、似、類」之言，或者僅謂「青蓮無以過」，措詞顯然不及援引杜甫論詩時所用的「本之」、「開自」、「嗣音」，具有開宗立派、難以超越的典範意義。再與沈德潛「援杜評詩」的 10 則內容，與「援李評詩」的 1 則內容參照互看，足見兩部選本雖然都標榜「李、杜並稱」，但「杜詩」才是兩部選本的真正核心；且「李、杜並稱」的議題，也並非僅有「李、杜各有所長，足以並稱」的泛泛論述，實則另外存在著：以杜甫為核心，將李白「合併」在內，共同建構唐詩恢弘闊大氣象的形式。

　　然而，若論及文獻解讀的困難與複雜程度，「選詩數量」的統計與分析，委實要比詩題與詩評資料來得艱深。舉例而言，有些數據資料固然可以直接判讀，如各家選本選詩數量最多的前十大詩家，或是〈秋興〉八首在不同選本的選錄情形，但有些卻需進一步就選詩數量與杜詩各體創作交叉比對，才能突出數據背後的關鍵意義。以《唐詩歸》與《唐詩別裁集》所選杜詩數量而言（數據資料參見本書第三章〈表一〉），兩者選錄杜詩最多的詩體均為五言律詩（《唐詩歸》選 123 首，《唐詩別裁集》選 63 首），表面上似乎皆以杜甫五言律體為重，但五律在杜詩全集中共有 630 首，佔詩集總數 1458 首約 43%，因而杜甫五律入選數量高於其他詩體，實乃理所當然；但若改由選詩數量佔杜詩各體比例而言，將可見《唐詩歸》真正偏重的是杜甫的五古（共選 97 首，佔杜甫五古 263 首約 37% 比例），而《唐詩別裁集》則以七律及七古為重（七律選 57 首，七古選 58 首，佔杜甫七律 151 首約 38%，佔七古 141 首約 41%），遠高於選本中所選五律（63/630）的 10% 比例。此一差異現象，實又關乎鍾、譚論詩主張「唐人神妙全在五言古」，藉以反駁李攀龍「唐無五言古詩而有其古詩」的論點；也與沈德潛由寫作技巧及詩學發展角度，推崇杜甫

在七律與七古的開創性成就[4]密不可分。

　　值得注意的是，上述的數據分析與解讀，若涉及杜甫與其他詩家（如李白）比較時，尚須考量詩家的整體創作表現，不能生硬套用前述的比例計算方式，比照辦理。例如《唐詩別裁集》在七言律詩部分，若依李、杜兩家七律創作數量（杜甫151首，李白8首）計算比例，則書中所選57首七律，佔杜甫七律比例約38%，但所選的4首李白七律，卻佔李白現存8首七律的50%。由數據表面來看，似乎沈德潛對李白七律的肯定遠超過杜甫。實則不然。沈德潛在卷前〈凡例〉論及「七言律」的代表詩家時，對李白隻字未提，卻盛讚杜甫七律能「盡掩諸家」，並於卷13〈杜甫小傳〉中，高揚杜甫七律有「學之博、才之大、氣之盛、格之變」等四項他人所不能及的長項，可見杜甫才是沈德潛心目中真正的「七律典範」。因此，引用數據資料分析差異，必須審慎為之。除了須考量杜甫各體創作數量與成就之外，在進行杜甫與其他詩家的研究比較時，還須顧及比較對象的整體創作表現，才不至於被數字誤導，得出偏差的結論。

　　要之，本書的研究對象，為明、清兩代之唐詩選本所選錄的杜詩，並藉由杜詩在不同時代、不同選本，或者與其他詩家的比較研究方式，據以探究杜詩在明、清兩代的發展變化，突出杜詩在明、清之唐詩選本的超越性地位。日後擬以現有研究成果為基礎，就其他經常與杜甫相提並論的詩家，如韓愈、蘇軾、黃庭堅、陸游等人，作延伸性與比較性的詩學議題研究。

4　引文及論述內容，詳細請參見本書第三章〈《唐詩歸》與《唐詩別裁集》之杜詩選評比較〉。

引用書目

一、古籍（先依時代，再依姓氏筆畫排序）

(一)唐至元

唐・韋莊：《又玄集》，《域外漢集珍本文庫》第一輯集部第 3 冊（重慶：西南師範大學出版社，2008 年）。

宋・計有功：《唐詩紀事》（臺北：木鐸出版社，1982 年）。

宋・許顗：《彥周詩話》，何文煥輯：《歷代詩話》（北京：中華書局，2001 年）。

宋・張戒：《歲寒堂詩話》，丁福保輯：《歷代詩話續編》（北京：中華書局，1983 年）。

宋・魏慶之：《詩人玉屑》（臺北：臺灣商務印書館，1983 年）。

宋・蘇軾：《蘇東坡全集》（臺北：河洛圖書出版社，1975 年）。

金・王若虛：《滹南詩話》，丁福保輯：《歷代詩話續編》（北京：中華書局，1983 年）。

元・方回選評，李慶甲集評校點：《瀛奎律髓彙評》（上海：上海古籍出版社，2011 年）。

元・高楚芳編：《集千家註批點補遺杜詩集》（臺北：大通書局，1974 年）。

元・傅若金：《詩法正論》，《中國詩話珍本叢書》第三冊（北京：北京圖書館出版社，2004 年）。

元・蕭士贇刪補：《分類補注李太白詩》（合肥：黃山書社，2009 年）。

(二)明

明・王世貞：《藝苑卮言》，丁福保輯：《歷代詩話續編》中冊（北京：中華書局，1983 年）。

明‧王良臣：《詩評密諦》，《四庫未收書輯刊》第 7 輯第 30 冊（北京：北京出版社，2000 年）。

明‧李攀龍：《古今詩刪》，《景印文淵閣四庫全書》，集部第 587 冊（臺北：臺灣商務印書館，1983 年）。

明‧李攀龍著，包敬弟標校：《滄溟先生集》（上海：上海古籍出版社，1992 年）。

明‧邵勳：《唐李杜詩集》（臺北：大通書局，1974 年）。

明‧周珽：《刪補唐詩選脉箋釋會通評林》，《四庫全書存目叢書補編》第 26 冊（濟南：齊魯書社，2001 年）。

明‧胡應麟：《詩藪》，《續修四庫全書》第 1696 冊（上海：上海古籍出版社，1995 年）。

明‧郎瑛：《七修類稿》，《續修四庫全書》第 1123 冊（上海：上海古籍出版社，2002 年）。

明‧高棅：《唐詩品彙》，《景印文淵閣四庫全書》集部第 567 冊（臺北：臺灣商務印書館，1983 年）。

明‧唐汝詢著，王振漢點校：《唐詩解》（保定：河北大學出版社，2001 年）。

明‧梅鼎祚：《鹿裘石室集》，《四庫禁燬書叢刊》集部第 58 冊（北京：北京出版社，2000 年）。

明‧許學夷：《詩源辯體》（北京：人民文學出版社，1998 年）。

明‧張綖：《杜詩通》，《四庫全書存目叢書》集部第 4 冊（臺南：莊嚴文化事業有限公司，1997 年）。

明‧陸時雍：《古詩鏡》，《景印文淵閣四庫全書》集部第 637 冊（臺北：臺灣商務印書館，1983 年）。

明‧陸時雍：《唐詩鏡》，《景印文淵閣四庫全書》集部第 638 冊（臺北：臺灣商務印書館，1983 年）。

明‧鄒漪：《啟禎野乘》（臺北：明文書局，1991 年）。

明‧鍾惺：《隱秀軒集》（上海：上海古籍出版社，1992 年）。

明‧鍾惺、譚元春合選：《唐詩歸》，《四庫全書存目叢書》集部第 338 冊（臺南：莊嚴文化事業有限公司，1997 年）。

明・譚元春：《譚元春集》（上海：上海古籍出版社，1998 年）。

（三）清

清・王嗣奭：《杜臆》（臺北：中華書局，1986 年）。

清・王夫之著，陳新校點：《明詩評選》（北京：文化藝術出版社，1997
　　年）。

清・王夫之著，李中華、李利民校點：《古詩評選》（北京：文化藝術出版
　　社，1997 年）。

清・王夫之著，任慧點校：《唐詩評選》（保定：河北大學出版社，2008
　　年）。

清・王士禛：《十種唐詩選》（臺北：廣文書局，1971 年）。

清・王士禛：《漁洋詩話》，丁福保輯：《清詩話》（臺北：西南書局，
　　1979 年）。

清・王士禛：《師友詩傳續錄》，丁福保輯：《清詩話》（臺北：西南書
　　局，1979 年）。

清・王士禛：《古詩選》（臺北：中華書局，1981 年）。

清・王士禛：《帶經堂集》（上海：上海古籍出版社，2010 年）。

清・王士禛著，張健箋注：《王士禛論詩絕句三十二首箋證》（臺北：文史
　　哲出版社，1994 年）。

清・王琦：《李太白集注》，《景印文淵閣四庫全書》集部第 1067 冊（臺
　　北：臺灣商務印書館，1986 年）。

清・王堯衢：《唐詩合解箋注》（保定：河北大學出版社，2000 年）。

清・王闓運：《手批唐詩選》（上海：上海古籍出版社，1989 年）。

清・仇兆鰲：《杜詩詳註》（北京：中華書局，1999 年）。

清・永瑢等著：《四庫全書總目》（臺北：臺灣商務印書館，1983 年）。

清・吳瞻泰：《杜詩提要》（臺北：大通書局，1974 年）。

清・沈德潛：《唐詩別裁集》初訂本（康熙 56 年碧梧書屋藏版，臺北故宮博
　　物院善本古籍庫館藏。

清・沈德潛：《唐詩別裁集》重訂本（香港：中華書局香港分局，1977 年）。

清・沈德潛：《說詩晬語》（北京：人民文學出版社，1998 年）。

清‧沈德潛：《說詩晬語》，丁福保輯：《清詩話》（臺北：西南書局，
　　1979 年）。

清‧佚名：《杜詩言志》，《續修四庫全書》第 1750 冊（上海：上海古籍出
　　版社，1995 年）。

清‧延昌：《知府須知》，《四庫未收書輯刊》第 4 輯第 19 冊（北京：北京
　　出版社，2000 年）。

清‧金聖嘆：《唱經堂杜詩解》，陳德芳校點：《金聖嘆評唐詩全編》（成
　　都：四川文藝出版社，1999 年）。

清‧英匯：《欽定科場條例》（海口：海南出版社，2000 年）。

清‧昭槤：《嘯亭雜錄‧續錄》（臺北：廣文書局，1986 年）。

清‧冒春榮：《葚原說詩》，《清詩話續編》第 2 冊（臺北：藝文印書館，
　　1985 年）。

清‧浦起龍：《讀杜心解》（北京：中華書局，2000 年）。

清‧孫洙輯，陳婉俊補注：《唐詩三百首補注》（北京：中國書店，1991
　　年）。

清‧袁枚：《隨園詩話》（北京：人民文學出版社，1982 年）。

清‧翁方綱：《七言詩三昧舉隅》，丁福保輯：《清詩話》（臺北：西南書
　　局，1979 年）。

清‧孫寶瑄：《忘山廬日記》，《續修四庫全書》史部第 580 冊（上海：上
　　海古籍出版社，2002 年）。

清‧黃生：《杜工部詩說》，諸偉奇主編：《黃生全集》第 4 冊（合肥：安
　　徽大學出版社，2009 年）。

清‧黃生：《唐詩摘鈔》，諸偉奇主編：《黃生全集》第 3 冊（合肥：安徽
　　大學出版社，2009 年）。

清‧康熙御定，陳廷敬等奉敕：《御選唐詩》，《景印文淵閣四庫全書》集
　　部第 705-706 冊（臺北：臺灣商務印書館，1986 年）。

清‧張廷玉奉敕撰：《清朝文獻通考》（臺北：臺灣商務印書館，1986 年）。

清‧張金城修，楊浣雨纂：《乾隆寧夏府志》，《中國地方志集成》第 23 冊
　　（南京：鳳凰出版社，2008 年）。

清‧梁章鉅：《退庵隨筆》，郭紹虞輯：《清詩話續編》（臺北：藝文印書

館，1985 年）。

清・陳沆：《詩比興箋》（臺北：鼎文書局，1979 年）。

清・彭元瑞：《恩餘堂輯稿》，《清代詩文集彙編》第 374 冊（上海：上海古籍出版社，2010 年）。

清・愛新覺羅・弘曆：《樂善堂全集》，《清代詩文集彙編》第 331 冊（上海：上海古籍出版社，2010 年）。

清・愛新覺羅・弘曆：《御製文初集》，《清代詩文集彙編》第 330 冊（上海：上海古籍出版社，2010 年）。

清・愛新覺羅・弘曆（乾隆）御定，梁詩正等奉敕：《御選唐宋詩醇》乾隆 25 年重刊本（臺北：中華書局，1971 年）。

清・愛新覺羅・弘曆（乾隆）御定，梁詩正等奉敕：《御選唐宋詩醇》，《景印文淵閣四庫全書》集部第 1448 冊（臺北：臺灣商務印書館，1986 年）。

清・楊倫：《杜詩鏡銓》（上海：上海古籍出版社，1998 年）。

清・趙執信：《談龍錄》，丁福保輯：《清詩話》（臺北：西南書局，1979 年）。

清・趙翼：《甌北詩話》，《清詩話續編》第 2 冊（臺北：藝文印書館，1985 年）。

清・劉濬：《杜詩集評》（臺北：大通書局，1974 年）。

清・潘奕雋：《三松堂集》，《續修四庫全書》第 1461 冊（上海：上海古籍出版社，2002 年）。

清・錢謙益：《列朝詩集小傳》（臺北：明文書局，1991 年）。

清・錢謙益：《杜工部集箋注》，《四庫禁燬書叢刊》集部第 40 冊（北京：北京出版社，2000 年）。

清・盧世㴶：《尊水園集略》，《續修四庫全書》第 1392 冊（上海：上海古籍出版社，1995 年）。

清・戴名世：《南山集》，《續修四庫全書》第 1419 冊（上海：上海古籍出版社，2002 年）。

清・邊連寶：《杜律啟蒙》（濟南：齊魯書社，2005 年）。

二、近人論著（依作者姓氏筆劃）

王宏林：〈論沈德潛對白居易的評價〉，《河南教育學院學報》（哲學社會
　　科學版），2006 年第 5 期，頁 52-55。

王兆鵬、邵大為、張靜、唐元合著：《唐詩排行榜》（北京：中華書局，
　　2011 年）。

任慧：〈王夫之《唐詩評選》的選詩標準及評點方法〉，《文獻季刊》，
　　2009 年第 2 期，頁 133-138。

吳河清：〈今存「唐人選唐詩」為何忽略杜甫詩探源〉，《河南大學學報》
　　（社科版），2007 年第 4 期，頁 42-46。

周采泉：《杜集書錄》（上海：上海古籍出版社，1986 年）。

周勛初：〈康熙御定《全唐詩》的時代印記與局限〉，《中國文哲研究通
　　訊》，1995 年第 2 期，頁 1-12。

郭瑞明：〈千古少有的偏見——王夫之眼中的杜甫其人其詩〉，《湘潭師範
　　學院學報》，第 21 卷第 4 期（2000 年 07 月），頁 82-87。

尚永亮、洪迎華：〈明清詩壇論爭與元和詩歌選錄〉，《社會科學》，2010
　　年第 9 期，頁 154-160。

尚永亮：〈從淺俗之否定到多元之闡釋——清前中期白居易詩接受的階段性
　　變化及其要因〉，《復旦學報》（社科版），2010 年第 5 期，頁 29-39。

金生奎：《明代唐詩選本研究》（合肥：合肥工業大學出版社，2007 年）。

范建明：〈關於《唐詩別裁集》的修訂及其理由——「重訂本」與「初刻
　　本」的比較〉，《逢甲人文社會學報》，第 25 期（2012 年 12 月），
　　頁 57-74。

孫琴安：《中國評點文學史》（上海：上海社會科學院出版社，1999 年）。

孫琴安：《唐詩選本提要》（上海：上海書店出版社，2005 年）。

莫礪鋒：〈論《唐宋詩醇》的編選宗旨與詩學思想〉，《南京大學學報》
　　（哲學人文社會科學版），2002 年第 3 期，頁 132-141。

涂波：〈論王夫之選本批評〉，《江西師範大學學報》（哲社版），第 38 卷
　　第 4 期（2005 年 7 月），頁 50-55。

涂波：〈說平——王夫之詩學批評中的重要概念〉，《船山學刊》，2006 年

第 1 期，頁 11-14。

馬積高：《清代學術思想的變遷與文學》（長沙：湖南人民出版社，1996年）。

徐國能：《清代詩論與杜詩批評——以神韻、格調、肌理、性靈為論述中心》（臺北：里仁書局，2009 年）。

莫礪鋒：《杜甫評傳》（南京：南京大學出版社，2002 年）。

陳伯海主編：《唐詩論評類編》（濟南：山東教育出版社，1992 年）。

葉嘉瑩：《杜甫〈秋興〉八首集說》（臺北：桂冠圖書股份有限公司，1994年）。

陳伯海主編：《唐詩彙評》（杭州：浙江教育出版社，1995 年）。

陳岸峰：〈《唐詩別裁集》與《古今詩刪》中「唐詩選」的比較研究——論沈德潛對李攀龍詩學理念的傳承與批判〉，《漢學研究》，第 19 卷第 2 期（2001 年 12 月），頁 399-416。

陳美朱：〈論《詩歸》中的別趣奇理——兼論鍾、譚選詩與論詩要旨的落差〉，《中國文哲研究通訊》，第 13 卷第 3 期（2003 年 09 月），頁 109-128。

陳廣宏：《竟陵派研究》（上海：復旦大學出版社，2006 年）。

陳美朱：〈鍾、譚評點與錢箋對清初杜詩闡釋的開啟〉，《東華人文學報》，第 10 期（2007 年 01 月），頁 81-106。

陳國球：《明代復古派唐詩論研究》（北京：北京大學出版社，2007 年）。

陳岸峰：《沈德潛詩學研究》（濟南：齊魯書社，2011 年）。

陳美朱：〈尊杜與貶杜——論陸時雍與王夫之的杜詩選評〉，《成大中文學報》，第 37 期（2012 年 06 月），頁 81-106。

陳美朱：〈《唐詩歸》與《唐詩別裁集》之杜詩選評比較〉，《東吳中文學報》，第 24 期（2012 年 11 月），頁 143-166。

陳美朱：〈清代《御選唐詩》與《唐宋詩醇》的選詩傾向及李杜詩形象比較〉，《國文學報》，第 56 期（2014 年 12 月），頁 67-94。

黃建軍：《康熙與清初文壇》（北京：中華書局，2011 年）。

賀嚴：《清代和詩選本研究》（北京：人民出版社，2007 年）。

程彥霞：〈王闓運唐詩選本考述〉，《鄭州大學學報·哲社版》，第 42 卷第

1 期（2009 年 01 月），頁 123-127。

葛景春：《李杜之變與唐代文化轉型》（鄭州：大象出版社，2009 年）。

鄔國平、葉佳聲：〈王夫之評杜甫論〉，《杜甫研究學刊》，2001 年第 1 期，頁 55-61。

廖美玉：〈清高宗與杜子美──《唐宋詩醇》評選杜詩平議〉，《成大中文學報》，第 3 期（1995 年 05 月），頁 65-109。

廖啟宏：《「李杜論題」批評典範之研究》（新北市：花木蘭文化出版社，2007 年）。

韓兆琦：《唐詩選注匯評》（太原：北岳文藝出版社，1998 年）。

韓勝：《清代唐詩選本研究》（北京：中國社會科學出版社，2010 年）。

韓勝：〈清代唐試帖詩選本的詩學意義〉，《合肥師範學院學報》，第 26 卷第 1 期（2008 年 01 月），頁 16-19。

羅安伶：《陸時雍《唐詩鏡》之詩學理論研究》（臺北：輔仁大學中國文學研究所碩士論文，2005 年）。

謝思煒：《白居易詩集校注》（北京：中華書局，2006 年）。

錢鍾書：《談藝錄》（北京：中華書局，1993 年）。

國家圖書館出版品預行編目資料

明清唐詩選本之杜詩選評比較

陳美朱著.－ 初版.－ 臺北市：臺灣學生，2015.04
面；公分：

ISBN 978-957-15-1648-6 (平裝)

1. (唐)杜甫 2. 唐詩 3. 詩評 4. 明代 5. 清代

851.4415　　　　　　　　　　　　　104006100

明清唐詩選本之杜詩選評比較

著　作　者：陳　　　　美　　　　朱
出　版　者：臺 灣 學 生 書 局 有 限 公 司
發　行　人：楊　　　　雲　　　　龍
發　行　所：臺 灣 學 生 書 局 有 限 公 司
　　　　　　臺北市和平東路一段七十五巷十一號
　　　　　　郵 政 劃 撥 帳 號 ： 00024668
　　　　　　電 話 ： (0 2) 2 3 9 2 8 1 8 5
　　　　　　傳 眞 ： (0 2) 2 3 9 2 8 1 0 5
　　　　　　E-mail：student.book@msa.hinet.net
　　　　　　http：//www.studentbook.com.tw
本 書 局 登
記 證 字 號：行政院新聞局局版北市業字第玖捌壹號

印 刷 所：長 欣 印 刷 企 業 社
　　　　　　新北市中和區中正路九八八巷十七號
　　　　　　電 話 ： (0 2) 2 2 2 6 8 8 5 3

定價：新臺幣三五○元

二 ○ 一 五 年 四 月 初 版

85102
ISBN 978-957-15-1648-6 (平裝)